冷山春回

边人 著

人民东方出版传媒
People's Oriental Publishing & Media
东方出版社
The Oriental Press

图书在版编目（CIP）数据

冷山春回 / 边人著.--北京：东方出版社，
2023.6

ISBN 978-7-5207-3336-6

I.①冷… II.①边… III.①散文集－中国－当代
IV.① I267

中国国家版本馆CIP数据核字（2023）第035431号

冷山春回
LENGSHAN CHUNHUI

责任编辑： 张晓雪　韩封三祝
出　　版： 东方出版社
发　　行： 人民东方出版传媒有限公司
地　　址： 北京市东城区朝阳门内大街 166 号
邮　　编： 100010
印　　刷： 天津海德伟业印务有限公司
版　　次： 2023 年 6 月第 1 版
印　　次： 2023 年 6 月第 1 次印刷
开　　本： 787 毫米 ×1092 毫米　1/16
印　　张： 22.25
字　　数： 250 千字
书　　号： ISBN 978-7-5207-3336-6
定　　价： 78.00 元
发行电话：（010）85924640

此前读过边人的作品集《德州错爱》《亦看花开》。这次新书《冷山春回》，一口气读下来，有无言的感动。熟悉的地名，亲切的景物，诱人的美食，又勾起了我对儿时家乡的记忆。

字里行间，清新自然，细微的观察，积极阳光的考量，给人缕缕春风。

我看到了一个来自农村的孩子，度过无忧无虑的童年，父亲母亲慈祥，兄弟姐妹情深，山丘田野，都是他的乐园。

我看到了一个走进城里的小伙，经过刻苦努力，在人生道路上拼搏、成长，有迷茫，有困境，却始终秉持着善良与热情。

我看到了一个清爽平和的旅者，在柴米油盐里抒写诗情画意，在美好山河中赞颂时代春晖。

文章中大多是平实的小事，却都能让人耳目一新。关于老家山水的记述，总感身临其境，思绪万千。

我相信，文艺是与生俱来的禀赋，边人血脉中有独特的基因，表现在对事物敏锐的觉察和细微之处见天地的特质。但是，其根源应该来源于父母和成长环境。

我的老家离边人家约五六里路，典型的丘陵地带。他母亲是我小姨父的亲妹妹。他父母都仅仅上完小学，但坚韧豁达又深谋远虑，在艰苦的条件下坚持送孩子们读书，为他们的人生打开了崭新的大门。

水土养人，家教育人，家乡的山水人文，父母的潜移默化，造就了把运动、阅读、写作当乐趣的小弟边人。

半生戎马的我，深感和平时代的人才有更多的时间和精力去感受祖国的大好河山，去感悟、记录、总结、描画生活和成长的点滴与瞬间。

我既羡慕，又欣慰。

文字既是作者生活的记录，也是其对待生活的态度。

真实最美，细节动人，这样如林间潺潺流水的文字，应该会有许多如我一样喜欢的人吧。

胡忠瑜

2022 年 7 月 13 日于广州

　　得知边人即将出版第三部作品集《冷山春回》，为他高兴，也钦佩他。对于作序，有点忐忑，总觉得非名师大家不可为；然而盛情难却，且与他一起生活成长，有着太多共同的经历，也就欣然应允。

　　天赋重要还是努力重要？是个永恒的话题。我认为边人在写作方面，既拥有天赋，又很努力。记得小学四五年级一起去爬山，他就能写上几千字的游记，既有旅途的真实经历，又有听来的故事传说；既有生动的景物描写，又有细腻的心理活动，引人入胜，我感到非常惊奇。

　　写得好，得到的夸赞就多，也就更有兴趣。边人经常趴在床上写，有时忘了吃饭，有时不愿睡觉。中学时期，他的"豆腐块"文章不时出现在校报上，即使在高考前的冲刺阶段，他也没有停止写作。而我总是文章的第一个读者，生活中稀松平常的事，在他的笔下有着别样的趣味。读大学和工作后，他的文章大多发表在网络平台，我朋友圈基本上一篇不落地转载，圈内好友们对文章给予了高度评价。我及时转达大家的肯定鼓励，也给他提供不断前行的动力。

　　《冷山春回》的所有文章，之前就在手机上细细读过，这次又反复看了几遍，文风依然平淡清新，文笔时而洗练、时而细腻，处处流露出对生活的热爱和思考，一切都是那么自然。文章大致分为几类：第一类是亲情乡情。童年趣事，成长印记，亲朋好友，家乡美食，种过的花，养过的狗……娓娓道来，打开记忆之门。第二类是亲子日常。养育孩子是项浩大长久的工程，欣喜、感动、崩溃、无奈、甜蜜……在陪伴孩子成长的过程中，家长一样在提升自我，个中滋味，唯有亲历才能体会。第三类是休闲遐想。生活是由一个个具体的日子组成的，从一杯茶到一餐饭，从午夜梦回到半晌虚度，从春月夜到秋风起，细细品味，静静思索，赋予生活以诗情画意和百转千回。第四类是户外活动。快节奏的生活，需要张弛有度。跟随新老朋友，一起走进山山水水，暂时忘却城市的喧嚣与繁杂，放空自我，拥抱自然，美的不止那四季变化的景色，还有纯朴的人际关系以及恬静闲适的心境。

读一篇篇并不算长的文字，许多遥远而模糊的记忆，再次变得清晰，唏嘘之余，总让人莫名感动。许多日常的情节，让人感同身受，会心一笑之余，也想去发现更多的美好。许多美景，读之如临其境，那险峻的山川，那清澈的溪流，那缤纷的云彩，那漫山的野花，如何不让人神往。

生活的感悟，不着痕迹地在字里行间流淌。他说写文章会让他习惯性地反思和总结，在辩证接纳他人思想的同时，逐渐形成自己的观点。我常常把他的文章拿给我上初中的孩子看，希望他能从中看到我们的童年，了解我们的成长经历，借鉴我们对于人生的思考。

热爱生活总有一些具体的表现，学习、实践、记录、思考，都是。工作间歇，闲暇之余，读一篇边人的文字，轻松而美好，怎不算一件快乐的事呢。

是为序。

特首虔

2022 年夏于西安

目　录

第二章
骑车的少年

第 一 章 / 我 一 直 爱 着 你

还记得上中学时的暑假，每次收到大哥的家书，一家人都能满是欢喜好几天。有时候，我们在地里干活儿，邮递员在河对岸喊一嗓子，我和二哥二姐就争先恐后地扔下锄头，跑过田埂。

　　我总是跑不过他们，只能坐在锄头把上，静静地听他们读⋯⋯

白　子

奶奶说，白子跟我同岁。

白子是条狗。浑身白毛，并不是雪白，而是白里泛点黄，像是切开来摆放了一阵的白心红薯。

我喜欢拽它的尾巴。它假装反抗，慢慢地转圈，还会张嘴吐舌吓唬我。喷着热气的嘴叼住我的手，长长的牙齿在我手掌上轻轻咬合。

我并不害怕，拽住了那根毛茸茸的尾巴，弯过来去扫它肉肉的鼻子。它站定不动，摇头晃脑躲避，稀稀拉拉几根黄黑色的胡须一颤一颤。

等它终于忍不住打了个喷嚏，我才哈哈大笑着放开它的尾巴。

它似乎也很高兴，围着我蹭来蹭去，动作轻缓，眼神温柔。

从我记事起，白子总喜欢在人堆里穿来穿去，直到惹人烦了，被踹上一脚呵斥一声，才呜呜几声跑开了。

它在房前屋后转悠，并不走远。一到饭点，奶奶一声呼唤，它就会摇着尾巴，欢快地跑到属于它的破碗跟前。

白子大部分的时候伙食不怎么样，就是米饭加点菜汤。

它也不嫌弃，三口两口吃完，就出门遛自己去了。

若是赶上我们吃鸡鸭鱼肉，它就坐在桌子底下，眼巴巴地望着。当有骨头丢下，它迅猛无比扑将过去，一口叼起，嚼得嘎吱作响。

我会偷偷地把咬掉瘦肉的五花肉丢给它。它很默契地不声不响，低头含住，狼吞虎咽之后，还不忘伸出长长的舌头舔舔油乎乎的嘴，丢给我一个"你懂的"的眼神，热切地盯着我端着的饭碗。

吃完晚饭，白子通常跑去田野，后面偶尔跟着邻居家的大黄、小黑……它们在草地上追逐打闹，在某棵柳树下抬起后腿，在河边围堵出来乘凉的四脚龙。

偶尔有外村的狗路过，它们一窝蜂涌过去拦住去路。

"过江龙"当然不会轻易就范，金刚怒目，摩拳擦掌。

"地头蛇"们围着不速之客吼叫，前爪刨得尘土飞扬，以壮声势，却也不会贸然进攻。

双方对峙良久。

领头的白子缓缓向前两步，前脚伸直，后脚微曲，绷紧的身体像是一张拉开的弓，双目如电死死盯着对手。再狂吼两声，耳朵竖起如山峦，脖子上毛发尽数张开。

"过江龙"终于胆怯了，讨好般低鸣几声。"地头蛇"们便也放下警戒，走近了，审讯一般，一通望闻训示。

最后，"过江龙"耷拉下脑袋，夹着尾巴跑开了，白子才雄赳赳气昂昂地带领队伍踏上回家的路。

月亮从山坳里升起，大地一片静寂。白子迈着轻缓的脚步来到二楼，在走廊的尽头趴下。即使眯上眼睛，尖尖的耳朵也时不时抖动几下。身后的房间里，我和二哥睡得更酣。

若是有生人靠近，白子会狂吠几声，箭一般地冲下楼去。

"白子，回来！"父亲威严的声音响起，"哪位啊？"

等到来人出声回应，与父亲聊上了，白子才意犹未尽地叫两声，回到楼上去。

上小学时，白子总会跟着我们出门，在不远处跑来跑去，一会儿扑腾水田边的青蛙，一会儿追赶花丛的蝴蝶，一会儿被细腰的蜜蜂吓得落荒而逃。上学路上要跨过一条小溪，白子在溪水边徘徊良久，终于没有跟上来，昂起头，目送我们走远。

放学基本在晌午，虽然饿得肚子咕咕叫，却还是跟小伙伴在河边抓鱼，在沙滩上挖一种叫"退牛"的虫子。

聚精会神抓虫子的我，常常被一道突如其来的白影扑倒在沙地上。我还没回过神来，一条湿热的舌头就舔上脸。

"走开！"我一边招架躲闪，一边呵斥。

白子却并不买账，摇着尾巴，不停地往我身上扑。

脸上脖子上痒痒的，我咯咯地笑个不停。

"白子！"我笑得累了，用尽全力一声怒喝。

白子终于老实下来，站在我脚踢不到的地方，等我爬起来朝它扔出一把沙子，才飞快地跑远几步，戏谑地望着我。

我不再骂它。招招手，它便跑过来，等我摸摸它毛茸茸的脑袋，才跟在我身后走在回家的路上。

"你不是跳不过小溪吗，怎么过来的？"我问。

它蹭了蹭我的裤脚，没有回答。

"你什么时候学会给我叼书包就好了。"我无比期待地说。

过小溪时，我后退两步，一个冲刺，稳稳落在对岸的草地上。

白子却是蹚下水，慢悠悠地游过来。

"真笨，这么点宽都跳不过来。"我指着白子哈哈大笑。

它用力抖了抖身子，毛发上的水甩向天空。

我气恼地抹了一把脸，作势要打，白子已经跑出老远。

夕阳渐斜，晚风轻拂，我哼起刚学会的歌。

我上六年级那年。

有一天放学，白子没有像往常一样来半路接我。

"奶奶，白子呢？"回到家来不及放书包，我就大声问坐在门口剥黄豆的奶奶。

奶奶阴沉着脸没说话，脸上的皱纹如门前的板栗树。

"妈妈，白子呢？"我心里一紧，赶紧跑去厨房问正在做饭的母亲。

"没了。"母亲拍拍我的肩膀，语气满是愤慨，"可能是吃了别人下药的食物，今天一回来就口吐白沫，很快就不行了……"

我脑海里嗡嗡作响，泪水在眼眶里打转。

"在哪呢？"我问。

"埋在屋后那排杉树下。"

我飞快地冲出厨房，跑向屋后。

笔直挺立的杉树底下，新添一个小土包。

陪伴我十二个春秋的白子，就安静地躺在里面。

眼泪肆无忌惮地淌了下来。

"白子，白子！"我低声哭泣。

可是，白子再也听不见我的呼唤。

我的小学

"小嘛小二郎，背着那书包上学堂……"

可以脱离父母的视线，自由自在待到傍晚才回家。可以正儿八经地交到好多朋友，一起在学校里学习、游戏、唱唱歌。

上学是多么神气的一件事！

我很是眼红哥哥姐姐能背着帆布书包上学。每当他们出门，就又哭又闹追着跑老远。

估计是被我哭得烦了。终于有一天，母亲给我和二哥各做了一个小书包，叮嘱大姐带着我们去学堂。

学校叫雷峰村小学，是刘家祠堂改造的，一座两层的木头房子，四合院，坐落在一片水田中间。

从家到学校大概两里路，要走过田埂，还要跨过辰河。

我蹦蹦跳跳地走在队伍的最后，总是被路边的蚂蚱和狗尾草吸引了注意力。在大姐的一再催促下，又嚷嚷走累了，让她背了一段路。

磨磨蹭蹭到教室时，大铁钟已经敲过两遍。

老师都是村里的熟人，并没责备大姐，还过来用沾满粉笔灰的手捏捏我和二哥的脸，又让同学找来一张长板凳，让我俩坐在教室的最后。

上课是听不进去的，我对数数和识字完全没有兴趣。不时回头挤眉弄眼的两个男生，倒是很好玩。我咧开嘴哈哈傻乐。

下课时一堆人围着我，问我叫什么名字，几岁了。名字我是知道的，几岁却不太清楚，赶紧去问大姐。

大概上了三四节课，我觉得很没意思，肚子也饿了，便嚷嚷着要回家，大姐怎么安慰都不管用。

老师拿了两块饼干给我，这才停止哭闹。

到放学时，我心情又好起来。形状像宝刀的刀豆，长长的蛇瓜，爬到路中间的蚯蚓，一路上都是新奇的东西。

大概是吃坏了肚子，第二天我上吐下泻，学校去不成了。

父亲跟我说，等明年再去。

五周岁的时候，我终于正式加入了上学的队伍，成为幼儿园的一员。

雷锋村小学有幼儿园，不过那时候并不分大中小班，更像现在的学前班。

班主任兼所有课程老师就一位，刘鲜花老师，是一位美丽温柔的女子。她教我们上学要跟老师问好，放学要说老师再见。

课程非常轻松，有唱儿歌、数小棒、声母韵母、做游戏等等。

我最喜欢的当然是丢手绢的游戏。

同学们全部围成一圈坐在地上，一起唱"丢，丢，丢手绢，轻轻地放在小朋友的后面……"丢手绢的同学围着圈跑，冷不丁将手绢丢在某位同学的身后。

"你后面，你后面！"立刻就有人大喊大叫，指着浑然不觉的同学提醒。

后知后觉的同学赶紧爬起来，捡起手绢就追。

丢手绢的自然撒开脚丫子跑，跑到空了的位置上坐下，就算赢了。

拿着手绢还在追的同学就成为下一个丢手绢的人。

我们也玩老鹰抓小鸡的游戏。鲜花老师自然扮演老母鸡，带着我们一群小鸡，躲避一位男老师扮演的老鹰的追捕。

并不平整的操场上尘土飞扬，老师和同学们都满头大汗，太阳照在墙上斗大的红字上，将我们的脸也映得绯红。

有一天，鲜花老师说带我们去接触大自然，目的地是学校后边的一条小溪。路上告诉我们，这个是豇豆，那个是西红柿……

到了小溪边，她说同学们先把昨天教的歌唱一遍。

"哗哗流水清又清，洗洗小手真干净……"

参差不齐的歌声响起，偶尔路过的行人停下了脚步，水田里的大黄牛哞哞地回应几声。

唱完之后，大家兴致勃勃地在小溪边玩沙子，抓小鱼。

幼儿园的时光很快，到了一年级就有作业了。

教我们的变成了两位老师，都姓刘，都比鲜花老师凶。要是课堂上讲小话，或者不能完成课堂作业，小棍子真的会落在手心上。

上厕所要先举手，等到老师同意，才能去。

有次我课间光顾着玩，等上课铃响过，班长喊了"起立"，老师说了"同学们好！坐下！"之后，我才举手示意。

可老师明明看到我举手了，就是不理我，自顾自上着课。

我在凳子上扭来扭去感觉马上就要尿裤子了，老师终于示意我站起来。

"老师，我要上厕所。"我夹着腿站起来。

"下课就知道玩，一上课就要上厕所，啊！"老师瞪了我一眼，"去吧。下次注意啊！"

我赶紧冲出教室，来到学校东南角上的厕所。

哗啦哗啦之后打了个冷战，突然想起来大人说学校闹鬼的事，顿时觉得后背发凉，目光不敢往边上的角落瞟，匆匆拉上裤子，逃也似的跑回教室。

从此再也不敢上课时间去上厕所，毕竟下课时厕所也是人挤人。

写字是件痛苦的事，我没法很好地掌控铅笔在小方格里写出端正的字来。

眼看着同学们写完课堂作业出去玩了，我急得一边直抹眼泪，一边央求同桌的王梦科帮我写。

他嘴里还含着早上的一口饭，看了看我，默不作声地走开了。

下一节课上课时，我的作业还是没有写完，忐忑不安地坐在那里，想着会不会又挨棍子。

老师看我无精打采的样子，问是不是哪里不舒服。

我急中生智，说肚子难受，头也有点晕。

老师把我领进办公室，从抽屉里掏出一个叶粑，让我坐下吃。

叶粑用一片粽叶包着，软糯温热，豆沙馅。我三口两口吃完，舔了舔嘴，坐在那里偷听隔壁班老师上课。挨到下课，才慢慢悠悠地回到位置。

老师表扬了我这种带病学习的精神。

弄得我每次课余都玩的"霸铁"都没敢去玩，毕竟生病就得有生病的样子。

"霸铁"是乡村流行的一个竞技游戏。

废旧的课本纸，折出正方形的"铁"，还可以两联、三联，甚至五联。如果想让"铁"厉害一点，放学路上可以溜进村里的碾米机房，将"铁"涂上机油，变得更加厚重。

因为"霸铁"太用力，我右手中指和无名指的指甲都打掉了，仍然坚持做一名斗士。

父亲几次将我藏在被褥下的"铁"没收，我总还是要重新折上一摞的。

"读书读不进，就知道霸铁！"父亲严厉地批评我。

我耷拉着脑袋，心里也担忧自己不是读书的料。

三年级开学前，我转学到了羊古坳中心小学。

红砖黑瓦，宽敞的教室，一排白杨树耸立在学校围墙边上，再往外就是缓缓流淌的辰河。

我立刻喜欢上了新学校。

暑假结束前，大姐戴着一顶圆圆的太阳帽，口袋里揣着一张崭新的十元票子，带着我去报名。恰好遇到了她的同学娟娟。

我远远地望着她俩说话，惊诧居然有这么漂亮的小姐姐。

天很热，娟娟把凉鞋脱下来提在手里，没承想踩到了地上的碎玻璃，她眉头微蹙，抬脚看了看脚底的一道小血口。

她没有哭，默默地把一片玻璃拔出来，再把凉鞋穿上，慢慢走开了。后来我在书本上才知道蹙眉这个词，主要形容美女不满的样子，脑海里立刻就会浮现娟娟姐当时的样子。

开学了，我成了外来者。同学们友善而好奇地问东问西，偶尔有调皮的与我有了争执，总被闻讯赶来的大姐"和平解决"。

"我们中心小学，坐落在辰河岸边，春风吹开了花朵，夕阳擦亮了红砖……"满脸络腮胡子的音乐老师，带领我们唱着校歌，嘹亮的歌声飘得很远，一群白鹅在河水中嬉戏，偶尔歪着长长的脖子倾听。

秋收的季节，我们"自发"跑去帮班主任王群英老师收水稻。我含着一颗糖，在岸边打打杂，一不小心被糖呛得满脸通红。

放学前，王老师点名表扬几位出力最多的同学，我赫然在列。坐在后面的张在虎不满地说，你都没下田！

我心虚地呵呵两声。

大姐比我高两个年级，班主任是二舅家的表嫂。

恰好那年表嫂生孩子，课后我被大姐拉到表嫂的房间喝了一碗甜酒。

表嫂赵老师头上用手绢扎着，抱着粉嘟嘟的小娃娃。表哥在边上咧着嘴笑。

出来时，大姐的同学用极其羡慕的眼光看着我们。

四年级时，换了一位年轻的班主任，二十几岁的样子。他好像更喜欢打野鸡，常常背着一杆鸟铳，提着一个竹笼子，里面装着一只雌野鸡。

"接下来两节课自己学习。我把眼睛放在门框上了，你们谁调皮我都知道。"他对我们说完，就背着鸟铳走了。

数学老师是一位中年男子，大眼睛鼓鼓的。第一天上课就说看谁能给他做一根教鞭。

放学后，我兴冲冲地去邻居家门口砍了一根"皮树"，将皮全部剥掉，再在白亮的树芯上画了一圈一圈的花纹。

"皮树"坚韧，不易折，干燥之后非常轻。老师拿到手上后赞不绝口。

不过当天我就得意忘形，成了第一个挨教鞭的人。也许是新教鞭还不适应，下手有点重，放学回家我背上还火辣辣地疼。

写作文是四年级开始的，不过我还完全不知所谓。

记得有次国庆节乡里放电影《开国大典》。老师让写一篇作文。

临近交作业的日子，我抓耳挠腮，急得哇哇大哭。

母亲过来安慰我，又一句一句教我怎么写。"新中国推倒了压在人们头上的三座大山……"她说。

"哪三座？"我打破砂锅问到底。

"帝国主义，资本主义……"她说着也卡壳了，"你先写这两座吧。"

上学通常是沿着辰河往上游走，碰到下雨的日子，大姐会带着我们绕很远的路。路上碰到还在吃早饭的同学，打完招呼，我步子迈得更大，胸膛挺得更高。

毕竟，上学在我看来，还是很神圣的事，迟到要不得。

五年级的时候，我的作文好像开窍了。除了应付每次的作文课，还想着给学校的广播站投稿。

听着广播里播放某某同学拾金不昧的事迹，我终于想到一条妙计。

我对比我小一个年级的表弟说，我准备写一篇关于助人为乐的稿子，就是说放学路上你跟同学打架，我看到了，把你们拉开，讲了同学之间要团结友爱互帮互助的道理。

表弟脸色不佳，我只好掏出藏在书包里好几天的一颗纸包糖，他才毫不犹豫答应了。

一如既往调皮的我，成绩还算可以，加上父亲经常来学校找校长和老师沟通，我在学校也得到特别关照。

一家人吃早饭时我忙着做作业是常有的事。父亲一边骂骂咧咧让我去吃饭，一边拿起我的作业本飞快地写字。

"下不为例！"将写完的作业本塞进书包时，父亲都会告诫一句。

我嘿嘿一笑，背上书包飞也似的跑了。

"慢点！看你这样，期末考试啥都不会……"父亲追出门来。

"我都不会就没人会了。"别的不会，吹牛的本事我倒是学得很快。

父亲想骂，一张嘴却也乐了。

学校有个小卖部，一到下课时间，小窗口围了一圈一圈的人。

我徘徊在人群的后面，碰到有认识的人买个发饼什么的出来，就赶紧跑过去。

"给我吃点吗？"我暂时顾不得矜持了。

"我都吃不饱。"并不特别熟悉的人犹豫了一下，还是舍不得。

偶尔隔壁邻居挑着担子来到学校门口卖发饼和"铲子糖"，我会央求他赊点给我。不过几次被父亲告诫之后，他也不肯赊给我了。

午后的两节课，我常常失落地坐在教室里，忍着咕咕叫的肚子，盼望快点放学。

六年级的时候，学校让高年级的学生带午饭。

于是各种神器纷纷上场，有保温杯、铝合金饭盒、罐头瓶……

学校老师通常是第四节课后吃饭。

我闻着课桌里饭菜的味道，总是忍不住先吃一两口。等到第四节课后大家吃饭时，我保温杯里也就剩两口温热的米饭。

班主任教过大姐，对我不错，常常把我叫到他办公室帮他改作文，主要是找错别字。这无疑增加了我对语文尤其是作文的热爱。

上自然课的是一位刚师范学校毕业的女老师，长裙飘飘。她上课时，班上纪律最好。她给我们演示了氧气的制取过程，并且让我们记住了，氧气能让带火星的火柴棒复燃。

班上我与王建文和刘光勇玩得很好，经常在一起玩笑打闹。不过最吸引我注意力的，是坐在最前排的女生，个子小小的，一根马尾辫垂在脑后。下课时她也不怎么出来玩，就趴在课桌上，嘴里吐着泡泡玩。

眼看小学将要毕业，同学们将面对第一个岔道口，望着一如既往趴在课桌上吐泡泡的娇小身影，想到此后可能很长时间见不到彼此，心里竟然有了惆怅。

小学生活，在我的人生道路上越来越远，却在脑海里越来越清晰。

写作这件事

从来没觉得自己在写作上天赋异禀，也算不上勤奋。

前不久还有朋友一本正经地告诫我，少写点记流水账的文章。我虚心接受批评，但并没打算改正。

因为也有朋友安慰我说："写自己想写的，不要为别人而写。"我想，听取、接受朋友的建议，是一种美德。

一

阅读量最大的是小学时代。不可否认，阅读是写作的基础。

最早接触文学作品是父亲放在衣柜里的书，《三国演义》《红楼梦》尽在其列，都是厚厚的书。我翻了翻发现许多字认不得，插图还少，就搁置起来。

《水浒传》的故事跌宕起伏，看他们大碗喝酒大口吃肉，快意恩仇，觉得很是不错，只是前面部分晦涩难懂，收尾部分让人心有戚戚，便掐头去尾看了一遍。

父亲小学文化，但是很爱看书，无论各种名著，还是农作物种植指南，或者对联合集等等，都喜欢买来家里，农忙之余，看上一阵子，为下一阵子摆龙门阵积攒谈资。

家里的书，除了对联合集，以及《三十六计》，其他的，父亲都藏起来不给我看，说是闲书。但不管书藏在哪里，我总归能找得到，毕竟他的房间就那么点大。

找到后，我把书往衣服里一塞，夹在胳膊底下，假装气定神闲地去往二楼。

那时候住的木房子，屋顶呈人字形，与二楼的天花板有不小的空隙。我就攀着窗户爬上去，趴在不大的空间里，安静地看书。

我常常能从午后看到黄昏。眼睛累了，就合上书，看看枝叶快要伸展到屋顶的鹅梨树，也会发一阵子呆。

吃晚饭前，我会悄悄地把书放回原处。

自以为做得天衣无缝，但每每被父亲窥破。因为长时间看书之后，他都能从我脸上看到"一股呆气"。

"看那些闲书，还不如多记几副对联。"吃着饭，父亲还会唠叨几句，"风吹蜡烛流一半留一半，水打沙滩沉半边陈半边，你看看，多有意思！"

我不以为然，但不敢反驳，默默地扒饭。

到五年级的时候，除了我不愿去翻的《红楼梦》和《三国演义》，家里已经没书可看了，就四处问同学借书。有一天，听说河对岸的张在中手上有本《西游记》，我蹚过齐腰的河水，跑去他家，一番软磨硬泡，终于将残缺不全的书借到手。

六年级的时候，有个星期六，班上王真杨订的《故事林》到了。

放学后，我就央求他借给我看。

"我自己还没看呢。"他坚决不肯。"我就看明天一天，星期一就还给你。"我跟着他，走在通向他家的小路上，"书是你的，什么时候看都可以啊。"

他不理我，快步往前走。我如影子一般跟在他身后。眼看就要到他家，他终于醒悟过来，如果我再跟下去，就得管我晚饭，于是很不乐意地从书包里掏出《故事林》。

"弄坏了要赔啊！"他狠狠说道。"好嘞！"我拿到书，光着脚在满是小石子的土路上健步如飞，几个起落，就消失在拐弯处。

大概受益于阅读量大，五年级开始我的作文就比较出彩，常常被老师作为范文在班上朗读。这又激励着我更加喜欢阅读和写作。

小学快毕业的时候，我对同学王建文说我想自己写故事，他不以为然地说我才不信你能写出来。

于是我们打了个赌。

然后我在巴掌大的小本子上写了一个关于动物的故事，为了彰显是自己写的，把主人公分别叫作汪汪、建建和文文。写了三四天，把十几页的小本子写完了。具体情节已经不记得，但关于打赌的事却是不了了之。

二

有了老师和报刊的鼓励，从中学开始我对写作产生了比较浓厚的兴趣。

中学生活都是在封闭式管理中度过，课外阅读尤其是武侠小说是那个时期的最爱，不过在学生与老师的斗智斗勇中，没有输家。

老师成功侦破看课外书的恶劣行径，坚决收缴。而我们往往在放寒暑假前能把书要回来，假期把它看完。

我二哥省吃俭用买了很多旧书，《巴黎圣母院》《红与黑》等等大量著作，都是他从旧书店淘来的，还有《海外文摘》之类的期刊。寒暑假是每年集中阅读的时候。常常两个人相邻而坐，各自捧一本书，看上半天，放下书回味一阵子，又聊上几句。

那样的时光，恬静而美好。此后的许多年，都会梦到这个场景。

学校有个默声文学社，偶然有兴趣小组的活动，老师或者学长会做分享，听完课之后，还能以写稿的名义，去找老师要一叠不厚的方格稿纸。

有个寒假在家和二哥去挖冬笋，挖累了就坐靠着竹子在地上休息。望着细细的竹根和粗壮的冬笋，视觉冲击之下有感而发，回家赶紧写了篇小文章《母爱》。后来投给默声文学社，居然录用了。

拿着刊登了自己文章的报纸，我看了又看，内心充满喜悦。

我开始对写作产生了浓厚的兴趣，最喜欢的课，除了体育课，就是作文课了。不过说实话，初中那会儿流行的"快速作文"，我很不感冒，全是背模板走套路。我还是喜欢天马行空的写作手法。

到了初三，算是情窦初开的年纪，写过一篇《干洗脸》，无非就是常常偷看喜欢的女生，看着那白里透红的脸庞，心生欢喜，却又担心自己想多了，也许人家就是搓搓脸搓红了呢？于是写下了那篇意识流的短文。

文章在学校报纸刊登之后，更让我对自己的文笔产生了强烈的自信。作文作为范文的次数也多了起来。

　　只是这个情况到了高中，就变得有点糟糕，可能是因为学习任务增重，阅读量不够，思想飘忽不定。整个高中三年，除了金庸的武侠小说，好像只读过一本《平凡的世界》。

　　有次作文课，老师让写关于雪的文章。正处于情绪低谷的我，写了一篇满是嫌弃和批判雪的作文，比如大雪覆盖了肮脏的一切，化雪之时大地一片泥泞等等。

　　那篇作文意料之中地被当时教语文的刘胜保老师给批了，不过还是照顾我的面子，给了60分。

　　痛定思痛，在后面一次的作文中，我写出了"躺在山顶的草地上，望着蓝蓝的天空，四周耸立的树木，汇集成一个绿色的洞，通向无垠的太空"这样的佳句，被刘老师用一口纯正的普通话在班上朗读。

　　其间自信心爆棚，闹出了私下组织文学社的糗事，才组建一个礼拜，就被扼杀在摇篮之中。

　　高考之前，议论文是必须操练的。我们练习了许多当下的热点议题，就为高考场上30分能拿够。

　　自以为胸有成竹的我，在高考场上，看着"坚韧；我追求的品格战胜脆弱（二选一）"的作文题脑海一片空白，直至交卷时间临近，才匆匆动笔，勉强把格子填满。

　　后来估分的时候，我心虚地将作文估了20分（满分30分）。

　　中学作文课，更多的是命题作文。虽说命题作文是基本功，但它确实不是我喜欢的方式。

三

丰富多彩的生活，让我大学基本没有写作的心思。

大学的生活丰富多彩，踢球、看球、看电影、打游戏、吃串串香，哪样都比写文章有趣。于是，所有文字功底，都只能体现在书信上了。

给家人写信，给同学写信，给老师写信，写到后来，成了八股文，无非就是先汇报一下身体健康，然后说学习进步，再说生活得很充足幸福，最后表一下积极向上奔向美好幸福生活的决心。

偶尔心情好，也会添油加醋描绘一下学校里莫须有的故事，从而引申出一两个看似正确的生活道理。

大学四年，看书也很少。偶尔买本《读者》看看，当是消遣。

毕竟，看电影比看书愉悦多了。

《大话西游》《古惑仔系列》等等经典电影，都是大学期间看的。甚至《大话西游》的剧本，都看了两遍，许多经典台词，张嘴就来。

不过当时看到三毛的文章，很是喜欢，于是去图书馆把所有能借到的三毛的著作都读了一遍。世界那么大，都想去看看。自己不能去的时候，在书中看看人家的足迹和心情，也满心欢喜和艳羡。

唯一一次写了篇稿子投给学校的通讯社，竟然被录用了。稿费十元，都没焐热，全买了橘子，吃得半层楼一地橘子皮。

最可以称道的，当然是帮高平这样急着追女生的同学写情书，最后居然真的就促成了这一对。

不过自己写给女生的情书，却是石沉大海，一无所获。

总而言之，大学里关于阅读和写作，乏善可陈，实在没脸皮厚到说自己爱好阅读整天去图书馆看世界名著等等。

四

独自行走，工作后开始养成写作的习惯。

走向社会，与之前二十多年的生活完全不同。因为开始真正地面对人生，或者说生计。

我始终相信人本孤独，许多事情，都得自己独自去面对。最能与自己对话的，是自己的内心。

生活方式的改变带来的冲击，不是一下子体现，却常常让人在午夜梦回时感慨。

也就是参加工作伊始，回忆开始多了起来。

许多对于过去的回味与感叹，当下的迷茫彷徨，以及未来的憧憬和不安，一股脑涌上来。

我会跟同学朋友交流倾诉，会捧着《读者》与同宿舍的环环、代代讨论生活的意义，但很多话，总觉得词不达意，也顾忌倾听的人没这么多时间和耐心。

于是，用纸和笔记录下来自己的心路历程和体会感悟，成为最合时宜的途径。

开心了写几句，惆怅了写几行，读到优美的句子摘抄下来，不知不觉间，写字成了一种习惯。

我开始尝试去系统地架构一篇文章，尝试写较长篇幅的故事，曲折情节，华丽辞藻，通通堆砌上来。

周末的下午，半躺在单身宿舍的床上，读一遍自己写的文章，傻笑半天。

偶尔同事朋友读到了我的文章，大多不吝溢美之词，这也让我增添了许多写作的动力。

被召集进公司通讯社之前，我在公司年轻人（书上说 50 岁以内都算）中已经小有名气。

当时社长是宣传部金部长，随手给我和他的得力干将娟娟都安了一个副社长，带领来自各个部门的通讯员将公司副刊干得风生水起。

我在写稿和审稿上尽职尽责。时不时写一篇心得感悟，也积极鼓励小年轻们多动笔。

稿费是按月发放的。

每次看到公司内部快捷通讯工具上娟娟头像闪动，就赶紧点开，若真的是那句"来领稿费"，就立马兔子一般冲上四楼。

稿费通常被放在公司定制的信封里。十块的五块的票子装在雪白的信封中，看上去并不轻薄，拿在手上，更觉厚重。

虽然每次只有百十来块钱，但备感珍惜，我会把它放在抽屉最里边的地方。不到万不得已，舍不得花。

去年一次回家整理书柜，还发现了一个当年的信封，上面写着我的名字，里边装有七八十块钱。

我站在落满灰尘的屋子里，捧着略微泛黄的信封，竟有泪将流下。

五

写自己想写的东西，才会走得更加久远。

近几年，阅读量倒是上来了，即使是以前看不懂的《红楼梦》，也又翻出来看了一遍。

每次出差，在机场或者高铁站，都会去逛逛小书店，碰到中意的书，买上一本，旅途中看上几页书，再看看窗外的风景，会不那么单调。兴致来了，还会掏出纸和笔写上几句。

后来有了智能手机，手写就少了。有了一点感触，也是即时发在同学群里，等方便的时候，再把它们复制出来，存在电脑里。

有时候同学起哄，让吟诗一首，便也假装矜持客气几句，然后飞快地写几句歪诗，在大家真心或假意的赞美中，走路都是飘的。

碰到有朋友请我"斧正"作文、报告、论文，只要不忙，也欣然接手。

不过写作只是我的业余爱好，从来没打算把它当成谋生的手段。

写过了天马行空的故事，写过了故作忧愁的诗篇，如今只是偶然间有所得，随手记录当下的感触，或者想起儿时开满鲜花的河堤，便忍不住把思绪涂在纸上。

当有一天我发现自己积累的文字居然超过一百万字的时候，突然就动了把它们变成铅字的念头。几经周折，出版了第一本作品集《德州·错爱》。作品出来了，我却没有太多的喜悦，因为质量离我的预期太远。我为之感到羞愧，甚至不愿拿来送人。

怀着对喜欢和支持我的同学朋友的愧疚，我火速出版了第二本作品，散文集《亦看花开》。册子不厚，但好在出版社很是负责，把关极严，总算是拿得出手了。

作品集只是阶段成果的总结，写作却是望不到终点的旅程，直到生命的尽头。

内心里，我一直有句话想说：孩子，你可以学习成绩不优秀，但一定要写得一手好文章。

人生百年，说短也短，说长也长。

通过阅读，我们可以触摸前人的思想，见到字里行间的光芒。

而养成写作的习惯，是对自己思想的总结，对总结的阐述，在这个过程中，可以完善自己的思想，可以聆听心的声音。

就算这些都不是实实在在的好处，那么，至少你在追女生的时候，可以略微领先吧？

写自己想写的，既是一种情感的宣泄，也是回头望时珍贵的礼物！它会让你在写作这件有趣的事情上，走得更加久远。

也会让人生，更加饱满。

因为写作，会放缓思维的速度，会拉长生命的长度。

长 孙

蝉声从梨树耷拉着的叶子下传来，竟似乎将夏日午后的沉闷拉得更长。

穿着平角"的确良"短裤的小孩，靠在堂屋的大圆木柱子上，手扶着比他高出一截的锄头把，呜呜地哭着。

二楼走廊上，攀着木栏杆张望了一阵的三个小孩，此刻已经失去继续观望的兴趣，躲回了房间。

一个四五岁的小男孩，光着脚丫，盯着不远处悲泣的哥哥，惊恐不安地想，是什么让那个从来都是高大坚强的人如此伤心。

"大哥，你怎么啦？"他终于鼓起勇气，过去拉住哥哥的手指，用力摇了摇。

哥哥低头看了看他，没有回答，旋即继续咧着嘴发出呜呜的声音。

弟弟更是手足无措起来。

大概是累了，哥哥走去堂屋边上的竹凉床上躺下，两只脚蹬在凉床扶手的孔隙里，才将头往后一靠，继续呜呜地哭，只是没有眼泪。

弟弟以为自己做错了什么，却总是想不起来，便挨着门框坐在门槛上发呆。

从井边洗菜回来的母亲轻快地走过门前空地，将菜放进厨房，才用毛巾擦干手，走到堂屋。

自母亲的身影出现那一刻起，哥哥的干号洪亮了许多，原本呆滞无神的目光，也一点一点湿润起来，眼看泪水就要从眼角滑落。

"还哭呢？"母亲温和地抚摸着哥哥的额头，"自己弄丢了，有什么好哭的！"

"呜呜呜……我想用来买气球的……"哥哥说，用手背揉了揉眼睛，"一块钱可以买十多个了！"

"那是你自己没保管好！"母亲并没有责备的意思，小心翼翼用两根手指从裤子的小口袋里夹出一卷钱来，蘸了蘸口水，轻轻抡开，抽出一张一元纸币，"给你一块，这次收好了啊。"

哥哥眼睛的余光一直关注着母亲的动作，直到一元钱到了自己手中，才破涕为笑。

坐在门槛上的弟弟顿时感觉头上的乌云飞走了。

不过还没等他站起身来，哥哥又已经呜呜哭了起来。

声音更大，神情更悲戚。

"如果我的一块钱不丢，现在就有两块了，呜呜呜……"哥哥这次是真哭，豆大的泪珠滚滚而下。

正要把重新卷好的钞票塞进口袋的母亲闻言一怔。

良久，终于还是再次抡开，又抽出一元，重重地甩在哥哥光溜溜的胳膊上。

"不许哭了！"母亲转身进了厨房。

这是什么逻辑？弟弟目瞪口呆地半蹲在门槛前的石墩上，惊愕地看着眼前的一切。

"走，给你买个七分钱的大气球。"哥哥过来拉起他的手时，他还在恍惚中没有清醒过来。

二楼的木栏杆上，两个羊角辫的小女孩和一个虎头虎脑的小男孩静静地看着逐渐消失在田间小路上的两道身影。

暑假眼看就要结束。

立秋几天了，中午时候太阳依旧毒辣，将所有地里劳作的人们赶回了家。

打扫干净的堂屋正中，堆着小山似的黄豆秆子，黄绿色的豆荚三五成群地坠在上头。

绑了小脚的奶奶从地里担豆秆子时慢慢悠悠，此刻却麻利起来。左手拎起几枝豆秆，右手捏住一个豆荚，大拇指朝豆荚端部一按，豆子便顺溜地掉进跟前的簸箕里。

母亲搬了小板凳坐在豆秆堆的另一边，不快不慢地剥着豆子，嘴里有一句没一句地回应着碎碎念的奶奶。

大哥光着膀子，仰躺在一张长板凳上，一条腿弓起来踩在板凳上，跷起了二郎腿。

我和二哥在房间里玩刚刚被大哥教会的象棋，大姐二姐在隔壁房间争论班上的哪个女生最漂亮。

不知道怎么，妈妈和奶奶又争执起来。

奶奶不紧不慢地数落着母亲，手中的豆秆子并未停歇。

母亲情绪激动，大口地喘气，脸涨得通红，与晒得暗红的脖颈相差无几。

她终于按捺不住自己的情绪，抓了一把豆秆，冲向悠然自得躺在板凳上的大哥，怒气冲冲地吼道："赞妹几，我就是要把你饱饱实实打一餐……"

大哥显然被这无妄之灾惊到了，一时没反应过来。

"为什么打我啊？"他扶着板凳坐直身子，脸上写满了委屈。

"你敢！"奶奶黑着脸站了起来，冲母亲喊道。

"打你需要理由吗，你是我的崽，我就打得！"母亲没有看奶奶，只是朝大哥继续吼，挥舞着豆荚的手微微有点颤抖。

"你敢打他，我就把老满打餐死的……"奶奶撂下一句话，拍拍衣服上的叶子，慢慢悠悠地出门去了。

正下着棋的我，闻言放下手中的棋子，跑往走廊。

"无缘无故，凭啥要打我啊……"我抱怨说。

"爸妈疼满崽，奶奶疼头孙。"二哥跟着出来，哈哈一乐，"谁让你是老满！"

大哥抬头狠狠地瞪了一眼二楼笑出声来的二哥，拍拍屁股走了。

母亲高举着的豆秆终是没有落下，只几颗泪珠滚落在脸庞。

眼看就要过年了，外出打工的人们接二连三地回到村里，加上放了寒假的学生，原本静谧的小村顿时热闹起来。

这几天总有人来家里，与平常的访友探亲不同，他们与父亲坐在房间里，桌上摊开写得密密麻麻歪歪扭扭的账本，不时传来几声争吵。

腊月二十七的傍晚，房间的争吵声越发激烈。

先是在房间吵，而后又吵到了门前空地上。

我和二哥正在邻居家与小伙伴玩，听到吵闹声慌忙跑了出来。

"像你这样的，我一只手要打八个！"父亲的声音洪亮，中气十足。

"看你是长辈才不想跟你动手，你还真以为是十年前呢？"留着长头发的后生毫不让步，针锋相对道，"你动我一下试试！"

一直听到父亲年轻时候的各种彪悍传说，却从未经历如此暴风骤雨般的场景，我吓得大气不敢出，紧紧攥紧二哥的胳膊。

"你说他们会打起来吗？"我问。

"应该不会吧……"二哥迟疑片刻，像是安慰自己，"打起来老爸也不会吃亏。"

"可是打了人家也不好啊！"我担心道，"何况老爸毕竟一把年纪了……"

对骂还在继续，整个村子的大人都围了过来，间或几个人上去劝解，却收效甚微。

"你小心点，最好不要从我屋前过……我迟早打你一顿……"后生面目狰狞地咆哮着，指着父亲吼。

我的心跳越来越快，手心冒汗，脑袋发胀。

突然，一道黑影从家中厨房蹿了出来，夹着一道银光，箭一般射向张牙舞爪的后生。

"叫什么叫，叫死啊！想动手就尽管来！"黑影眨眼就到了后生跟前，左手拎起他的衣领，右手赫然一柄寒光闪闪的砍骨刀。

"这么没大没小满嘴喷粪没完没了，信不信我废了你！"已上高三的大哥怒目而视，眼里将要喷出火来。即便离了几丈远，我都感觉到头皮发麻。

后生使劲挣扎几下徒劳无功，踌躇半晌，识趣地闭上了嘴巴。

父亲显然也被吓到了，快走几步，过去将大哥手上的砍骨刀夺了过来。

"好了，让他走吧！"父亲拉住大哥的手，平静道。

惊魂未定的后生迅猛无比地跑过田埂，蹚过冰冷的河水，到了对岸马路上，想再叫骂几句，终是没骂出声，静静地消失在马路尽头。

我长长地出了一口气。

父亲若有所思，微弓着背一言不发地走回家。

大哥怒气未消叉着腰站在门前的板栗树下，不动如山。

"老赞，你这也太吓人了啊！"平叔叼着烟，走过去笑着对大哥说。

"哦，我刚才在砍排骨准备炖汤，出来时忘了把刀放下。"大哥终于垂下双手，呵呵一乐，解释说。

"老弟，回家吃饭！"大哥朝我和二哥喊了一声，转身跟上父亲。

夜幕降临，暮色中大哥的步伐越发坚定。

捉鼠记

　　小时候住的木房子，依山而建，两层各四间，每间都有一个简单雕刻的窗户。

　　木房子并没有想象中那么冬暖夏凉，夏天太阳下山许久房间还是闷热，一到冬天就需要用白纸将窗户糊起来抵御寒风。

　　在家里走动，木地板砰砰作响。父亲有午睡的习惯，晌午时我们在楼上猫着腰轻轻走路，才不会招致他的呵斥。大太阳的时候，从窗户或木板缝隙照进来的光柱中，能看到无数亮得发白的灰尘在翻滚。

　　从我记事起，家里就经常能看到匆匆奔跑的老鼠。有时是一只，有时是三两只。

　　显然它们比我们更喜欢木房子。夜深人静的时候，房子是属于它们的。它们啃着墙脚磨牙或者打洞，在灶台上溜达寻找吃剩的食物，或者干脆闯进碗柜里偷油。

　　夜里，奶奶听到老鼠吱吱叫唤，就伸手在木墙上拍两下。原本热闹的老鼠瞬间安静下来。不过片刻之后，又开始忙碌。

　　我并不怕老鼠，偶尔碰到毛色棕黄眼睛黝黑的小东西，还会丢过去几颗花生玉米。只是它们胆子小，每次我刚扬起手，毛茸茸的身影嗖一下钻进了墙角。

有一年，家里常常出现很大的老鼠，身子比我的拳头还大，叫起来声音很吓人，我便有点害怕了，听奶奶说大老鼠能咬掉小孩的耳朵。

腊月刚到，奶奶和母亲将腌好的五花肉挂上灶台上方的横梁，再用厚实的塑料布做成一个斗笠形的罩子，防止屋顶上的灰垢落下来。没两天，最下边的肉开始变得晶莹剔透，烧火炒菜的时候，能看到油从腊肉上滴落。

夜里依旧听到老鼠在厨房奔走，有的甚至爬上了横梁。

"老鼠会偷吃我们的腊肉吗？"我担心地问。

"偷不着，它又不会飞！"奶奶用粗糙的手摸摸我的头，让我快点睡觉。

第二天早上，却听着奶奶碎碎叨叨地在骂着"挨千刀"的老鼠。有块腊肉被啃了一大块！

看着奶奶心疼的样子，大哥仔细勘察了一番，确定老鼠是从横梁上沿着绳子下来，再到腊肉上的。"晚上就把老鼠捉来吃。"他安慰奶奶说。"大老鼠倒是可以吃，但是怎么捉得到呢！"奶奶皱眉道。

大哥没说话，悄悄去寻了一根称手的木棍，又将手电筒换了新电池。

夜里，听到厨房的老鼠出动了，脚步声伴随着叫声，渐渐到了横梁上。听声音大老鼠不少。

"嘘！"大哥拉住蠢蠢欲动的我，"再等等！"

我紧张而兴奋，在黑暗中听到自己怦怦怦的心跳。

终于，塑料窸窸窣窣响起来。

透过门缝，我仿佛看到两只大老鼠已经爬在腊肉上，一只在塑料上徘徊，还有几只在横梁上跃跃欲试。

"走！"只听一声大喝，大哥一个箭步蹿了出去，手电筒瞬间亮起，一道雪白的光柱射在腊肉上。

砰！砰！砰！

大哥挥舞着手中的木棍。

啪！啪！啪！

是老鼠坠落在灰堆里的声音。

我擦了一根火柴，将煤油灯点燃端过去。大哥已经在将三只奄奄一息的老鼠归拢到一起。"这么肥，得有七八两！偷吃了我们多少好吃的。"他拎起一只老鼠的尾巴，在煤油灯前晃了晃。

奶奶踮着小脚走过来，嘿嘿笑了。又指挥道："赞妹几你把它们剥了皮去了内脏，抹把盐，跟腊肉挂一起。"

"用来吓唬其他老鼠吗？"我问。

"熏干的老鼠肉，跟腊牛肉一样好吃！"奶奶咂了一下嘴。

连续两个晚上，共打到了七只老鼠，挑大的四只收拾好了挂在腊肉的旁边。老鼠偷吃腊肉的风波像是告一段落。

至于老鼠肉有没有吃，已经完全没了印象。

大哥这种瞬间打杀老鼠的绝技我和二哥显然没有学到，不过二哥说了，"山人自有妙计"！

楼上的一个大房间角落里，安着一个巨大的木柜，用来储存稻谷。快没米的时候，母亲会带着大姐二姐，一人挑一担稻谷，去军成叔家碾米。

碾米机很新鲜，机器开动后，稻谷从顶上的斗里倒进去，白花花的大米就顺着金属网筛流出来。而米糠和一些碎米，顺着另一个通道，掉进箩筐。

米糠用一个大木桶盛放在楼上的谷柜旁，用两块旧门板盖住，每次煮猪食的时候，二姐会用阿胶钵去舀两钵。

夜里当家作主的老鼠当然不会错过任何美味。有时候听到二姐一声尖叫，却是从米糠里跑出来两只圆滚滚的老鼠。

有一天，二哥拉着我，从厨房找出一个暂时不用的陶缸，费了九牛二虎之力，抬上楼，放在米糠桶的边上，又从灶台上将一个双耳铁锅拎了上来。

"干吗？"我拍拍酸痛的手问。

"捉老鼠啊。"二哥忙着从木桶里舀米糠倒进陶缸。

我疑惑不解，干脆默不作声看他忙活。

他将米糠在半米高的陶缸里堆成尖尖的一座小山，高出缸沿足足有两寸，再将铁锅轻轻地摆放在"山尖"上。小山往下沉了一些，不过锅底与缸沿的空隙，还有一寸多。

"足够了！"二哥蹲在地上，观察了半晌，才满意地站起来。

"这个能捉到老鼠吗？"我不以为然。

"走着瞧！"他说，几抹锅灰涂花了的脸上，满是期待。

我很快忘了这事。直到第二天一早，被兴奋的二哥叫醒，"快来看，我捉到老鼠了！"

我揉揉眼睛，将信将疑地穿了鞋随着他跑过去。

铁锅空空如也。

"在哪里？"我不满道。

"你听！"他指着铁锅中间。

砰！砰砰！

有声音！

我蹲下身去，发现铁锅与陶缸之间的缝隙已经消失。砰砰的声音正是从锅底传来的，老鼠被困在铁锅与陶缸之间了。

"老鼠从缝隙中钻进去，在米糠里找碎米吃，米糠堆的小山就会慢慢塌陷，铁锅渐渐落下去，封住了老鼠的退路……"二哥兴奋地介绍。

"现在怎么把老鼠弄出来？"我提出了一个现实的问题，"一掀开锅它们就跑了。"

"偷吃破坏，死罪难逃！"他扬了扬手中的火柴。

我瞬间明白了他的想法，赶紧帮着从堆在角落的柴火里折了一些松枝。

点燃的松枝在铁锅里燃烧。很快，锅底不再有砰砰的声音。

等火熄灭，拿下铁锅，三只老鼠躺在米糠上，一股皮毛烧焦的味道蹿出来。

"这再烤烤就能吃了吧？"我用一根树枝扒拉了一下半边身子烧焦的老鼠。

"算了，赏它一个全尸吧。"

二哥用棍子将老鼠挑了出来，在房前的橘子树下挖了一个坑，全埋了进去。

落花生

小时候，春节具有无与伦比的诱惑力。

除了穿新衣、放鞭炮，还有大鱼大肉和各色小吃食。葵花子必不可少，若是落花生，就稍微上了一个档次。

四年级时，我跟母亲去外婆家拜年。啃完鸡腿鸭腿，走的时候，各个舅妈端着大大小小的碟子赶过来，一通你来我往，炒熟的落花生和瓜子最终倒进帆布包里。间或几只红壳白壳绿壳鸡蛋，埋在中间。

炒熟的落花生又香又脆。走在回家的路上，即便不饿，我也抓了一把在手里。

花生米高高抛起，仰头张嘴，让它准确地落进嘴里，这是颇为自豪的技艺。若是不小心砸中鼻子掉到地上，赶紧瞄一眼前面赶路的母亲，装作若无其事地感叹一声："四舅妈给的落花生好香啊！"

母亲便回转身来，让我好好走路。待我小跑几步追上她，她又兴趣盎然地给我讲起四舅小时候的故事。

碰到熟人，母亲便招呼着我给长辈们拜年。

"元姑妈，这是你家藏在浆溪垄（外婆家）的崽吧？"

"是呢，我家老五。"母亲拍拍我的衣领，不无自豪地说。

"这么高了！元姑妈你就等着享福吧。"

"享啥福，愁得头发都白了。"母亲说着话时，一点不愁，咧着嘴笑。笑完了拉开帆布包，捧一大捧落花生，硬塞给人家。

回到家时，母亲会把一小部分瓜子花生分给我和哥哥姐姐，大部分都用一个蛇皮袋装起来。等到有客人来，又一碟一碟地往外装。

兜里装满落花生的我，颇有底气地去找小伙伴们玩。年龄跟我相当的孩子通常亦敌亦友，比我小三五岁的孩子，才是拉拢招募的对象。通常两颗落花生，就能招揽到一个小兵。比较狡猾的小兵，则要多花费一颗。

我们在并不大的村子里巡视，实则为游荡，直到父亲两遍三遍喊话，才肯回家吃饭。

此时兜里早已空空如也。

初二那年，在我的央求下，母亲终于答应多种些落花生。

正好学校放月假，大姐、二哥和我都回了家，二姐本就走读，于是一行人立刻行动，去"道士冲"的地里挖地。

在母亲的指挥下，大姐和我一组，二姐和二哥一组，开始了劳动竞赛。其间打闹说笑，将一些学校的见闻拉扯一通。不到天黑，四五分地被翻了一遍。我们四个坐在茅草上继续聊天，母亲挥舞着锄头，将大土疙瘩敲碎。

整好地，又挖出一排一排浅沟，才去村里的水塘边洗净手脚，等着第二天播种。

母亲连夜挑了一盆个头大的花生，用水泡好，天一亮，就叫我们去播种。

我赖在床上不肯起来，于是大姐二姐陪着母亲去了地里。二哥不安地起来溜达一圈，终于还是又躺了下来。

暑假时，闻到邻居家飘来煮花生的香味，我才想起自家地里的花生。

"今年的落花生长得不错，想吃一会儿自己去拔。"母亲告诉我。

吃过早饭，我迫不及待地拉上二哥，挑了一副"瓢箕"，直奔地里。

落花生的叶子不再翠绿，褐色的斑点随处可见。偶尔几枝迟到的金黄色小花，羞怯地躲在残败的叶子底下。浑身黄黑绒毛的蜜蜂，却也并不嫌弃，在田野里孜孜不倦地奔波。

种落花生的地土质松软，只需将一丛苗握进手里，稍一用力，就连根拔起。

湿润的、浅褐色的、散发着泥土芳香的落花生，横空出世。夹杂一些嫩白色的荚果，还有尚未长大的果针。

"哇，这株多。"二哥扬了扬手中的落花生，在地上轻磕几下，磕掉沙土。

"我这株花生大。"我连忙拔了两三株，挑出一株说。

拔了不到四分之一，担子装满了，我和二哥轮番挑着担子，欢快地走在田间小路上。

晌午时候，母亲将一大锅煮好的落花生用大脸盆装了，摆放在堂屋正中。我们围成一圈，吃着鲜嫩香糯的落花生，聊着某个好看却讨厌的小伙子小姑娘。

母亲吃了几颗，又忙着将剩下的落花生挑出个头饱满、大小相当的，放在"团簸"里，准备乘太阳好晒干了收起来。

"哇，是三颗的呢。"二姐剥开一颗落花生，惊喜道。

"给我给我。"我嚷嚷道。

"妈，张嘴。"二姐白了我一眼，走过去喂给了母亲。

"两颗三颗味道不是一样啊！"母亲嘟囔了一句，嚼着花生，眼角尽是笑意。

我找遍了大脸盆，再没发现一个三颗的落花生，气恼地洗了手上楼午睡去了。

下午醒来时，扭头便看到枕头边上摆着几颗落花生。

看形状就知道，全是三颗的！

有年正月的晚上，我们像往常一样聚在灶屋里聊天。年过七旬的姨爷爷摸黑找上门来，跟父亲嘀咕了半晌。

父亲安慰了好一阵，让他安心坐下，先喝杯酒。

姨爷爷出门不离手的小火箱放在门边上，满是褶子的手努力握紧一把花生，选一颗壮实的，用双手大拇指和食指捏着，缓缓用力。

啪一声轻响，花生壳一分为二，带着褐色薄皮的花生米在一半壳里晃动。

他昂起头，将两粒花生倒进嘴里，咂巴了两下，慢慢嚼着。

灶坑里烧着杉树根，火焰飘忽不定，不时噼啪溅起火星。

姨爷爷端着酒杯抿了一口，才又去剥落花生。他的手有点抖，花生米掉了一颗。

"掉了就不要了吧。"我小声说。

他没说话，从椅子上站起来，缓缓地蹲下去，两只手指从灰烬中捏出花生米，挪了两步坐回椅子，将花生米吹了吹，才放进嘴里，眯着眼睛，嚼得津津有味。

"以后这么香的落花生怕是吃不到啰……"他自言自语般说。

"瞎说什么啊！您老长命百岁。"父亲声音洪亮，打断他的话，"刚才说的事情，您放一万个心，我一定办好。来，喝口酒暖和暖和。"

"好，那就好！"姨爷爷长吁了一口气，端起酒杯，一饮而尽，"那我回去了。"

母亲给姨爷爷的小火箱加了些火红的木炭，又装了一大碗落花生送到门口。

姨爷爷弓着腰，背着手拎着小火箱消失在夜色中。

"你们是没挨过饿，粒粒皆辛苦也就嘴上喊喊。在生产队那会儿……"善于做思想工作的父亲借机说开了。

我并没有多自责，只是拿在手里的落花生，感觉重了几分。

那年暑假回去，就听说姨爷爷已经走了。

工作后，有一年元旦去厦门旅游。在鼓浪屿，喝到了名声在外的花生汤。

花生软糯，汤浓郁香甜。

好是好，就是总觉得少点味道。

祭二姐蒂蓉文

维，公元二零一二年十二月三十日，痛别胞姐而祭以文曰：

白雪纷飞，哀乐声声，冰冷的世界里，二姐你可听见我们的呼唤，可感受滴落你脸庞的泪水，可牵挂聚拢身边的亲人？你面带微笑，安详地睡了，可你忍心不再看一眼爱你念你的人？

当你呱呱坠地，二姐你是那么小那么弱，爸妈的悉心照料和你的顽强让你一天天成长。当我来到世上，你已经是梳着羊角辫的小姑娘。清晨你背着竹篓去打猪草，黄昏你站在板凳上给我煮蛋汤。春日阳光下，你唱着歌谣拉着我的手走过田埂；夏天的傍晚，你带着我们在院子里跳皮筋；秋天月儿圆圆，我们躺在橘子林里数星星；冬天夜里，怕黑的我出门总有你手捧煤油灯。

二姐你天生谦让，主动放弃县城念书的机会，选择了乡中学，为的是更多时间陪在妈妈身边，繁重的家务，你分担一小半。学业受到影响，高中你到了小沙江。时间飞逝，你已长成大姑娘。月老早现，遇见心爱的男儿郎，花前月下，风光尽享。天真烂漫的你满怀希望追逐幸福的梦想，假日书房少女情怀你与我们甜蜜分享，人生的苦与悲，只是你烧菜的油和酱。你自称法国进口女流氓，在我心里，你是那么美丽和浪漫。

突然有一天，你站上了三尺讲台。教书育人，历练提升，一边静候兵哥哥，你的心上人。光阴逝水，七年苦恋，你幸福地披上嫁衣成了亲，兄弟我们远在他乡，唯书信电话寄去祝福，盼你们有缘得正果，携手度终生。你瘦弱的肩膀，从此担负相夫教子扶持家庭的重任。

辗转广州深圳，北上立足杭州，养育儿女，操持家业，珠江岸边西湖之畔，留下你们甜蜜的身影。回归故里，修屋立业，又添男丁。孝顺父母，体恤亲人，邻里上下，谈笑风生。

二姐你曾说孩子是你的命，为何你非要用实际行动来证明。如果你想听，我说千万次，我相信，我相信！危险来临，你用自己的身躯为孩子撑起生的希望，生死抉择，你无愧伟大的母亲。姐姐啊，你如此安静地走了，是否相信身后事亲人会一一摆平！姐姐啊，你是否还有许多话没来得及说，剩下的心愿，我们共同为你完成。

爸妈未老，痛不欲生。十指连心，痛彻我心！呜呼！天有不测风云，为何降临善良的你身；天公有眼，奈何收走可亲可爱可敬的人！茫茫人海，再寻谁忆西湖美景；昭昭岁月，合家团聚少一人！

多想带你去北京，陪你爬长城；多想与你交流育儿历程；多想拄着拐杖共忆儿时情景。多少期盼多少不甘，二姐啊，你一个华丽的转身，一切皆成泡影。撕心裂肺泪流成河你无动于衷，千万次回忆也难再温暖你的脸你的心！二姐，你妈喊你吃饭，你起来应一声啊！呜呼！

逝者长睡，徒留悲伤无穷无尽！然二姐啊，你放心地睡吧，人间苦难兄弟姐妹携手分担，赡养父母抚育二郎我等竭尽所能。二姐啊，你安心地去吧，奈何桥上停一停，想想我们的脸，记住我们的人。

痛哉吾心！二姐啊你一路走好！再见只待来生！

尚飨！

杀　猪

夜渐深。

黑夜早已将白日暖阳残存的温度驱散，冷风时不时敲击着松垮的玻璃窗。

"爸爸。"小枕头轻声喊道。

"怎么啦？"我把书合上，"台灯影响你睡眠吗？"

"不是。"他翻个身，趴在床上，"有点冷。"

"你总是把胳膊放在被子外面，当然冷啦。"我将他的胳膊塞进被窝。

"爸爸，"他说，"要不你给我讲讲夏天的事吧，说不定就不冷了。"

我一愣。这么奇特的方式还是第一次听说。

"我给你读一首夏天的诗吧！"我拿起手机，翻出以前写的文章。

"好啊！"他开心地翻身躺下，微闭着眼睛。

雨后的清凉

并没停留太久

朝阳穿透蓝色天空

将夏天点燃
碌碌行人
汗水湿了薄衣
繁花过后　桃树
挂满毛茸茸桃子
花蒂未落
像是
春天并未走远
春天却早已走远
尚未收起的秋衣
渐渐落满浮尘
四季轮换
总是如此匆匆
让人觉得还有时间
有时间
慢慢走向夏天
走进初夏
走在雷雨多发的季节
仿佛能闻到
田野厚积薄发的味道
不由想起
童年时光门口的那条河
总在这个时候最奔放
犹如蛰伏了许久
只等待这一刻的雄壮

"它的题目是《初夏》，你看啊，春天刚过，夏天来临，气温升高，雨水多了，白天变长了，小动物们也忙碌起来……"

"关于春天的有吗？"没等我说完，他就问。

我翻了几下记录，找到一段。

> 草木知时日
>
> 茫茫人不觉
>
> 江山万里
>
> 看岁月轮回
>
> 白发生双鬓
>
> 怎不忆
>
> 儿时溪畔
>
> 一树桃花开

这次学乖了，刚读完，没等他发问，我就滔滔不绝讲开了。

"读文章的时候，我们不能光嘴上读，还要入脑入心。你看，这首小诗，开篇一句'草木知时节'，看似平铺直叙，再一思索，就会想到一岁一枯荣，好花不常在，让人陡然一股悲怆涌上心头。"

"下一句'茫茫人不觉'，正是此时读者的心境。是啊，我们总在奔波总在拼搏，花儿开了，花儿谢了，谁又真正停一停脚步，去欣赏，去感叹呢？"

"'江山万里'这句表达了作者对祖国大好河山的赞叹和热爱，凸显了作者的爱国主义情怀。世界那么大，都想去看看，那么，辽阔的美丽的祖国大好河山，你看了多少呢？"

"当读者在脑补祖国各地名胜风景的时候，诗歌猛一转折，回到了常常出现在梦里的家乡的情景。常年在外拼搏的人们，谁不忆家乡的那'一树桃花开'呢？"

"看似忆桃花，其实还忆梨花、翠花……表达的是对家乡的无比眷念之情啊！"

"你听明白了吗？"我问道。

"嗯。"他含糊不清地应了一声。

按照我对他的了解，接下来就该问秋天了。我迅速翻到关于秋天的文章。

"你小时候的冬天肯定很好玩吧？"他却跳过了秋天，眨巴着眼睛问道。

"好玩的太多了，踩高跷，放鞭炮，舞龙灯，烤火，吃橘子，杀猪，雪地追野兔……"我掰着手指头开始数，发现两只手不够用。

"杀猪也算好玩吗？好吓人的。"他嘀咕了一声。

"当然好玩啦，我给你讲讲哈。"我轻咳一声，喝了一口茶，不等他回应，就开始讲起小时候杀猪的情景。

本以为我还没讲完，他就会睡着。

没承想我绞尽脑汁，不停地编排，他还是听得津津有味。

"我能问一个问题吗？"他从被窝里伸出手来，高高举起。

"问吧。"我深吸了一口气。

"杀猪的时候，为什么只有大伯去帮忙？你和二伯呢？"

"呃，这个呀……"我停了一会儿，才说，"大伯从小就练功夫，力气大呀。我和二伯才你这么大，帮不上忙。因此每次家里杀猪，等我们起床的时候，猪都已经杀好了，吹得像个大气球，横卧在装了半桶热水的大木桶上。"

"为什么要吹得鼓鼓的啊？"

"方便刮毛啊。你看我们现在买的猪肉都是没有毛的，因为都刮掉了。"

"尿脬是什么？为什么杀猪的姑爷爷要把尿脬给二伯呢？"

"尿脬就是猪的膀胱，老家有种说法，小孩吃了猪尿脬就不尿床。"

"那你为什么不吃呢，你不尿床吗？"他问完就呵呵乐了，"我早就不尿床了。"

我一时语塞。

组织了一下语言，才说："也不是非要尿床才能吃啊。尿脬洗干净，将一个鸭蛋塞进去，抹点盐，然后放到烧着柴火的灰烬下，烤得香香的，我和你二伯一人一半分着吃，特别美味！"

"你们小时候真好玩！"他咂巴了两下嘴。

"等到你长大了，也可能会觉得你现在的生活好玩。"我摸摸他的头，"将来给你的孩子讲睡前故事，讲会漏雨的屋顶，讲学二胡的苦与乐，讲学习不好被打屁股，他也会觉得很好玩！"

那时候，他可能会像我一样，很想家吧？

可能会觉得，无论温馨、痛苦、安宁、嘈杂，原来自己喜欢家的一切。

可能会希望时光倒流，回到儿时的家，哪怕什么也不做，只是静静地坐一会儿。

夜更深。

他已进入梦乡。

我犹自思忖着，寒假要不要带他回老家，去体验一下。

杀猪不一定能看到，烤个糍粑应该是可以的吧。

花　园

老家堂屋前有一个水坑。

雨季来临时，雨水在黑色瓦片的屋顶上汇集成一条条水柱，注入浑浊的坑里。

天晴的时候，水坑的水面逐渐落了下去，露出黑色的泥土，橘子皮、圆珠笔、墨水瓶等丢弃或是凭空消失的东西，重见天日。

三两只久未晒太阳的猪崽，从猪圈里偷跑出来，兴奋得满身散发出淡粉色光芒，在快要见底的水坑里拱来拱去，咀嚼着偶尔翻到的蔬菜帮子。

几只麻鸭在老母鸭的带领下，跟随猪的脚步，讨好似的嘎嘎叫着。

当水坑不再有水，父亲挥舞起锄头，将松软的淤泥挖起来，往外堆成一个土坝，以便下次能蓄积更多的雨水。

黑色的散发着阵阵怪味的淤泥，是极好的肥料。

二哥将牵牛花种子种在水坑边。

"我要种很多花，把它变成一个小花园。"他说。

没几日，嫩绿的小叶子从黑土里冒了出来。

大姐二姐帮着二哥，用杉树枝叶将花苗围成一圈，防止鸡鸭将它们当了点心。

天刚蒙蒙亮，我起床时，常常看到二哥蹲在小花园旁边，浇浇水，拔拔草，喜滋滋地哼着歌。

放学回家，书包还没放下，二哥总会跑去看看牵牛花长高了没有。

当花苗长到筷子长短时，二哥找来一根杉树枝，两根竹子，杵在小花园的泥土里，再将牵牛花小心地用稻草绑在树干上。

"将来牵牛花顺着树干往上爬，可以爬到二楼栏杆呢！"二哥拍拍满是泥土的手，无限期待地说。

肥沃的土壤，加上二哥的精心照料，牵牛花果然长得飞快，郁郁葱葱爬满了树枝。

绿色的花苞终于冒头，一天天鼓了起来。

"明天就能开三朵花了。"一天傍晚，二哥打理完小花园，神气地对我说。

"你怎么知道？"我望着那爬满树枝的藤蔓。

二哥神秘地笑笑，没说话。

第二天一早，在二楼的走廊上揉揉眼睛，看到二哥定定地站在小花园边上，抬头凝望着越发茂盛的牵牛花。

顺着他的目光看去，三朵水灵娇艳的白色花朵，骄傲地挺立在翠绿的叶片间，宛如三只小喇叭，卖力地吹起欢快的歌谣。

"哇……"我不由得惊叹一声，快步跑下楼去，与二哥并肩而立，"要不要浇水，要不要拉根绳子让它往楼上长……"

"不用，"二哥得意扬扬地抬起手，往高处指了指，"你看那里，还有那里，明天还能再开五朵花。"

"那总共就有八朵了。"这次我相信了，"会有粉色的吗？"

"明天会有两朵粉色的。"二哥自信满满地说。

"我可不可以摘一朵？"我试着问。

"当然不能！"二哥坚决地瞪了我一眼，见我沮丧地低下头，迟疑片刻，又说，"这样吧，明天粉色的两朵算你的，但是不能摘下来。"

没怎么参与小花园的打理，居然也要有自己的花了，我立刻开心起来。

此后每天傍晚，我跟着二哥，去数将要开放的花苞，计算着白色粉色的花朵。

渐渐地，花越开越多，数不过来了，便只站在藤蔓底下，闻着花香，看着蜜蜂在花朵间忙碌。

夜里，会梦见牵牛花的种子成熟了，一个一个弹开来，一粒一粒黑色种子，掉进泥土里，一株一株小苗儿爬满了屋前空地。

"这是指甲花的种子，我从同学那里要来的。"有一天二姐从书包里掏出一个纸包，小心翼翼地打开。

"哇，太好了，我早就想要种指甲花了。"二哥捧着褐色的种子，开心得喊了起来。

牵牛花还开得层层叠叠，指甲花的苗儿已经长到二哥膝盖那么高了，过不了多久，红色粉色的花朵，就要怒放。

常常回想起那种满期盼和欣喜的小花园。

是二哥的，也是我的。

最近，睡觉前，上小学的孩子总要我讲讲我小时候的事。

当我讲到那开满鲜花的小花园，他便自告奋勇说："明天我帮你浇花。"

"如果我每天都浇水，我们阳台上也能变成小花园吗？"他问。

"我们养的全是绿萝，开不了花的。"我笑笑说。

也不是没有养过其他植物，可没一样养活的。

"那你能给我养点可以开花的吗？"他紧追不舍。

"将来我们买个一楼带院子的房子，就可以了。"我拍拍他肉嘟嘟的小脸。

"耶！"他欢呼一声，马上乖乖地躺好，"睡觉啰，明天早点起来浇花。"

很快，他便进入了梦乡。

我轻手轻脚起来，在沙发上坐定，泡一壶茶，盯着茶几上的那盆绿萝发呆。

每个人心中，都有一个花园。

累了，困了，厌倦了，它是极好的去处。

等到有了小院子，我要把它布置成花园。我想。

院子不用大，但要用板石铺就的小路隔成几块。

靠房子的一块，种几棵葡萄，让它爬满原木搭成的架子。

夏天，在架子下摆一把躺椅，躺着就能满眼翠绿。秋天，紫色葡萄坠下来，宛如散发着香甜味道的珍珠，鼓胀着秋天的喜悦。

靠房子的另一块，栽一棵银杏。秋去冬来，片片金黄树叶从书上飘落，将整个院子都映衬得明亮。

外边的几块，一块种上月季。

红的粉的月季，竞相开放，长达半年以上的花期，总让身处其间的主人赏心悦目。

一块种上风信子，成片蓝色或是鹅黄色的风信子，在春风中招摇怒放，浓郁的花香溢满花园。

院子的墙根下，我想种上爬山虎，让它顽强的生命力，布满整个院墙，即便是作为多彩小院的背景，也是别样一番景致。

自然少不了在爬山虎的中间，种上几株牵牛花。让平凡的花朵，开进夏日的梦境，随着无声的小喇叭，去往儿时的小花园。

院子的角落，自然少不了一张方桌，可以是板石，可以是原木，能放一个茶海就行。

休闲周末的午后，三五好友，围桌而坐，喝一壶浓茶，聊一阵闲事，虚度半天好时光。

夜已深。

我梦见院子里的月季争奇斗艳，板石桌上的炉子飘着阵阵茶香。

打开原木制成的院门，两旁各一个竹制的花架，四季常青的花草，与院外的公共绿植交相辉映。

凉风徐来，我翻开一本书，觉得甚是眼熟，看看封面，却正是那本《亦看花开》。

亲爱的妈妈

亲爱的妈妈：

你好！

今天又是你的节日，节日快乐！

很久，应该是太久，没有提笔写一封信了，手有点生。

这种感觉，熟悉又陌生。遥想当年，书信还是主要的沟通方式时，隔一段时间不写信，就会感觉少了点什么。而收到信件，正是日常的期待。

还记得上中学时的暑假，每次收到大哥的家书，一家人都能满是欢喜好几天。有时候，我们在地里干活儿，邮递员在河对岸喊一嗓子，我和二哥二姐就争先恐后地扔下锄头，跑过田埂。

我总是跑不过他们。于是只能坐在锄头把上，静静地听他们读。部队的各种琐事，都新奇而遥远。听到生活中的趣事，会心一笑。至于鞭策我学习更多一点劲头的话语，选择性略过。等他们读完了，我再把信抢过来，细细地读一遍。若是称呼中没有"小弟"二字，还会失落半天。但要是他说年底要回来过年，则乐得眉开眼笑。

书信，给那时的我们极多力量。尤其当我茫然无助时，家书时时抚慰我的心房。曾经我们都热衷于写信，回头看时，竟已久远。

昨天还有朋友问我是否会在母亲节写篇小文。我环顾左右而言其他。说实话，你学会了微信聊天发红包，隔三岔五视频过来找小枕头闲聊，感觉咱们成天见面，也就没那么想你。况且，西安实在算不上远，几个小时就能过去看你。你一样可以给自己放两天假，来北京过个周末，感受一下不一样的夏天。家里的两瓶好酒，都给你收了两三年了。

说起酒，我不得不抱怨一下，你的这个基因，完全没有传给我们三兄弟，酒量一个比一个差。记得我还小，你还年轻的时候，从地里干活儿回到家，你常常不喝水，也不喝茶，拿起扣在陶罐上的饭碗，舀一大碗米酒，咕咚咕咚，一饮而尽。我捧着水杯，看你伸手抹抹嘴，舒心地长出一口气，目瞪口呆。

只是见得多了，也就习以为常。比起外婆的一天三顿酒，你已经算功力大减了。待我们陆续工作后，你终于不必每年大张旗鼓蒸米酒，开始品尝到各式各样的"瓶子酒"。次数不多的回家，总想着给你带两瓶味道不错的酒。就是当你问价格的时候，我得往下压一大截。可即便这样，前一刻还满脸享受的你，立马说味道也一般般，下次别买了。不过你骗不了我，中午饭后我还见你偷偷倒了一瓶盖，一口喝完，咂巴了半天嘴。

我喝不了酒，但看你喝酒，真算是一种享受。小枕头刚出生那年，你总是等我们吃完晚饭才吃，凉了的菜也不让热。径自从泡的药酒瓶倒小半杯酒，抿一口，吃口菜，看一眼小推车里粉嫩的崽子，逗两句，再抿一口。笑容在你满是皱纹的脸上生了根。有次我问你，城市待着感觉还好吧？你仰头将空杯往嘴倒了半天，才说："城里有啥好的？也就酒还行。"

哈哈，说多了！你现在肯定没那么馋酒了。七十多岁的人，确实要控制量，每天喝个一两，就可以了。这还得是在你每天活动锻炼的基础上。

你别又跟我说什么洗衣做饭拖地也是锻炼。那不一样！你得下楼去散散步，太极拳学不会，广场舞总归学得会吧？也别说年纪大了不好意思，你那头发染得黑黝黝的干吗呢？怎么就好意思了？不出去显摆显摆？

其实头发可以不染了，全是化学的东西，对身体不好。你一老太太，满头白发怕啥呢，不是更仙风道骨啊！

写到这里，发现跟以前的家书架构完全不同了。可能你会不习惯。那么按照八股文，我再补充一下：我身体很好，工作顺利，生活也很愉快，不必牵挂！

前面我说没那么想你，你不会生气吧？

其实也不是没想，是没以前那么想。不过我知道你想我的。哈哈！每次说是要跟小孙子视频，不还着急忙慌问我这那的？

说起来，我也并没有烦你，上次匆匆挂掉，实在是你的宝贝孙子作业欠了一大堆，老师催着交呢。我这正着急上火，你那边还要视频问山药豆长几片叶子，我说话就大声了点，你别往心里去。等山药豆结豆，我挑最大的几棵给你寄去，让二哥给你煮一大锅粥，保证好吃！

时间真的很快，又已是夏天！北京的春天很短，短到常常我想接你来赏春，它就悄悄溜走了。明年我早点接你来，咱们一起从冬天开始守候春天。

  春光灿烂的日子里，陪你喝一杯，美不美？要是有点头晕，那就睡一会儿。毕竟，我们都是大人了，你的孙子都已是翩翩少年郎，没那么多需要你操心的烦琐事。

  书上说，父母盼望儿女行稳致远。

  那么，健康快乐，就真真是我对你的期望和祝福了！

  此致

敬礼！

满崽：权

2020 年 5 月 10 日

我一直爱着你

下班时又下起雨，便索性在办公室多待了一会儿。

等雨停歇时，走在回家路上，地上仍有积水。天色昏暗，冷风阵阵，穿着短袖的我不由得加快了脚步。

十字路口，竟然燃起了几堆火，青烟阵阵。

我知道，那是有人在烧纸，缅怀逝去的亲人。

蹲在火跟前的人，用树枝拨弄着火堆，让火燃得更旺一点。又不停地往火中投着黄纸，嘴里念念有词。

在下一个路口，虽然没有人烧纸，但地上有几个白色的圆圈和残余的灰烬，显然是刚刚有人烧过。

这才记起，今天是中元节。

中元火化。

这四个字猛地从脑海里冒了出来。

在我才刚刚开始用毛笔练习横平竖直的年纪，父亲便鼓励我在各种场合一展身手。

中元节在纸包上写字便是其中一项。

中元节是一个很重要的节日。在那半个月里，家家要举行仪式，迎接仙逝的祖先回家，汇报取得的各项成绩，祈求获得祖先的庇佑，诉说思念之情。

家里通常提前很多天就买好了成捆的黄纸，每个晴天都搬出来在门前晾晒。

临近农历七月十五，午饭后，奶奶和母亲坐在堂屋前，用木槌和铜印在黄纸上敲出一排一排的铜钱印记。

"要排列整齐，深浅相称。"当我想要帮忙，奶奶将手中的工具递给我，免不了一再叮嘱，"这是给祖先用的钱，要诚心。"

一切准备就绪，按照父亲列出的清单，黄纸被分封成厚薄不一的纸包，像是寄给祖先的一封封书信。

我端坐在长单桌前，握着毛笔，在纸包上写下某位祖先的辈分和名讳内容。最后是"某年某月中元火化"。

中元节当天晚饭后，在院子里架上柴火，将黄纸包一字排开。奶奶带着全家人给祖先磕了头，才让父亲点火。

一时火焰熊熊，青烟缭绕。

静默，肃然。

盯着飘起的灰烬，我感到既温暖，又有点紧张，暗自涌起无数的念头。

温暖是因为看着纸包上一个个名字，仿佛是一股股庇护我的力量。

紧张是因为人们说祖先不满意的话会不肯走，夜里在院子里徘徊，第二天早晨能在灰烬上看到脚印。

我胆子小。

胆小是缘于我小时候经常听老人讲鬼故事。

我既害怕，又忍不住竖起耳朵听。到后来，胆子越来越小，晚上从来不敢一个人出门。

即使是大白天，一个人走山路，也战战兢兢，总觉得影影绰绰的灌木丛里隐藏着某个鬼怪，正不怀好意地盯着我。

有时一阵山风吹过，树叶发出沙沙声响，我便吓得头皮发麻。

回头是不敢的，因为奶奶告诉过我，人的肩膀上有两盏灯，回头就会碰灭。我屏住呼吸，慢慢地往前挪步，汗水很快打湿了后背，待终于能看到山脚下的稻田，才迈开脚步狂奔而去。

跑出好远，抚了抚胸口，长呼几口气，心怦怦怦跳，有种劫后余生的感觉。便有点怪奶奶讲的鬼故事，还喜欢吓唬我。

如今我没那么胆小了，晚归时走在空荡荡的街道上，偶尔想起儿时听过的那些鬼故事，也不再有惊悚的感觉。

往事历历在目，奶奶却已经走了十多年。

大概两年前寒假，陪孩子看了一部动画片《寻梦环游记》。

看到里边的可可奶奶时，我立刻想到了我的奶奶。

深如老树皮的皱纹里，溢满了亲切和蔼。

片中人物形象可爱，故事情节并不复杂，我一边剥花生，一边漫不经心地瞟几眼电视。

"真正的死亡是世界上再没有一个人记得你。"

听到这句台词，心绪一紧，我停下了手中的动作，脑海短暂地陷入空白。

　　我开始真正用心观看影片。

　　"我一直以为爱的反义词是不爱，直到现在我才明白，爱的反义词是遗忘。我不会忘了你，因为我一直爱着你。"

　　看到这里，我的鼻子发酸，有泪将流下。

　　如果逝去的亲人只是去了另一个世界，最伤心的，莫过于亲人们逐渐将他们遗忘吧。

　　而奔走于碌碌现世的我们，关于他们的记忆，真的会被无尽的琐事、伤心事、开心事所挤走。

　　到最后，不知能否存下几分。

　　我感到莫名的悲伤。

　　亲人当然不会被遗忘。

　　逝去的亲人，早已融进我们的脑海里，血液里。

　　尤其一些特殊的场景，常常唤起关于他们的记忆。

　　在一些特殊的节日里，更是止不住潮水般的思念。

　　那些仪式，不只是祭奠、缅怀，还有哀叹。

　　哀叹他们没有继续同行在前行的道路，哀叹他们不能继续分享人生的苦乐，哀叹共同经历的那些事再与谁人诉说。

　　我们会在祭奠时默默流泪，甚至失声痛哭。

　　痛哭是因为不甘、不舍，还有长久以来自己积压的委屈、焦虑、失望。

　　在那之后，日子如常。

　　那些伤心的事，通常不再被提起。

　　但即使再久远，亲人啊，我不会忘了你！

　　因为，我一直爱着你！

回　乡

因为疫情，已有将近两年没回老家。五一假期，终是回去了一趟。

到家当晚，来了几位同学朋友，加上自家人满满坐了两桌。一顿饭吃得热热闹闹，八九点钟方才散去。

小枕头拉着大姐家四岁的天佑，一起向大哥发起挑战，木棍竹竿一通乱打。母亲带着大姐和两位儿媳在厨房剥下午拔的野笋。我和大姐夫陪父亲打字牌。

路灯犹自照着门前的马路，电视机还播放着连续剧。

蛙声阵阵，有若无声。夜幕深深，心却光明。

直到十二点，才相互催促着洗漱睡去。

乡村的早晨总是醒得很早。第二天刚天亮，马路上就响起摩托车和汽车的轰鸣。

想睡个懒觉，又不忍浪费如此美好的早晨。便起来喝了一泡茶，去河边田野溜达了一大圈。

肚子咕咕叫了，才回到家。小枕头却还是四脚朝天睡得正香。连着两个晚上去扎泥鳅，收获不大，乐趣却不少。早上便也起不来。

强光手电筒照在水田里，腐朽的稻草，嫩绿的秧苗，扑通一声跳进水里游走的小青蛙，围着手电筒飞舞的小虫子，一切那么新奇而有趣。单是此起彼伏的蛙鸣，就让小枕头兴奋不已，在田埂上流连，迟迟不肯回家。

连叫他几次吃早饭，都是迷糊答应一声便又睡过去。

只得留了饭菜，不再等他。

吃过早饭再去叫他时，床上空空如也。来到阳台上一看，却见他早已跑到河边，挥舞着木棍，冲着鸭子大喊大叫。

"你们这群好吃懒做的鸭子，吃我一棍！"

棍子击在水面，溅起一人多高的水线。被风一吹，水线又变成大大小小的珠子，洒落在波光粼粼的河面。

鸭群惊散开来，扑腾着翅膀，往河中逃去。游得远了，鸭子回过头，伸长脖子，嘎嘎叫几声，像是控诉，像是示威。

见"敌人"并不敢下水，便又恢复得意扬扬的神态，如龙舟一般稳稳地浮在水面，橘黄色的鸭掌在水下划动，缓缓飘向河对面的草丛。

"不能单独到河边玩！"大哥扛着一桶井水，从河堤上走来，"走，跟我回家。"

小枕头嘟着嘴，极不情愿地爬上河堤。

"快点洗手吃饭，鸡腿骨可以拿去喂小狗。"我将他推进洗手间。

"对啊对啊，我要喂花花！"他欢快地拍着手。

花花是只小土狗，全身大部分黑色，只在肚皮和脚上有一片雪白的毛。

刚到家那天，小枕头一眼看到它，立刻就冲过去。"哇，小狗！"他伸出手，想要去摸摸它的头，"它叫什么名字？""花花。"父亲收回原本准备抱抱他的手，"快一岁了。"

它有点怕人，耷拉着尾巴从家里跑出去，穿过马路，在新翻了土的菜地上趴下，远远地看着我们。此后两天，它也不太跟人亲近，总是游离在人群之外。为此小枕头还郁闷了很久。

想到要喂花花，小枕头飞快地啃着鸡腿，扒拉着米饭。

"吃完啦，我去喂花花。"没几分钟，他放下碗，捏着故意剩下几根肉丝的鸡腿。

正要呵斥，他已经飞也似的跑下楼。

"过来喝茶啦！"大嫂在楼上喊。

我应了一声，走去三楼。

水是刚烧的井水，茶是自制的野茶。在陶罐里存放了整整一年的野茶，干茶并不十分香，洗茶一遍，香味便激发出来，闻之意动。

茶汤红亮，醇厚顺滑。

轻啜一口，顿觉满嘴生津，唇齿留香，荡气回肠。

我和大哥喝得很快，一壶开水很快泡完。

大嫂泡茶是用带盖搪瓷杯当作盖碗。

"怎么不用紫砂壶？"我疑惑道。

"没找到。"大嫂继续烧水。

我起身去二楼的茶室，翻箱倒柜半天，也没找见。

"这不是嘛！"大姐走进来，一眼就看到了摆在壁柜上的茶壶。

将久未使用的紫砂壶清洗几遍，再泡上一壶茶，喝着茶，聊着天，不知不觉便到了中午。

下午就要返程，大哥大嫂放下茶杯，忙着收拾行李。

我独自喝着茶，看明亮的阳光照在搪瓷杯上，有点耀眼。

楼下，小枕头还在追着小狗，不厌其烦地劝慰："花花别害怕，你吃呀，鸡腿它不香吗？"

翌日，大姐一家返程。

家里冷清了许多，吃过午饭睡个午觉。满头大汗醒来时，已是傍晚。

一轮红日浸在河中央，将大片河水染成橘红。归家的鸭子游过来，将橘红揉开了，铺匀了，水面便沸腾起来。

谁家传来几声犬吠，花花便也跟着胡乱叫了几声。

一天又过去了。

立夏前一天，吃过早饭，父亲难得出现在三楼。

"又喝茶啊？"父亲点上一支烟，在沙发上坐下来。

"喝茶好习惯，你也要多喝茶，少抽点烟。"我倒一杯茶，放在他跟前。

"这茶还行吧？"他喝了一口，问道。

全是他和母亲从荒废的茶山上采来的野茶，当然是好茶。几位爱喝茶的朋友都赞不绝口。

"带你们去看看野茶树吧。"他说。

喝了好几年他亲手揉制的茶，还没去过野茶生长的山头，确实想去看看。

于是骑了摩托车，奔七八里路外的旧茶山而去。

说它是旧茶山，因为在集体化时代，那片就是村里的茶山。八十年代后，茶山无人打理，逐渐荒废，被杉树、松树和各种灌木淹没。

村民砍柴时，也会连茶树一起砍了当柴火。

然而每年春天，还是有一茬一茬的嫩叶，从茶树桩上冒出来。有的已经长到胳膊粗细。

这样的茶，自然是最绿色环保的。

沿着山路往上，父亲指点给我们看。昨夜突来一场大雨，那一丛丛碧翠欲滴的茶芽，挂着水珠，散发出淡淡清香。

采了一会儿茶，又被根根野笋吸引，便转去拔了一阵笋。

同样是大自然的馈赠，野笋要趁鲜，茶叶可余年。

太阳升得越来越高，林子里变得闷热。我们提着满是野笋和茶叶的竹篓下了山。

回家洗了茶晾上，野笋剥了笋壳煮上。母亲围着灶台忙活午饭，叮嘱的话一刻也不停。吃饭时一个劲儿往我们碗里夹菜。

当接我们的车在楼下按响喇叭，父亲叼在嘴上的烟一抖，烟灰落在碗里。母亲眼中彷徨了许久的泪水，无声滴落。

我匆匆扒拉完米饭，走出去，倚着阳台深吸一口气。

气温已高，好在凉风阵阵。

小河依然静静流淌，沿岸茂盛的杂草将河水映得碧绿。水田里叫了一夜的青蛙不见踪迹，只有几朵白云在水面游走。

长风始飘阁，叠云才吐岭。原来春已尽，今日立夏。

我们重逢在春天里，分别在夏天。

洗　澡

"去对面的店子里吃饭吧，吃完给我炒一份莴笋，打一盒米饭。"刚一见面，父亲便从病床上坐起来，对我挥了挥手。

他做了个手术，电话里说我工作忙就不必回来了。我终是放心不下，请了两天假回来探望他。

大哥估计跟医生沟通去了，此时病房里只有父亲和另外两位病人。大概是不想我问东问西，这才下午五点，他就若无其事地让我去忙活晚饭。

我深吸了一口气，放下背包，转身出了门。

匆匆地吃完一份盖浇饭，拎了打包的饭菜再回到病房。

父亲的床位上空空如也。

"老满，过来给我搓搓背。"父亲在卫生间里喊。

我赶紧放下饭菜，推开卫生间的门。

父亲正攥紧毛巾，蹲在水桶边，吃力地擦洗后背。

我接过毛巾，将水拧干，缠在手上，开始帮他搓背。

左手压在缠了毛巾的右手上，在他古铜色的皮肤上用力地来回搓，直至皮肤呈现出淡淡的红色。

"有灰吗？"父亲问。

"没有，比我干净多了。"我笑着说，"你这体格比我还强壮啊。"

"搓得一点力也没有。"他嘟囔了一句，不再说话。

我默默地帮他搓洗了脖子、后背。

"好了，我自己来吧。"没等我问他要不要搓另一面，他便主动赶我走了。

"能行吗？"我担心道。

"没问题，你去歇着吧。"他不由分说从我手中拿过毛巾。

临出门时，我瞥见了他染得漆黑的头发根部，一片雪白。

父亲很快洗好出来，指挥我把饭菜放在一个纸盒子上端到床头，才细心地梳了头发，开始吃饭。一边吃，一边问我的工作生活。

吃过饭，他说困了。我把病床摇下铺平，他调整了一下睡姿，很快进入了梦乡。

他憔悴了，本就消瘦的脸更加棱角分明。戴着蓝色病人编号手牌的手背上，几颗褐色的斑点格外扎眼。

我往大哥临时买的躺椅上一躺，也睡了过去。

我仿佛回到了小学时代，那个特别寒冷的冬天。

小时候最不愿意的就是寒假里洗澡，一天一天找各种借口拖着，直到除夕前几天，终于不能再拖了，才慢吞吞开启洗澡模式。当土灶上大铁锅里的水开始翻滚时，将灶里的柴火扒拉出来放在土灶外的柴灰上，再添上几根树枝，然后往旁边的木桶里舀热水。

即使生着火，四处漏风的厨房依旧寒冷，一阵冷风吹过，皮肤上立刻出现一片鸡皮疙瘩。我站在木盆里，用毛巾从木桶里蘸了热水往身上抹。

并不是哪里脏抹哪里，而是哪里冷抹哪里。

父亲从堂屋走了进来，见我这副噤若寒蝉的模样，便呵斥了几句，抢过我手中的毛巾，狠狠地搓在我背上。

"你这身上都能刮下一斤多灰了，还这么挠痒痒一般地洗能洗干净吗？"他抓着我的胳膊，每搓一下，我的皮肤上便火辣辣一片。

"轻点，轻点……痛死啦！"我大声抱怨。

"这么大的人了，洗澡都洗不干净！"说着话，他的手并没有停歇。

从脖子到后背，皮肤红得快要渗出血来。

"好了好了，我自己来。"见他还要帮我搓胸前，我索性一屁股坐在木盆里，双手环胸而抱。

"毛都没长，还害羞！"父亲笑骂一句，将毛巾搭在我肩膀上，甩了甩手，出门去了。

"怎么，做梦啦？"梦里我正摸着火辣辣的后背抱怨，不知何时进来的大哥将我推醒。

"嗯，梦见小时候洗澡的事。"我伸了个懒腰，站起来。

"你那时不是天天哭着喊着要我带你去河里洗澡吗！"大哥拍了拍我的肩膀。

那时大哥带着我和二哥去河里，可不是洗澡的，主要是玩。我笑了，没作声。

"小枕头会游泳了吗？"大哥又问。

"他喜欢玩水，游泳却还是不会。"我说，"现在洗澡都还得我监督呢。"

自从上小学开始，小枕头就不愿意让妈妈给洗澡了。"妈妈是女生，我是男生。"他说。

每次玩得满头大汗，我说洗个澡吧，他就紧张兮兮地问，"可以不洗头发吗？"

回答当然是不可以。

他便磨磨叽叽地脱衣服裤子，各种理由拖拉。即便已经进了卫生间，我刚给他淋了淋后背，他就大喊大叫，不是水热了就是水凉了。

洗头发的时候，他头使劲往后仰，双目紧闭，不时提醒我不要把泡沫弄到他眼睛和耳朵里。只有当头发冲干净，丢给他一块毛巾，他才长长地出了一口气，胡乱抹了几把脸，就开始抢着拿莲蓬头。

我将沐浴露用毛巾在他后背上均匀地涂抹，再蘸了水轻轻地搓他细细的脖子、细细的胳膊、细细的腿。

他什么都细细的，皮肤白嫩光滑，以至于我不敢用力，生怕一不小心将皮搓破。即便这样，他也时不时呼天抢地，龇牙咧嘴地躲闪。

尤其搓洗完后面，要给他洗前面的时候，他死活不肯让我动手，说要自己来。

他一手拿着莲蓬头，一手拿着毛巾，笨拙地搓洗着。与其说是洗澡，不如说是玩水，水溅到眼睛耳朵里，也是咯咯地笑个不停。

连哄带吓地将他赶出卫生间，再用电吹风给他吹干头发。他很享受地眯着眼睛，小手反过来拍拍后背，"好舒服，这里也吹吹。"

"等爸爸老得不能动了，你给我洗澡不？"用浴巾将他包裹起来，我问道。

"我不想要你变老！"他情绪瞬间低落下来，耷拉着眼皮，"你不老我也给你洗，行吗？"

父亲醒了过来，静静地听我跟大哥讲小枕头的趣事。

"暑假带他回来玩，我带他去河里洗澡。"父亲说，"再往后，我都要游不动了。"

病房里浓郁的消毒水味，呛得我眼泪冒了出来。

新壶·圆子·江南

夜，来临。

夜当然会来临。

太阳刚从西山落下去，黑夜就扑将过来。

原本高耸挺拔的大楼，在黑暗中如同青面獠牙的怪兽，瞪着火红的眼睛，俯视着匆匆逃离的人群。仿佛随时都会扑过去，将火急火燎期待欢度周末的人按倒，撕碎。

还是周五，当然不是周末。

但每个拎包走出办公室的人，都会跟别人说一声，周末愉快！

周末并不一定愉快。

但期待周末，一定是愉快的。

只有呆子，才会不着急走。

他仍坐在他的格子间里。

他不是呆子。

虽然他头发乱糟糟，胡子也没刮干净，甚至脸都有点僵硬。

他的眼睛虽然不大，甚至有点小，但目光深邃、有神。

如果有人认为他是呆子，这个人自己才是呆子。

桌上的手机振动几下。

僵硬的面容立刻生动起来，就像一滴油滴进烧红的铁锅里。

空气，都炽热了几分。

他从椅子上弹起来，粗糙的手指划过屏幕。

"你好，楼下取快递……"

电话未挂断，他已关灯，关门，兔子一般窜进电梯。

昏暗的灯光下，一辆电动三轮车。

车旁有人，裹得严严实实的人。

车上有货，堆得满满当当的货。

他接过属于他的纸箱，飞快消失在越发浓郁的黑夜里。

如果心里有一个人，你就不会觉得孤单。如果屋里有一盏灯，你就不会害怕黑暗。

屋里恰好有一盏灯。

灯镶在雪白的天花板上，将整间屋子照得如同白昼。

他坐在柔软的沙发里，躬着身子，目不转睛地盯着玻璃茶几上的一把壶。

那是一把崭新的壶。

散发着金刚砂磨口后的特有味道。

通体紫色，隐隐发出淡淡的光芒。

圆润饱满的壶身，四片如意云纹的盖子，三个小巧挺拔的乳足。

三足鼎立支撑壶身的乳足，娇嫩挺拔，让人不忍亵渎。

水已开。

滚烫的水浇进壶里，嗞嗞嗞，细微的声音。壶身从底部开始，逐渐往上，紫得愈发浓烈，愈发耀眼。淡红色的颗粒，在一片深紫色中跳跃。

水雾立刻就腾起来，足足有三尺高。

黝黑卷曲的茶叶，在滚烫的水里，扭扭捏捏伸展着，干瘪的身板，逐渐饱满。

香气自然随着水雾飘散开来。

他用一块柔软的棉布将壶包住，捧在手里，轻轻地摩挲。

这是来自江南的紫砂壶，泡的是来自江南的茶。

他大部分时间生活在江南，他大部分时间都会想念江南。

茶水已倒进松段形状的小杯里，泛着一层白雾。

他并没有喝。

目光依旧停留在因为温度而变幻了颜色的茶壶上。

壶身炽热，圆润饱满。

他动作温柔，神情肃穆，唯有目光却是热切的。

每一位资深茶客都应该知道，新壶夺香。

但是，一个崭新的壶，在滚烫的茶水中，洗涤去它浑身的烟火气，焕发出新的光彩，这过程足够冲击，足够吸引人。

晚秋的风，更急。

闯进黑夜的风，更冷。

茶汤尚热。

人却有点冷。

他忍不住抖了几下腿。

他轻声吟唱。

"风吹霾散，何方，何处，煮水试新壶。茶香缥缈，与叶沉浮。鹰飞草长，征程，归途，天涯路。一盏浓汤，饮尽孤独。"

唱至最后，几不可闻。

他也许累了，饿了。

他确实累了，饿了。

又冷，又黑，又累，又饿的夜里，不应该喝茶。

此时最好有一壶酒，江南的酒。

他恰好有一壶酒。

二十年的绍兴女儿红。

炉火生起来，酒已温在炉上。

他竟然在冰箱找到半块圆子，黑乎乎像一坨干硬牛粪的猪血圆子，除了宝庆人有，天下哪里都没有的猪血圆子。

案板边上的一堆杂物里，竟然还有三颗干硬的红辣椒，一节生姜。

美妙的夜晚！

别人当然不了解猪血圆子对于宝庆人的意义。

别人也不觉得这可以烧一道菜。

他却真的烧出了一道菜。

色香味俱全的一道菜。

猪血圆子切得很薄，用花椒油爆炒后，镶嵌在里边的肉粒，泛着油光。拗成小段的辣椒红得发黑。生姜片依旧淡黄。

它不只是一道菜，更像是远在千里之外家乡的一幅画。

这幅画每年总有一些时候，会出现在梦里。

接下来当然要大口喝酒。

一个人若想醉，就应该大口喝酒。

他大口喝酒，就着薄薄的猪血圆子，细细咀嚼。

他喝酒很快，吃菜却很慢。

虽然慢，一碟猪血圆子还是很快消失了。

最后一片生姜已经送进嘴里，壶里再也倒不出一滴酒。

他却还很清醒。

他还知道洗碗。

他还记得关灯。

灯一关，黑暗就将一切笼罩。

虽然很清醒，也该睡觉了。

人都要睡觉，就跟人都要吃饭一样，道理很简单。

即便不睡，也该躺在床上。

多少人，也会躺在无尽的黑暗里，彻夜无眠？

躺是最舒服、最放松的状态。

身体停滞，思维不止。

就会想起江南，想起儿时开满鲜花的河堤，想起一个雨天飘过街角的丁香花一样的姑娘。

夜更黑。

风更冷。

他却一点也不害怕，一点也不孤独。

睡着的人，通常不会害怕，也不会孤独。尤其是在做梦，做美梦的时候。

他梦见香山的枫叶红了，红得像江南二月里的花。

红叶每年都会红。

但如果头发白了，就再也不会黑。

岁月总是在人身上刻下永不磨灭的印记。

他的白发又多了几根。

他的腰杆不再笔挺。

皱纹悄然爬上了他睡梦中带着笑意的眼角。

但他还是睡得像个孩子。

重 阳

公司楼下的银杏又黄了，惊觉已在北京过了八个秋天。

半月前出差沈阳，秋天又是别样的风韵。红叶林在城里随处可见。土路和河流在林下穿行，这样的景致，在北京大抵是看不到的。

正值十月中旬，沈阳早晚气温低至零度。正午，却是阳光和煦。冷风吹得裸露的脖颈泛起一层鸡皮疙瘩，捂得严实的腰腹仍然暖暖。

午饭后休息片刻，泡了一杯茶，就站在路边发呆。这样的暖阳下，凝望片刻蓝天，甚至是地上自己的影子，都让人恍惚，暂时忘却了碌碌尘世。

心想若是紫砂壶泡上一壶宜兴红茶，或者荒野老白茶，于空旷的林边，太阳能晒到的地方，或三五好友，或独饮，都是再好不过的事了。

也许还要拼凑歪诗一首，聊以助兴。

我有一壶茶

闻香知雅意

人走剩黄花

又是秋来九月八

我有一壶茶

茶在壶中

开了花

身陷茶雾

思绪已天涯

我有一壶茶

紫玉带金砂

镜花水月

冷暖变化

我有一壶茶

烈酒慰不平

一壶容天下

我有一壶茶

可泡孤寂

可入梦

可涤酸甜苦辣

前几日，就收到官方短信，接下来几个周末是香山赏红叶的高峰期，提醒大家提前预约。

是啊，一到秋天，北京就变成了北平。北京最美的季节，当然是秋天。

但这种人满为患的热闹，我是不去凑的。

重阳节前一天，下午才去跑步。小区乒乓球场上，社区乒乓球比赛如常举行。几个台子同时进行着比赛。瘦高的杨老师不时高声招呼，安排对赛双方，记录比分。最后竟也安排了颁奖环节，获得奖牌的球友在夕阳下，笑得格外灿烂。与周围几棵梧桐树金黄的叶子，相映成趣。

乒乓球场北边的铁丝网上，爬着一丛牵牛花。夏天时，它开出白色、粉色、紫色的花，在晨风中格外醒目。

此时，花没有了，叶子也变得枯黄，包着黑色种子的果荚，薄得透明，秋风一吹，几颗种子坠入泥土里。

我停下脚步，凝望着那枯黄的藤蔓，即使不再开花，它也保持着向上攀爬的姿态，为这秋天，增添一道美丽的风景。

小学时，特别期盼重阳节，按照老师的安排，提前几天就准备好了礼物，有时是两个蜂窝煤球，有时是一小袋米，有时是几个橘子。

重阳节一到，准备了礼物的同学，排着队跟在老师身后，手里拎着各式各样的礼物。村民在路边驻足观望，还没上学的小屁孩在边上大呼小叫。

五保老人家地方不大，空荡荡的，一下子涌进来这么多叽叽喳喳的小客人，让主人激动紧张不知所措。他转着圈想找点糖果什么的给大家，几圈之后，无奈地笑笑，不安地用手搓着衣角。阳光将他本就黑红的脸庞照得更加发亮。

从此我关于重阳节的印象就是"给五保老人送温暖"。

后来读到王维的《九月九日忆山东兄弟》，才知道重阳节是登高祈福、秋游赏菊、拜神祭祖的节日，最关键的，是家人团聚的日子。

思亲常有，佳节更甚。

傍晚，有朋友发来图片，说是老家的山芋，甜得很。她晒的自然不是山芋，是浓浓的乡情。

又有朋友晒出山顶巨石野餐的情景。有酒，也有茶。有山风鸟鸣，有秋色无边。有远处山河壮阔老骥伏枥，有来路上孜孜不倦少年郎。一杯酒，笑谈往昔懵懂事。一壶茶，静看山腰赶路人。

最勾馋虫的，是其中一道猪血圆子。

已是秋天尾声，今年的猪血圆子就要启动制作了。

吃不到美食，那就泡一壶茶吧，解秋乏，祛秋思，减秋膘。

恰好朋友定制的老白茶到了。他说机缘巧合遇到了这一小批十年老寿眉，尝过之后，果断定下来。原本是散茶，为了方便存放，制成了茶饼。

迫不及待地拆开来一片。温壶，投茶，洗茶，药香浓郁，枣香、花香相伴，不由意动。

一道道品过去，茶汤稠滑醇厚，汤色明亮，琥珀色，甘甜，像丝绸包裹舌头，像羽毛划过口腔，不知不觉浸入这穿越岁月的味觉盛宴里。

夜幕已然降临，半弯明月，悬在窗外。

不经意间一抬头，露台角落里有什么一闪一闪。凑近一看，却是两颗手指头大小的山药豆。再沿着藤蔓仔细查看，又找到八颗。

秋天果然是收获的季节！看着它从小苗长大，爬上窗台。如今，山药豆结出来了，怎不让人心生喜悦？

夜风吹来，青灰色的山药豆在绿叶间时隐时现，洁白月光从天穹泻下来，将它们蒙上一层薄薄的银色，美丽至极。

睡前看着镜子里的自己，不由一笑。

半生游历，最好的美食竟是从前。兜兜转转，最美的风景就在身边。

周日一早，被母亲的视频吵醒。她说今天重阳节，问我们是否准备了好吃的。我含糊回复了几句，就将手机递给早已爬起来看书的小枕头。

"小枕头又长高啦，小伙子了！"母亲感叹道。我瞥了一眼手机屏幕里戴着假牙染了头发的母亲，怔怔无言。是啊，孩子在长大，我们在变老。

红叶明年还会转绿，光阴一去不回头。但那又如何？起来泡一壶茶就好了。

青山夜夜等明月，秋风劝饮壶中汤。红叶年年燃似火，哪管人间又重阳。

重阳节，安好！

一鸭解忧乏

　　江南又下起了雪。

　　纷纷扬扬下了一天，积雪却并不厚。

　　尤其可贵的是，一边下，一边消融，道路上竟只是湿漉漉，唯有草地、林间、树梢，积攒了厚薄不一的雪。

　　比起前不久的一场雪，江南的人们少了许多晒图的兴趣，赏雪、堆雪人、打雪仗的劲头，却是不减反增。

　　年关眼看就到，网上抢票的求助越来越多。原本开展了一波的个人所得税专项附加扣除填报带来的喜悦，很快被期末考试、年度考核、三角债各种大山压得喘不过气来。

　　突如其来的一场雪，暂时让人抛开尚未迫在眉睫的压力，凝望洋洋洒洒的灰暗天空，回忆一番儿时趣事，或是憧憬一下雪地烹茶的惬意。

　　雪是好雪，咋就不往帝都来呢？

　　大清早迎着零下十几度的寒风前行，空气将要凝固，抬抬挡住视线的帽檐，暗骂一句，你倒是下啊！

不过很快就会在有暖气且向阳的办公室里热得浑身难受，泡茶都恨不得用凉水。这么一天下来，微汗总是挥之不去。

便越发对光降温就是不下雪的京城，满腹牢骚，下班路上的汽车尾气，都浓了几分。

刚出大楼走在路边花园小径，就接到了快递电话，又原路返回，取了来自老家的包裹。

昨晚二哥给我打了几个电话才接到，说父亲打不通我电话，便告诉了大哥，大哥也打不通，就让二哥联系我。内容很简单，就是告诉我家里给我寄了几只鸡和鸭。

其时刚辅导完孩子数学作业，已是晚上十点，还是拨通了父亲的电话。

他告诉我，鸡是自己家里喂养的，从开春喂到现在，除了留下几只下蛋的母鸡，都分寄给了我们三兄弟。鸭则是在村里买的，两三年的老鸭。

我独爱鸭的肥而不腻，香滑有嚼劲。儿子却爱吃鸡，即使塞牙，也好过鸭肉的"拔牙"。于是母亲在家时，会鸡鸭都养一些，年年盼着小孙子回去过年。

今年大概是小半年不在老家，精力也有些跟不上，便只养了鸡。

与父亲闲聊了十几分钟，收尾还是那两句话。

"锻炼好身体！多花点时间把孩子培养好！"

挂完电话，想着过几天就能吃到鸭子，辅导作业时将要崩碎的心境，自然恢复了几分，连催促儿子洗漱睡觉的语气，都略显和蔼。

没想到今天就收到了。

南边去往学校，还有几分钟，学校托管的时间就到了。

北边去往家中，可以放下包裹，再将鸡剁好炖上半小时，然后去托管班接孩子。届时少不了被他以"你答应了今天来学校门口接我的"为由，敲一根冰糖葫芦的竹杠。

我在金沟河路口犹豫半晌，终于还是驮着二三十斤的包裹，穿过西四环，沿着辅路往南骑行。比起一根冰糖葫芦，我更不忍他寒风暮色望眼欲穿的失落。

在学校门口刚停好车子，两条长龙就蜿蜒而来，围堵在门口的家长，领了孩子逐渐散去。

儿子远远看见我，一路小跑过来。

见了车筐上的大纸箱，正要把书包递给我的他快快道："我抱着吧。"

"奶奶给你寄来的大公鸡哦！"我戴上手套，拍了拍纸箱。

"哇！我要吃鸡腿。"他兴奋地喊起来，急切地扭头对边上的小朋友说，"我有鸡腿吃啦！"

"幼稚！"并不认识儿子的圆脸小姑娘丢过来一个白眼。

他不以为意，在后座上端坐，将书包抱在腿上。

到家拆开纸箱，两只鸡、三只鸭，收拾得干干净净，皱褶处残留着细碎的冰块。

我清理了一下冰箱，再将鸡鸭每只分割成四块，分别用保鲜袋装了，塞进冰箱。鸡和鸭各留了一块，鸡肉炖汤，鸭肉，呵呵，当然是爆炒！

"爸爸我去把这本书还给洋洋。"炖上鸡汤后，我刚要切五花肉，儿子拍着厨房的玻璃门，大声说。

"行，还完书赶紧回来复习功课！"

他欢快的脚步声很快消失在楼道里。

热锅冷油煎生姜，不全是为了姜汁入味，主要还是防止粘锅。

五花肉煎出来的油，无论炒荤菜还是素菜，一向是妙不可言。烧老家的鸭肉，少了它，会让整道菜少了许多神韵。

五花肉微微发黄的时候，将剁成小块的鸭肉倒进锅里，在烟火升腾之中翻腾爆炒，再盖上锅盖焖十分钟左右，就可以根据个人喜好添加调料了。

三五个小米椒，十个八个尖椒，一勺花椒油，少许生抽，适量食盐，几瓣大蒜……总之有啥都放点，虽然不一定对，但一般不会大错。

翻炒几下，调至中火，龇牙咧嘴哼一遍《山丘》，就可以出锅了。

鸡汤里放一把枸杞，再加一把青菜，红黄绿全了，伴着浓郁的香味，最是勾人食欲。

楼道里响起儿子的脚步声。

今天太阳从西边出来了，居然不用我去拎回来。

"爸爸，鸡腿好了吗？"人没进门，他已喊起来。

"好了，洗洗手就可以吃。"我将鸡腿夹进他的碗里，终是忍住了先咬一口的冲动。

鸡肉松爽，哪比鸭肉的筋道！

从半碟子浓稠金黄鸭油中拔地而起的鸭肉，焦黄而泛着油光，五花肉点缀其间，光是看看，已怦然心动！

夹一筷子鸭肉和辣椒，嚼几口，唇齿生香！

"嗯，不错！"我尝了三筷子，闭上眼睛，细细回味。

"爸爸，鸭肉这么辣吗？"孩子啃着鸡腿，疑惑地望着我，"看你眼泪都辣出来了。"

当然不是，我只是想起了许多个夏天，一大家人吃五花肉辣椒炒鸭子的壮观场面而已。如今母亲拔鸭毛的动作，该是慢了几分吧。

我给自己倒了小半杯红酒，向着堆成小山似的鸭肉发起了总攻，或闲庭信步，或下筷如飞。

连日来的阴霾，竟一扫而净。

耳边有声音经久不散。

我有一鸭，可解忧，可慰思乡！

第 二 章 / 骑 车 的 少 年

不知何时，他把衬衣解开了。车稳稳地前行，飘起的衣襟往后扬起。稚气未脱的脸上，激动、兴奋、欣喜。

　　已是夏天，犹见春风得意。

宝葫芦

一个月前在路边地摊上买了一个小葫芦，喝茶时握在手里把玩，不几日便色泽金黄，油光发亮起来。

一天早上出门前忘了放下，便交给坐在后座的小枕头，"给你玩玩，小心别掉了。"他高兴地接过去，小心翼翼地捧在手里。

到学校门口时，我如往常一样等着他从后座爬下来。等了一会儿却没有动静。

"快点，不然迟到了！"我催促他说。

回头望时，却见他目光热切而又紧张地盯着小葫芦，还保持着出发前那个捧着的姿势。

"不用这么小心。"我轻叹一声，笑了。

"这是宝葫芦吗？掉到地上它会摔坏吗？"他终于呼了一口气。

"我不知道！"我伸手去拿，"快点进去！"

"我听到里面在响，"他小手紧握着小葫芦，在耳边晃了晃，"里面是种子吗？"

"是的，是的……赶紧下来吧！"我不耐烦地说。

他依依不舍地把小葫芦递给我，笨拙地从后座上爬下来。大概是小腿磕到了坐垫上，他小脸微微红了，龇牙咧嘴，咝咝地倒吸着凉气。

"上课认真听讲，不懂就问，记得喝水！"我从车筐里取出饭兜递给他。

他接过饭兜，缓缓走了几步，又转过身，"宝葫芦的种子种在土里能长出很多葫芦吗？"

"问那么多干吗，赶紧进去！"我朝他大吼道。

他抿着嘴，不安地看了看我，终于还是走进校门。大大的书包将他整个后背遮住，拎着的饭兜几乎要拖到地上，他快步走在通往教室的校园通道上，很快淹没在叽叽喳喳奔走的人潮里。

有天晚上，小枕头正在卫生间刷牙，我终于可以歇下来泡一壶茶了。

习惯性地去茶叶罐上拿小葫芦，那里却空空如也。

"你拿我的小葫芦了吗？"我问刷着牙的小枕头。

虽然他从小就知道，茶几上的紫砂壶什么的他不能碰，但不能小觑孩子强烈的好奇心。

"没有。"他含着牙刷，口齿不清地回答。

我找遍了衣服口袋和包，还是不见。

仔细回想了一下，我确定早上是放在茶叶罐上的，下班回来没有动过。

"你找到宝葫芦了吗？"刷完牙洗完脸的小枕头走过来问。

"没有。"我喝了一口茶，不经意间瞥见他闪烁的目光。

"不经允许乱拿东西就要打一顿。"我大声说，"你想要什么东西，可以跟我商量，合理的，可以给你买。"

他没吭声。

"你真没拿？要是拿去玩了，下次要提前告诉我，这次还给我就行……我们可不喜欢说谎的孩子。"

"没拿，"他一边换拖鞋，一边说，"你是不是放在书桌上或者床头柜上忘了？"

"不找了，你赶紧睡吧。"

他说了一声"晚安"，便爬上床钻进被窝。

喝了一会儿茶，我去书桌前开了台灯，准备看会书就睡觉。

却听见小枕头细碎的脚步声响起。

"怎么还没睡啊？明天早上又叫不醒！"我开门看到穿过客厅走来的他，生气道。

"上厕所。"他快步跑进卫生间。

怕他磨叽，等他洗好手，我将他抱了起来，去他房间，将他塞进被窝。

"爸爸你记得找找茶几底下哈，说不定宝葫芦掉下去了呢。"他说完，便转过身去。

"赶紧睡觉！"我将被子给他掖好，"不许说话了！"

将他的房门拉上，我去沙发上坐下。

深呼吸一口，往茶壶里倒满热水。

低头的刹那，油光发亮的小葫芦，赫然躺在茶几底下。

按捺住叫醒他质问的冲动，我紧握着小葫芦，盘玩了许久。

临睡前，我推开小枕头的房门，将温热的小葫芦轻轻放在他的枕头边上。

"爸爸，宝葫芦怎么跑到我床上来了！"翌日清晨，小枕头手握小葫芦，惴惴不安地站在厨房门口。

"哦，昨晚我找到了，看你那么喜欢，给你玩几天。"我将煎好的鸡蛋盛在碟子里，"赶紧洗手吃饭。"

"哇，太好了！"他欢呼一声，跳起了杂乱的踢踏舞。

没疯半分钟，他突然情绪低落地耷拉着脑袋走了进来。

"爸爸，我错了！昨天我拿宝葫芦玩，然后不记得放哪里了，后来在我的书桌上找到的……我就把它放在茶几底下了……"他的声音细得像蚊子。

"嗯，知道错了下次就改正，好吗？"我把油腻的手在围裙上擦擦，捏了捏他的鼻子。

"嗯！"他重重地点了点头。

吃着早饭，他也时不时要去看一眼摆在餐桌边上的小葫芦。

"里面有七颗种子，对吗？"他问。

"为什么是七颗？"我反问道。

"因为葫芦娃就是七个啊。"他用手背擦了擦嘴角的米糊，得意扬扬地笑了，"你不知道吧！"

"好啦，赶紧吃饭，还有两分钟！"我看了看手机上的时间。

"爸爸，你喜欢过六一儿童节吗？"离六一还有一个礼拜，小枕头把小葫芦还给我时，满怀期待地聊起这个话题。

对于儿童节最早的记忆，是小学四年级的时候，所在的中心小学举办了节日活动。来自全乡各所小学的师生聚拢在羊古坳中心小学的操场上，欢度六一儿童节。学生们排成整齐的方阵，站在满是碎石和沙土的操场上，老师们坐在方阵前头的木凳上。

我穿着补了几次的塑料凉鞋，站在队伍里，津津有味地观看正在进行的雷锋村小学的节目《小小翻译官》。手搭凉棚遮住愈发强烈的阳光，仔细瞅了瞅那个扮演翻译官的小姑娘，竟是我认识的，立马激动不已地跟前后左右的同学说："那个是京京，我认识！"

我想，我是喜欢过六一儿童节的。只是后来，五四青年节、母亲节、父亲节、劳动节、国庆节等等逐渐取代了儿童节，儿时的期盼、欢欣，也逐渐模糊起来。

我握着越发光亮的小葫芦，失神良久。

也许，是我太焦虑了，没有平静地走进适合播种莲花的季节，没有耐心地等待打着蝴蝶结的孩子。

我用毛巾细细地将小葫芦擦了一遍，用纸巾包好，放进包里。

明天早上，我要把它送给小枕头。

我还想对他说："节日快乐！咱们一起重读一遍《葫芦娃》的故事好吗？"

你睡着后

刚下班就匆忙换了衣服出门，天色已如墨。

想着小小的人儿背着比身子还大的书包，拎着饭兜，站在学校门口熙熙攘攘的人流最里边，眼巴巴地看着同学们一个一个被家长接走，内心很是委屈吧，蹬车子的力道不由重了几分。

十分钟的车程，竟也微微出了汗，口罩里水雾弥漫。

挤入人堆里，努力去寻找那个熟悉的小身影。记得早上给他穿了件橘红色的薄羽绒服。

"爸爸，爸爸！"一个挥舞着衣服的身影在墙角冲我喊。

我蹲下身，搂住冲过来的小枕头，他一只手拎着书包和饭兜，一只手拿着羽绒服。

"这么冷的天，怎么脱衣服！"我赶紧将羽绒服给他穿上，再戴上帽子和口罩，只露出一双满是欢喜的眼睛。

"今天过得开心吗？"我将书包放进车筐。

"爸爸，你可以答应我一件事吗？"爬上后座的他似乎没有听到我的问题。

"什么事？"我跨上车子，在人流中穿梭。

"可是你肯定不会答应的。"他的声音越来越低。

"那就别说了。"我有点不耐烦。

转过弯，骑行在西四环辅路上，车流嘈杂，灯光混乱。

在楼下停好车子，我像往常一样提醒他，"从左边下来。"

等了片刻，后面没有动静。

我将帽子往后捋下来，转过身去。

包得严严实实的小孩，双手揣在兜里，歪着脑袋，竟是睡了过去。

"小伙子，到家啦！"我将他唤醒，右手从他腋下环过去，从后座上抱下来。

"啊，这么快！"他揉揉眼睛，茫然四顾。

"爸爸，我说的事情你答应了吗？"他踌躇片刻，主动过来拎起饭兜。

"你不是还没说什么事吗？"我将车子锁好，快步走上台阶。虽然现在有了共享单车，偷自行车的人基本失业了，但还是锁上比较安心。

"啊！"他在后面喊了一声，楼道里的灯亮了，"我想说让你给我买一本《米小圈上学记》的，然后忘了……"

"爸爸，你能给我买吗？"进了门，他亦步亦趋地跟在我身后。

"可以啊，不过你得先把作业做完，明天我们一起去书店。"我洗了手，给他削苹果。

"耶！我也有米小圈啰！"他跳起了欢快的骑马舞。

"别高兴得太早。"我将半个苹果递给他，"前提是你今天把作业做完。"

他没有吭声，咬着苹果，钻进房间。

我打开冰箱，想着晚上吃什么。

第二道菜上桌，时间已是晚上六点半。

"吃饭啦！"我喊道。

此刻，他一定在书桌上玩乐高玩具。

过了两分钟从厨房出来看，他还在那边"冲啊，杀啊"玩得起劲。

"洗手吃饭！"我推开他的房门。

"再玩一分钟。"他满是祈求的眼神望着我。

"不行！"我斩钉截铁地回答。

他将手中的武士摆放在书桌上，慢慢吞吞走了出来。

"哇！有虾！"看了看餐桌，他欢呼一声跳起来，冲进洗手间。

最后一道蒜苗炒猪血圆子出锅，我忍着咕咕叫的肚子，摘了围裙，洗好手。

"爸爸，我给你留了虾。"满嘴满手红红油渍的小枕头邀功似的对我说。

我看着碟子里剩下的唯一一只虾，满腹愁肠无处诉说。

"把手洗洗，继续吃饭。"闻着猪血圆子的香味，我的心情瞬间大好。

"爸爸，我吃一块猪血圆子不会长不高，对吧？"他看我吃得那么香，犹豫着问我。

"是的。"我夹了一块流着肥油的猪血圆子，嚼得啧啧有声。

他伸出筷子，试了三四次，才终于成功地夹起一块，一口咬掉一半。

"那如果我吃两块，就会长不高了，对吗？"他刚吃完一块，忍不住又问。

"吃饭别那么多话。"我瞪了他一眼。

"嗯，我觉得吃两块会长不高，但是爸爸你反正长不高了，多吃点也无所谓。"他摇头晃脑念叨着，就着青菜扒拉着米饭。

强忍着一口就要喷出来的老血，我飞快地将猪血圆子吃了个底朝天，连蒜苗和生姜都没剩下。

晚上七点一刻，监督他做作业之前，我反复对自己说，淡定，淡定。

不过十分钟后，我还是发飙了。

不会写也就罢了，还时不时要拿过边上的玩具玩一下，一副心不在焉的样子。

我一手将书桌上所有的玩具扫落在地上。

"以后书桌上不许摆玩具！"我冲他咆哮道。

他想装作一副不在乎的样子，但只维持了三五秒钟就破功，小脸憋得通红，哇哇大哭，飞快地蹲下去捡地上散落的玩具。

捧着缺胳膊少腿的武士，他泪如泉涌，歇斯底里地喊："你给我赔，你赔我的战斗武士！"

一股热血直冲脑门，我拎过他来，噼里啪啦在屁股上一通乱拍。

"给你五分钟哭，哭完把玩具收拾好，然后继续做作业！"我说完，就出门，站在自己房间的窗户跟前，大口呼气。

我需要冷静。

十分钟后，我走进他房间时，他已经端坐在了书桌前，嘴巴嘟着。

作业做得很慢，但终于还是做完了。

"虽然你学习不好，但是只要你愿意去学，每天比昨天进步一点，我就很高兴。"我对他说。

他紧紧地抿着嘴，不说话。

"我也不想打你。"我说。

"但你还是打我了！"他声音很大，小脸微红。

"当然要打！你一个男生，小时候没挨过打，长大了都不好意思跟别人打招呼。"我轻拍了一下他的后脑勺。

他终于不再绷着了，嘿嘿一笑，用手背擦了擦鼻子，脸上泪痕犹在。

"那你答应的米小圈，不会反悔吧？"他紧张地问。

"明天上完书法课就去买。"我帮他把铅笔和橡皮放进铅笔袋。

"耶……"他又要跳起来。

"闭嘴！"我低声呵斥，"人家都睡觉了，小声点，赶紧洗漱睡觉去。"

"哦！"他乖巧地刷牙去了。

叭嗒！

开水咕嘟的声音停止，唯有水雾从电开水壶腾起。

前一刻还念叨着要听爸爸小时候故事的小伙儿，已然进入梦乡。

我轻轻走进房间，将弄得皱巴巴的被子理好。

他侧躺在专属于他的枕头上，左手伸出被子，手心朝下放在枕头边。他的头发乱七八糟，睫毛很长，两颗小虎牙露着。

不知道梦见了什么，他呱巴了几下嘴，嘴角翘起，脸蹭了蹭柔软的枕头。

"你睡着时，最可爱，像个小天使。"我不由用指腹摩挲了几下他的脸蛋，低声说。

"你醒来后，秒变恶魔……"我补充道。

轻轻叹了口气，我将他的手塞进被窝，将他的嘴唇捏捏包住牙齿，将窗户关小一些，这才转身出门，将房门轻轻带上。

坐在沙发上看了看时间，正是九点半。还好，不算晚。

揉揉眉心，长吁了一口气，将茶壶揭开。

接下来就是属于我自己的悠闲时光。

一口热茶下去，身与心的疲惫，以可感知的速度在快速消退。

窗外是无边的黑暗，冷风如割，手中是热气腾腾、香气四溢的茶汤。

是谁说挣扎在生活的苟且里，还有诗和远方？

扛得起眼前的苟且，才会有诗和远方吧？

这一刻，白天的焦灼与烦闷不复存在，凝望着因温度而颜色变幻的紫砂，我甚至想吟诗一首。

周末自然可以睡个懒觉。

小枕头八点半就起了，到我房间溜了一圈，又悄悄回了自己房间。

正暗自庆幸可以再多睡一会儿了，他却折了回来。

"爸爸，起来跟我玩吧？"他挥舞着手上的玩具冲锋枪。

"我起来陪你把昨天的作业复习一遍吧。"我伸出手，捏了捏他的脸。

他迟疑了片刻。

"爸爸，你感冒还没好，还是多睡一会儿吧。"他装模作样给我拉了拉被角，飞快地跑了。

天再冷，再不愿意起来，到了九点也该起来了。

烧水泡了两碗燕麦片，再煮两个鸡蛋，早餐就算妥当。

给小枕头的玻璃杯里倒小半杯水，一壶开水剩下大半，正好够我泡一壶茶。

喝茶时，想起来昨晚想吟诗一首还没完成，沉吟半晌，觉得还是吃早饭要紧。

骑行在路上，小枕头在后座上悠然自得，即便寒风冷冽，依旧说个不停。

"爸爸，你慢点骑，不然膝盖会疼。"他拍拍我的后背说。

抬头望时，明亮的太阳照得眼睛眯了起来，呵出的热气，在鼻尖升腾成淡白的薄雾。

苟且与诗，眼前和远方，都是取舍的平衡吧！

"你醒来后，全是生活的苟且，当你睡着时，才是诗和远方！"我笑着在心里说，"待会儿把你送到书法班，我就可以吟诗一首了。"

骑车的少年

从五一假期开始，小枕头去社区小广场的时间多了起来。

打乒乓球之余，踢球、玩枪战游戏，与一帮新老小伙伴越发熟络。

好朋友洋洋买了一辆儿童自行车，永久牌，黑红相间，7档变速，粗大的轮子颇有气势。

他眼红不已，央求着试了试，虽有点歪歪扭扭，但两脚都能着地，并不害怕。几次之后就骑得顺畅起来，从此心心念念，每天都想骑。

他作业做得很慢，通常需要分成白天和晚上两段来完成。有时候白天的任务完成了，离吃晚饭还有点时间，便会偷偷拿起手机，联系洋洋妈妈。

"阿姨，我可以和洋洋去小广场玩一会儿吗？"

如果得到肯定的回答，会大呼小叫地跳起来。

一通手舞足蹈之后，还会记得叮嘱一句，"别忘了让他带自行车啊！"

两个人轮换着骑车。一人骑，另一人便跟着跑。围着小广场一圈又一圈，不知疲倦。汗水湿透了头发和衣服，也全然没有回家吃饭的迹象。

等到我终于不耐烦，怒气冲冲地出现在他们面前，两个小朋友才会快快地道别，各自回家吃饭。

"我快要生日了吧？"吃着饭，他瓮声瓮气地说。"是的。"妈妈递给他一张纸巾，示意他擦擦嘴角。

"那我的生日礼物可以换成自行车吗？"他小声地问，"我不要水弹枪了。"

"谁说生日就一定有礼物？"我瞪了他一眼，"生日不一定有礼物，但好好学习可以有奖励。"

"哦！"他赶紧低下头扒拉米饭。

有天晚上，完成作业已经九点一刻。

"你能带我去小广场走走吗？"他揉揉眼睛，小声说，"我想看看还有没有小朋友在骑车。"犹豫片刻，我答应了。

快到小广场时，远远看见灯光下并排放着两辆小自行车和一辆滑板车。"哇，有小朋友，有自行车！"他一边喊，一边飞奔过去。

小广场四个角上各有一个大灯，将面积不大的塑胶场地照得如同白昼。三五个小朋友在嬉戏打闹，几个大人坐在围栏下聊天看手机。

"我能骑他们的车子吗？"小枕头站在车子跟前，忐忑地自言自语。我装作没听见，径直围着小广场慢跑起来。

清凉的风吹拂在身上，分外舒服。

"叔叔，那边的车子是你的吗……哦，不是啊……""阿姨，那边的车子是你的吗……哦，谢谢……"他终于鼓起勇气，开口询问离得最近的两个大人，可惜都不是。他失望地靠在铁丝网上，手指不停地扭着衣扣。

一个六七岁的小男孩咯咯笑着跑过来，问道："哥哥一起玩吗？"

小枕头咧嘴一笑，没有回答，却指着小车子问："那边的车子是你的吗？""是。"小男孩抬起头说。

"可以借我玩玩吗？"小枕头急切地说，"我好想玩啊！""好的。"小男孩一口答应。

"哪辆是你的呢？"小枕头一边问，一边飞快地朝车子走去。"那辆滑板车。"小男孩跟在他身后，抬手指了指。"啊？滑板车啊！"小枕头停下脚步，尴尬地说，"那我不想玩。"

我在远处看到这一幕，一个没忍住，差点笑出声来。

"自行车是那边两个小女孩的。"一位老奶奶好心提醒他。"哦。"他直直地望着远处玩得热火朝天的小朋友，没有迈开脚步。

"你去问问啊，不然人家很快要回家了。"我走近他，摸摸他的头。"可是，这是女生的啊。"他极不情愿地说。"有什么关系呢？"我问。"不要。"他固执地摇摇头，干脆蹲下去，两手交叉抱着胳膊。

一个小女孩走过来，牵起一辆自行车，与小伙伴们挥挥手，向外面走去。小枕头盯着她，直到她的身影消失在入口处。又过了几分钟，另一个小女孩也走过来，推着自行车走了。小枕头难过地蹲在地上，用手指在地面上划来划去。

我没有安慰他。既然事前已经提醒过了，这样的结局他应该早已预料。人生路上，有许多的犹豫不决和失落，不比这难多了？

"你看，这么晚了，大家都回去睡觉啦。"一道声音打破暂时的宁静。一个四五岁的小男孩骑着小车子，出现在入口处。他的爸爸紧紧跟在身后。

这回小枕头反应迅速。"有人，有人！"他大声说着话，站起来，一个箭步跑过去，"弟弟你的自行车可以借我骑骑吗？"

天啦！跟人打招呼不要先铺垫一下的吗？吓到小朋友怎么办？一

会儿我是不是该假装不认识他？

小男孩却只是略一迟疑，抬头看看他，从车子上下来，嘴角微微有点口水将要流下。他将车子往前一推，"给。"

"谢谢，谢谢！"小枕头开心地跨上车子。

车子实在小了点，他的腿根本伸不直。

"这么小的车子啊！"骑了半圈，他也发现了，自说自话道，"嗯，小就小吧，总比没有好！"

他骑了一圈又一圈，等到人家要回家时，才恋恋不舍地把车子还了。

"骑车好好玩啊！"走在回家的路上，他意犹未尽地说，"我还想骑一百圈！"

当天晚上，我就下单了一辆自行车。

第二天早上，他如往常一样赖在床上，不肯起来早读。

"再不起来，我把自行车退了啊。"我将图片调出来，在他眼前晃晃。

"啊，什么？"他一骨碌爬起来，抢过手机，"这是给我买的吗？好漂亮啊！"

穿衣服时，他还在不停地问。

是 20 寸的吗？跟洋洋的一个牌子吗？今天能到吗？

快递是两天后的中午到的。

"爸爸，车子到了。"他发来语音，"中午你有时间回来装吗？我想快点骑上。"

想着离得近，我匆匆吃完午饭，趁午休回去了一趟。

在单元楼下，看到了那个坐在纸箱子上的小小身影。他竟是一直守在这里等我回来组装。

他戴着口罩，将大部分脸都遮住了，两只满是期盼的眼睛定定地盯着我来的方向。太阳很大，也不知道将长袖衬衣脱掉，豆大的汗珠挂在他额头上。

"爸爸！"看到我，他开心地从纸箱上跳下来。

"工具都拿下来了吗？"我脱掉白衬衣，只留一件背心。

"在这里。"他吃力地从楼洞里搬出一个小箱子，剪刀、改锥、老虎钳、打气筒，一应俱全。

我拆开纸箱铺在地上，才将零件一字排开。

组装的时候，小枕头就围着我，眼疾手快地递个扳手，找个螺栓。

折叠自行车却是比普通自行车简易多了，用不了半小时，车子就组装完成。

"哦，可以骑啰！"他迫不及待地跨上车。

"下来，还没打气呢！"我大声说。

"那你打吧，我就这么扶着。"他两腿站在自行车两边，双手把着龙头。

看他那猴急的样儿，我冷哼一声，由他去了。

打好气，他欢呼一声骑着车冲了出去。

"慢点，注意刹车！"我吼道。

"知道啦！别以为我不会。"他一边蹬着车，一边扭头说。

他围着小花园骑了一圈又一圈。

似有风吹来，闷热的中午竟也有了一丝凉意。

已快一点，他还是没有停下来的意思。

不知何时，他把衬衣解开了。车稳稳地前行，飘起的衣襟往后扬起。稚气未脱的脸上，激动、兴奋、欣喜。

已是夏天，犹见春风得意。

立 夏

五月五日，立夏。

天亮得早了，起床却又晚了。

预约的稀饭早已煮好。昨日朋友给的包子和木兰芽分量足够，包子蒸七八个，木兰芽凉拌一碟，早餐就算妥当。

小枕头仍赖在床上，眯着眼，说还要做会儿梦。

"二十分钟之内穿好衣服吃完早饭，就给你！"我将精美的乐高盒子在他眼前晃晃。

他一个饿虎扑食，没抢到，赶紧乖乖爬起来，衣服穿得虎虎生风。

不一样的早餐令他胃口大开，吃了三个包子，又就着木兰芽喝完一碗稀饭，几缕头发已经汗湿，紧贴在额头上。

"把马甲脱掉，都立夏了，穿这么多干吗？"他将他的马甲拉开来。

"我不热！"他抬手擦了擦滑落耳畔的汗水，冲我呵呵一乐。

真傻！我在心底说。

"这是你买的吗？"吃完饭洗了碗，乐高到手，他咧着嘴问。

"还记得上次去分享亲子教育的那个弟弟吗，他送给你的。"我用剪刀帮他把盒子的覆膜去掉，"他说等你拼好了，再约一起玩。"

还要多说几句，他已经将所有零件倒在床上，翻着说明书，充耳不闻。

五一前夕，国内疫情在消退，国外却依旧如火如荼，孩子们的网课还在继续。

小枕头跟我显摆刚学会的一个单词，街坊。

辅导英语作业的时候，学校、医院、咖啡馆、书店，各种跟地点有关的词冒了出来。

我很纳闷，街坊不是指人吗？

赶紧上网查一下，它竟有两个意思。

一是指街巷，也指城市中以道路或自然界线（如河流）划分的居住生活区。二是指同街巷的邻居。

跟他解释时，他明显神游万里。

"不是说已经解禁了吗，假期你能带我去看看街坊吗？"他放下写字的自动铅笔，扭头问。

"去哪儿看？"我随口道。

"去公园啊，去蓝色港湾玩啊，去书店看书啊，去小广场打球啊，去找洋洋玩啊！"他一口气说一长溜。

"现在只是调低安全响应级别。"我说，"外面还是算了，去找洋洋可以。"

"好啊！"他眉飞色舞起来，"洋洋买了新的自行车，我想去找他骑车。可以吗？"

"可以。把英语作业写完你就可以去。"

"耶！"他赶紧坐端正，拿起了铅笔。

"但是你们只能在他家楼下玩，不能四处乱跑。"我补充说。

"病毒不是怕高温吗，马上就夏天了吧！"他答非所问，悄悄嘟起了嘴。

我怔怔无言。

是啊，再过几天，就进入夏天了。

笼罩人们心头太久的阴霾，也该散去了吧。

饭后独自下楼去溜达一圈，再泡一壶茶，看几页书，便惊觉已近中午，而五天假期，也就要全部过完。

时间追不上白马，又何尝追得上上班的步伐。

春去夏来，四季轮换，徒增了两鬓白发。

肚子却没这么多感叹，时候一到，必然咕咕叫唤。

十二点半，丰富营养的午饭准备妥当，喊了小枕头两三声没见反应。

进屋看时，他正趴在床沿，聚精会神地对照说明书拼接零件。

他竟是三个小时没挪窝。

在家关了整整一个春天，也只有玩具能拘禁他出去玩耍的念头了。

这劲头要是用在学习上？哦，不要吓我。

"吃饭！"我大声说，"这么着急干吗，慢慢拼不好吗？"

"可是我快点拼好的话，就可以约弟弟一起玩啦！"他依依不舍地放下零件，磨蹭着去洗手。

饭后连哄带吓，让他洗了一盆自己换下的袜子，又帮忙拖了一遍地。

忙完过后，他觉得贡献很大，嚷着要去打乒乓球。

"小区的运动场不是封闭着吗？"我刚喝几杯茶，懒在椅子上不愿动弹。

"昨晚就开放了，很多人在踢球打球呢。"他正蹲在地上系鞋带，闻言抬头眉飞色舞起来。

不算火热的太阳烧饼一般悬在西边的窗外，窗台上的多肉植物似乎又艳丽了几分。

我将杯中茶饮尽，站起身来，他已在门口焦急地催促。

几只麻雀在楼下小花坛里忽隐忽现，走得近了，才腾空而起，叽叽喳喳地蹿上枝头。小巧的翅膀，将草地的柳絮搅起，在空中胡乱飞舞。

"哇，香椿叶长这么快，再也没有爷爷奶奶来掰香椿芽了。"小枕头仔细打量着逐渐茂密的树杈。

曾经忧心忡忡担心香椿树会死掉，他此刻该是大吁了一口气。

"你看，好几个乒乓球！"小枕头将路边几团雪白的柳絮踢得滚动起来。

是风儿将柳絮揉成了团。

乒乓球场地人满为患，一个空台都没有。

正想动员他去跑步，小枕头早已被喊声震天龙腾虎跃的两人吸引了目光，却是一位大爷和一位中年男子在激战。

小枕头慢慢挪步过去，聚精会神地盯着对战双方每一个动作。

"哇，那个爷爷好厉害，我想跟他打。"一局终了，小枕头走过来，拉着我的手摇了摇，无比神往地说。

"你还没入门呢，不知天高地厚。"我瞪了他一眼。

"我可以让他教我吗？"他仍不死心。

怎么可能！我心想。

却也不好打击他的积极性，只说你自己问问去啊。

话音未落，却见他快步跑到正在喝水的大爷跟前，神情激动地说着什么。

我正要开口呵斥，却见那大爷摸了摸小枕头的头，拿起球拍。

看神情竟是同意了孩子的请求。

正感叹不可思议，一老一少已经你来我往练起了球。

我靠在铁丝网上，看着那个永远不知天高地厚不知疲倦的少年。

曾经在那家乡木屋前，也有一个春天未过，就急着穿短袖凉鞋的少年。期盼着夏天快点到，可下河摸鱼，可上树摘李。月亮刚蹦上山岗，就盼着下一个天明。一心想去更远的地方，看更美的风景，结识更多的朋友，不怕山高路远。

一轮红日缓缓坠下树梢，凉风吹来，柳絮在暮色中飘荡。

日斜汤沐罢，熟练试单衣。

紧了紧外套，再看看那个挥汗如雨的少年。

时至立夏，万物繁茂，何况少年！

末考之后

到达学校门口时，离通知放学的时间还有五分钟。

听周边家长议论，都是关于期末考试如何如何。

我长吁一口气，有点惆怅。

有刚接到孩子的家长问："怎么样，考多少分？"

"语文 96，数学 95，英语 99。"将书包递给家长的小朋友显得闷闷不乐。

"啊，数学怎么这么低啊？你说说你……"家长一脸黑线，"又是粗心大意吧！每次都说要细心、细心、细心，你啥时候才能改掉这个毛病……"

今天风好大啊！

我目不斜视，非礼勿听。

"正要跟您说呢，这孩子就是粗心丢的分！还有上升空间啊，您回去给好好训练一下。"估计是班主任老师的中年女士走过来。

孩子肃立，家长堆满微笑，耐心听着老师的教诲。

95 分还有很大上升空间？好吧！我默默地紧了紧帽子，往边上挪开几步。

想起去年的这个时候，老师发信息给我说，枕爸你说孩子两门功课都不及格可咋整啊？

没等我回复，又发了好几条。主要还是表达关心和担忧。

"老师，我二年级的时候两门功课加起来都没及格呢。"我只好如实相告。

"啊！就是说像你啰？"

"是的，我大概是四年级才开窍，然后成绩一直还不错。"

"好吧，那就等两年吧……"

哎！不希望孩子完全失去了信心，或者压力太大恰得其反以至于厌学，只得故作轻松。

其实心里苦啊！

又过了十分钟，小枕头才出现在蜿蜒的队伍中。

"爸爸，我只有一门没及格还可以买电话手表吗？"他过来拽着我的衣袖，满怀期待。

我悬着的心落下一半。

"不可以。之前我们说好三门都及格才买的。"我想着一年前就买好放在办公室的电话手表，着急啊！何时才能送出去呢，再等一个学期款式可就不再新颖。

"其他两门怎么样？"我忐忑不安。

"都及格啦，语文69.5，英语76，班上英语还有两个没及格的呢……"说到这里，他神情激昂，在后座上站来。

"先坐好！"我的心终于完全落到肚子里，"嗯，不错，有进步啦！"

"下次数学考及格就能买电话手表了吗？"他念念不忘。

"还是得三门都及格才行！"我说，"寒假好好把数学补补。"

"那我回家可以去洋洋家玩一会儿吗？"他换了话题。

"可以，但是我做好饭叫你就得马上下来。"

耶！他很快忘掉数学没及格和没了电话手表的烦恼。

中午时间很短。炖好鸡汤，炒个蔬菜，正好妈妈回来准备带他去上班。

匆匆扒拉几口饭，我赶紧回了单位，年底一堆事。

晚饭就我自己在家吃，切几片香肠，洗点包菜，就着鸡汤一锅煮了。

饭后收拾一番，再坐下来喝一通茶，他们娘俩才携着一阵凉风闯进来。

"爸爸，我今天吃了冰糖葫芦，草莓的。"他冲我哈一口气，"你闻闻，好香吧！"

我摸摸他冻得通红的脸，没说话。

这个冬天狠抓他饮食，鱼、虾、牛肉、鸡鸭，每天总有一样。

三个月下来，效果比较明显，小脸圆润起来。

估计过个春节，又能长高一点。

爱看书是个好习惯，这个不能丢，寒假得引导他读几本书。

英语需要感觉，经常听、说、看，自然就不难。

数学的基础知识，得在寒假好好补一补，正好他表姐可以带着学习。

接下来是该花大力气整治他的学习了，他能承受吗？我暗自思忖。

无论怎样，总归要先努力去试试吧。

"爸爸，你能和我一起睡吗？我想跟你聊天。"他脱了羽绒服，腻在我腿上。

"9点之前洗漱完毕就可以。"我说。

"哇，已经8点45分了！"他看看手腕上的儿童手表，"我现在就去刷牙。"

9点刚过，他已经躺在被窝里，靠近床边上。

"爸爸快来，你看我给你留了很宽的地方。"他第二次催我。

"想聊什么？"我钻进被窝，捏捏他的耳朵。

"爸爸你小时候也上托管班吗？"他想了片刻问道。

"我们那时候没有托管班，每天自己走路上学，放学后回家吃饭。"

"那不会饿吗？"

"会饿，所以放学就得赶紧回家。"我想起小时候其实再饿，也会在放学路上，和小伙伴们抓四脚蛇和蜜蜂的快乐时光。

"爷爷家不是有橘子树吗？你可以带橘子去吃啊。"他咂巴了一下嘴，"橘子多好吃啊。"

"橘子只有秋天才有，而且是要用来卖钱交学费的。"

"那你考试及格了有奖励吗？"

哈哈，小样儿，狐狸尾巴露出来了。我在心底暗笑几声。

"如果只是及格，会被爷爷骂，还想要奖励呢！"我伸手弹了一下他的下巴。

"那如果不及格呢？"他的眼睛在黑暗中闪现点点亮光。

"就会挨打。"我加重语气。

"如果考得很好的话，会有什么奖励？"他紧追不舍。

"嗯，奖品可能是一支圆珠笔，可能是几颗糖，也可能是一个鸡蛋。"我一边回忆，一边说。

"啊，奖励一个鸡蛋？"他爬起来坐在枕头旁，"就是我每天早上吃的那个鸡蛋吗？"

"是啊，爸爸小时候可不是天天有鸡蛋吃的。"我将他重新塞进被窝，"想不想听听爸爸跟大伯二伯还有姑姑抢鸡蛋吃的故事？"

"想听想听。"他侧过身子，目不转睛地在黑暗中注视着我。

我的思绪，被带到了那个不算太热的暑假。

咯咯哒，咯咯哒。

几声鸡叫打破暑假午后的沉闷。

憋红了鸡冠的老母鸡，从墙角垫着稻草的破箩筐里跳出来，卖力地宣扬自己的壮举，在箩筐周围久久徘徊。

我一个激灵从睡梦中醒来，揉揉眼睛，顾不上穿鞋，就飞也似的冲下楼去。

然而还是慢了几步，当我到达堂屋时，场面已经混乱。

大哥踮着脚尖，右手将鸡蛋高高举起，左手用力甩开大姐二姐二哥的纠缠。

"昨天的就是你吃的！"大姐愤愤不平。

"是我先拿到的！"二哥带着哭腔。

"别抢，等下摔碎了谁也没得吃。"大哥吼道。

"我要吃，我要吃！"我使出绝招，嘴巴一咧，干号起来。

被扰了清梦的父亲从房间走了出来，愠怒写在脸上。

哥哥姐姐停止打闹，我不顾大哥严厉制止的眼神，继续干号！

"赞妹几啊，你这么大的人了，还逗得老弟哭！"父亲用力咳嗽两声，终于冲大哥呵斥道。

大哥脸上一阵红一阵白，握着蛋的手青筋暴起。

"拿筷子，一人一口！"大哥终于没有顶嘴，却对我们瞪着眼。

大姐飞快跑去厨房取来一根筷子。

大哥接过筷子，在鸡蛋的顶端用力一捅。

鸡蛋壳上出现一个圆形小孔，一条裂纹扩散到鸡蛋另一端。

大哥小心地沿着小孔将蛋壳慢慢剥掉。

我停止干号，与大家一起围在大哥身边，紧张地盯着大哥的手，大气也不敢出。

下午的阳光格外明亮，当鸡蛋壳被剥开一个硬币大小的孔，就能看到金黄色的蛋黄。它像一个柔软的小球，静静地躺在清澈的蛋白中，仿佛被一层温热的光芒包裹，格外耀眼。

二哥先吃，他撮起嘴轻轻吸了一口，满足地退后几步，靠着乒乓球台，细细品味。

然后是二姐，再是大姐。

"哦！蛋黄沉在底下，根本就吸不出来！"大姐终于发现奥秘，"你就想把蛋黄留给自己。"

"少啰唆！"大哥没理大姐，一把将我拽过去，"该你了。"

"我要吃蛋黄。"我嘟囔着不肯动。

"你们都没吃过东西吗，一个鸡蛋吵成这样！"父亲端着白瓷茶杯出来，往凉床上一坐，跷起了二郎腿。

"给你，都给你！"大哥懊恼地把剩下的鸡蛋塞给我。

"我吃一点蛋黄就好了。"我接过鸡蛋，拿起筷子，在圆溜溜的蛋黄上一戳，金黄汁液就在蛋壳里泛滥开来。

我张大嘴，将鸡蛋高高举起，慢慢倾倒，蛋清合着蛋黄流淌在舌尖上，温热，粉粉的，有点甜。

"你看，还有这么多呢。"我舔着嘴唇，将还有大半个蛋黄的鸡蛋递给大哥。

大哥很不情愿地接了过去，又很嫌弃地用手擦了擦蛋壳，这才一仰头，将蛋黄全部倒进嘴里，喉结一动，消灭干净。

"我要再多养个十只八只鸡，让你们吃鸡蛋吃到吐。"父亲喝了一口茶，叹气说。

"抢着吃才好吃嘛！"二哥说。

"是啊是啊！生鸡蛋吃一点点就好了，我还是喜欢吃韭菜摊鸡蛋。"我嘿嘿直笑。

"又哭又笑，也不害羞！先把你嘴巴擦干净！"父亲笑骂着，指了指我的嘴角，"你这次要是考上二中，给你们一人煎一碗荷包蛋。"

"爸爸你小时候吃东西也不爱擦嘴吗？"小枕头咯咯地笑了。

"故事讲完了，睡觉。"思绪被打断，不知不觉已经过去半个小时。

"我能问最后一个问题吗？"他趴在被窝里，用手背擦了擦鼻子。

"问吧。"

"后来爷爷给你们一人煎了一碗荷包蛋吗？"没想到他问的是这个。

"没有，收到二中通知书的那天，家里只有五个鸡蛋，却有八口人，于是就做了韭菜摊鸡蛋。"

"什么是韭菜摊鸡蛋？"

"就是把韭菜切碎，搅到鸡蛋里，煎成一个饼。"

"好吃吗？"

"好吃，特别香。"我偷偷咽了一口口水。

"那我语文考了 69.5 分，明天你能给我做韭菜摊鸡蛋吗？"

"已经问好几个问题了。赶紧睡，明天就给你做。"我将他搂进怀里。

"耶！爸爸晚安！"他乖乖闭上眼睛。

长长的睫毛抖动几下，很快就睡了过去。

孩子还有许多的考试去面对，而我已经很久没有考试了。

考试之后的欢愉或失落，都已经变得模糊。

中学六年，每次考试都与二哥暗自较着劲，却一次也没赢过。在部队的大哥，每次写信都告诫我要以二哥为榜样。

但每次吃韭菜摊鸡蛋的时候，二哥都给我分得稍稍多一点。

夜已深，小枕头磨了几下牙，又沉沉睡去。

想着韭菜摊鸡蛋，我却是有点饿了。

读　书

年前被朋友赶鸭子上架，去做一个关于亲子教育的分享。

说自己亲子教育更多的是教训，真不是谦虚话。

奈何盛情难却。

约定的日子临近，终于还是掏出本子和笔，深夜在台灯下冥思苦想，寻找亲子教育中的闪光点。

扮演了一天恶魔的小枕头此刻呼吸绵长，憨态可掬。

思绪像那一团乱麻，费很大劲拎起了线头，后面的事就顺理成章，竟有滔滔不绝之意，又费很大劲才止住了夸夸其谈的冲动。

分享是在朋友家门口一个亲子教育机构进行，人不多，但同去的小枕头还是有点惴惴不安，毕竟他将成为故事的主角。

他在会场各个角落流窜，每每听到表扬的话语，不管是不是真有那么好，都腼腆一笑，表示"嗯，我就是这样的"。

从来没有这么长时间认真听讲的他，笑到最后，估计脸都有点僵了。

活动结束后，朋友冲他说，小朋友真棒！他咧嘴一笑，露出两颗大门牙，说："谢谢阿姨，你也很棒！"

我愣了片刻。这对答，简直无可挑剔。以前没发现他这么礼貌得体啊。

回家的车上，我问他，"你为什么说阿姨也很棒？"

"她夸我啊，当然棒了。"他理直气壮。

略一思索，我又说："今天讲的很多事，其实是为了照顾你的面子，把你说得那么好。那么以后，你是不是要朝这个目标努力了？"

"我就是那么好！"他激动起来，小脸涨得绯红。

"哪点好？"我问。

"比如爱读书啊，你说我一买新书，就要一口气看完，难道我不是这样的吗？"

"你那都是连环画好吧！"我气乐了。

"那也是书。"他哼了一声，扭过头去，不再理我。

好吧，他确实爱看书，虽然最多的是连环画，但偶尔也看些其他书。听书更是喜欢，睡前若是得到听一集《三国演义》的嘉奖，能在床上手舞足蹈半天。

有时周末偷懒，把他往书店一带，自顾自点一杯咖啡，挑本闲书，享受一段悠闲时光。

他或坐或站在成排成堆的书前，捧一本新书，沉浸在文字的海洋，时而蹙眉，时而无声绽放笑容。

这时候的他，最是可爱。

只要是愿意，甚至喜欢读书，就是好的。

那是一种开放的姿态，愿意去接触和吸收新知识、新观点，哪怕慢点，日积月累，也会收获更多，脚步更稳，心更安定。

前几天，恰好看到老东家的一篇官宣，《世界读书日 正是读书时》。文字图片皆优美，更有熟悉身影和景物，一时没忍住点赞留言。

书上说一日不读书其面目可憎，难怪女同胞越来越美了。

其实还忍了半句没说。

那么男同胞呢？

图片一个男同事身影也没有，总归有点美中不足。

当然只是对这篇官宣而言。

现实中，还真就是女子比男子更爱读书。

现在无论男人女人，美食、旅游、健身占据了大部分的朋友圈。

上了年纪的男人，朋友圈喝茶养生的比例上升。

不再青涩的女人，朋友圈逐渐多了关于读书的图文。

或许男人更愿意花心思去描绘遥远虚幻的宏大理想，无论成功与否，都转而更为关注内心的自省。

而女子更愿意花精力在步步为营的精打细算上，只要不大错，就肯一点一滴去吸收新的养分。

又或许，男子的步子更大，以脚为笔，以人生道路为纸，写就一本半本书，夜深人静时，自己反复咀嚼。

但一花一世界，一人一道场。

读书就像偶尔观想一下旁人的道理，自然是好的。

哪怕纸上得来终觉浅，却也如那开窗迎月色，不是逢请必到，终究会有来的时候。

当读书成为一种习惯，如诗所说，"明月不知君已去，夜深还照读书窗"。

不知不觉，月满乾坤。

代步的电瓶车终于还是丢了，只得火速下单一辆自行车。

周五下单，周六就收到。

费了九牛二虎之力才把箱子从小区门口扛到楼下，叫嚣着要去帮忙的小枕头只是象征性地帮忙抬了三五步。

在楼下小花园将纸盒打开来，开始清点零部件。小枕头眼尖，一把拿起说明书，"这里有说明书的，按照它的指示一步一步来，就可以很快装好。"

我置若罔闻，自顾自忙活。

装好前轮之后，发现前叉反了，只得拆掉重来。

"看吧，我说要按照说明书来吧。"小枕头愤愤不平。

"你那么厉害，怎么自己不动手？"我没好气地说。

"谁不会啊。"他从工具箱找出一个扳手，像模像样地开始组装后座上的靠垫。

时近中午，阳光温热，柳絮飞舞，即便清风徐来，也吹不走汹涌汗意。

"你能帮我拧一下这个螺栓吗……哎呀！"他喋喋不休，突然惊叫一声。

转头看时，却是手背在螺栓顶上划了一下，一条红线瞬间出现，好在没有破皮。

看着他淌着黑汗的通红小脸，我乐道："怎么样，看事容易做事难吧？"

"哼，只是我力气小，不然比你还快！"他擦了擦额头上的汗，一屁股坐在椅子上。

"不好好读书，将来就必须干体力活。"我不放过这个教育的机会，"你看，还是写作业轻松吧？"

"我觉得组装自行车很好玩啊！"他却不以为然。

我一时语塞。

确实有道理，自己亲身体验获得知识经验更快更深刻吧。

思忖着后面要他更多分担家务了。

读书重要，自己的体验感悟同样重要。

衣食住行，柴米油盐，何尝不是一本书？

看着崭新的自行车，小枕头嚷嚷着送给他。

"等你长高点，就送你一辆。"我骑上自行车，带着他在小区里兜了一圈。

他越发期待自己骑车的情景。

是夜，睡前小故事换成了读书，一段自己写的文字。

待他睡去，我照常泡一壶茶，静坐露台。

墙角顺着电线往上攀爬的山药豆，叶子更加碧翠，毛茸茸的藤尖，在灯光下纤毫毕现。发呆片刻，我开始读一本读了许久的书。

正是春花将去未去时，夏花已然蓄势待发。

人间四季各安美好。

但再好的风和日丽，也好不过心间四月天。

播　种

六一儿童节那天，天气特别好。

有太阳，但并不很热，时不时一阵凉风吹来，让人神清气爽。

一早就带着小枕头与祺祺去了樱桃园采摘，晚上又与他们几个同学欢度六一儿童节，并给米之小朋友过生日，忙活完回到家已是晚上九点，很是疲惫。

若是有的选，我宁愿在樱桃园里待一整天，最好有张吊床。

就吊在樱桃最红艳的那两棵树中间，自己躺上去慢慢晃悠，孩子嘛，就放在园子里散养。

透过树叶就能看到湛蓝的天空，伸手就能摘到酸甜可口的樱桃，不用泡茶，也不用吟诗，就这么虚度半天时光，怎一个自在了得！

在樱桃园里吃够樱桃，又与小伙伴们玩了一天的小枕头却仍然兴致勃勃。

"这个核就是樱桃的种子吧？"他像永远吃不饱的小怪兽，刚到家就抓了一把樱桃洗干净，站在垃圾桶跟前吃得津津有味，一边吃，一边问瘫在沙发里的我。

"是。"我漫不经心地说。

"那我要把它种下去，等长出樱桃树，我们就有樱桃吃了。"他开心地将嘴里的樱桃核吐在手心，在灯光下细细端详。

"你想种在哪里？"

"花盆里啊。"

"花盆能种大树吗？"我没好气地问。

"对哦，要是它长到屋顶上，会把房子顶破……"他歪着小脑袋，面有难色。

"赶紧洗漱睡觉，十分钟内洗漱完躺好可以讲故事。"我懒得跟他废话。

"耶，听故事啰。"

他欢呼一声，果然钻进了洗手间。

我回忆着小时候种花花草草的琐事，准备组织一下讲给他听。

事实上，小时候最喜欢种花养草的是二哥，我只是跟在后面打打杂的。

老家门前的水坑，每年二哥都要把淤泥挖上来堆在岸边，用作花肥。从别处移来的玉竹，自己种的牵牛花，大姐种的凤仙花，在竹枝做成的篱笆墙里，挤得满满当当。

夏天的清晨，二哥总是早早起来给他的小花园除草、浇水，捉虫的事就交给花脖子大公鸡了。

新种的丝瓜发芽了，粉色的牵牛花开了两朵……每天都有新奇的事情发生。

用稻草编一根长长的草绳，就能将牵牛花和丝瓜藤引到二楼的阳台上，当金黄的丝瓜花盛开，五彩斑斓的蝴蝶也飞来，在二楼的窗户外久久徘徊。

丝瓜当然会结果。看着花蒂未落的筷子粗细的小丝瓜，一天天长大，到一尺来长，就可以摘下来烧菜了。

烧丝瓜汤的时候，往里边加几块五花肉片，汤特别香甜。看着我们喝得满嘴油光，二哥的脸上，写满了开心和自豪。

但也有伤心的时候，就是哪天小黑猪跑出猪圈，将小花园拱得满目疮痍。

放学回家看到蔫了的丝瓜藤和只剩光杆的凤仙花，二哥气得嘴唇发抖，泪水淌满通红的脸颊。他将书包往台阶上一扔，就开始收拾残局。

子曾经曰过，没有人可以帮你承担悲伤，但是他们可以分享你的快乐。二哥他还是乐意。

虽然没有帮二哥收拾花园，第二天一早，他还是像往常一样叫我去欣赏新开的牵牛花。

朝露如珠，在叶子上轻轻滚动，整治一新的小花园又焕发出蓬勃生机。

"故事讲完了，现在开始提问，老规矩，你可以提两个问题。"我说。

"二伯他不种树吗？"小枕头问。

"也种吧，也许种过桃树李树，我不太记得了。"我沉吟片刻，回答说，"但是有一次下雨涨大水，我们放学回家绕了很远。在路过一个叫赵家冲的村子时，二伯在路边折了一枝杨柳。回家后，他把它扦插在院子里的水塘边，前几年回去看时，已经长成汤碗那么粗的大树。"

"哇！"他兴奋得在床上打滚，半晌，又央求道，"今天我可以问三个问题吗？"

"不能。"我说着从椅子上站了起来，"回答完毕。你的两个问题问完了。晚安！"

"啊！"他从床上爬起来，大喊道："不行，这个不算，这个不算！"

"那你下次记住啦，只要是疑问句，都算提问。"我哈哈一笑，将蚊帐的拉链拉好，"今天就破例一次。你问第二个问题吧。"

"你下次能带我回去看看那棵杨柳树吗？"他哼唧半天，才问。

"可以。今年暑假就带你回去。"我说，"快睡吧！"

"好的，谢谢爸爸。"他躺进被窝，脸上满是欢欣，两只眼睛扑闪扑闪，不知在回味什么。

我走出卧室，却也想起了那棵如今是否茂盛的柳树。

早上，当闹钟响起，我通常第一个起来。

烧好水，煮上鸡蛋，才去叫做着梦嘴角含笑的小屁孩。

"起床！迟到啦！"我拍拍他露在被子外面的胳膊。

他翻个身，继续做梦。

我转身去厨房把煤气灶的火调小，又泡上一壶茶，才再次叫他。

"起来我们跑步去。"我捏捏他Q弹的屁股蛋。

"走！"他一骨碌爬起来，眼睛犹自闭着，"大伯也每天跑步才这么厉害的是吧？"

"是啊，所以动作快点，不锻炼永远不会厉害的。"我将衣服丢给他。

喝了一杯茶，再看他时，却只穿了一只衣袖，倒在被子上睡得口水直流。

　　"快起来！"我生气地喊道。

　　"哦哦，跑步去。"他努力睁开眼，飞快地穿衣服裤子。

　　"现在没时间跑步了，谁让你这么慢。"我将窗帘拉开。

　　"啊，不能跑步了啊！"他嘟囔一声，放慢了穿鞋子的速度。

　　"但是你可以去阳台看看山药豆啊，长好高了。"

　　"哇！"他趿拉着没穿好的鞋子，站在阳台上，仰着小脑袋，看着爬上窗台的山药豆。

　　细细的藤蔓已经顺着窗帘的串珠爬到顶上，又沿着杆子横着长了半米长，每间隔三四寸就长出两片翠绿的叶子。

　　"好神奇啊……"他惊叹道，"它会结山药豆吗？"

　　"也许会吧，但是现在它还没开花呢。"

　　"等到它一开花，你就告诉我哈。"他依依不舍地走进洗手间。

　　吃着早饭，他扒拉着餐桌角上两颗橄榄一般的黑色种子。

　　"你别把我这两颗荔枝种子丢了哈，我昨天问了楼下种花的伯伯，他允许我把种子种在花坛里。"他吃着鸡蛋牛奶，仍是说个不停，"等荔枝树长出来了，我也给他们吃荔枝。"

　　楼下花坛里种荔枝，先不说能不能发芽，就算长出苗来，离长成大树开花结果还有好长的路呢，我心想。

　　但看着他满是期待的神情，我将所有的担忧都憋进了肚子里。

　　发芽了，出苗了，长高了……看着亲手种下的花草树木一天天滋长，本就是开心快乐的事。

　　种下的更是希望。

　　人若是希望都没有了，岂不是活得很乏味？

　　等放学了，我要陪着他，一起去种下荔枝种子。

平凡的一天

国庆期间一件小事，竟烦到十月底。

长假第一天，大概是惹了小区的野猫，小枕头哭着喊着跑回家，说要赶紧去打狂犬疫苗，不然晚上会学猫叫。"谁跟你说的？"我见他惊弓之鸟的模样，又好气又好笑。"一个奶奶说的。"他泪珠滚滚而下。虽然手上看不到任何痕迹，为了保险起见，还是依了他。

今天是打第五针，也是最后一针的日子。

早上出门时，他就不停地在提醒我别忘了打针。我说："记得呢，单子都带了，下班我就接你去医院。"

他又惴惴不安地问："来得及吗？医院会不会下班了？"说得我也不放心了，赶紧查了一下，然后告诉他肯定来得及。

一下班，我就赶紧换了衣服去学校门口，却是等了二十分钟才接到。"快走吧，不然医院下班了。"刚一见面，他就催我，声音有点嘶哑。

"保证来得及！"我将一包撕开的每日坚果递给他，"饿了吧，先吃点东西。"

"我早就饿了。"他开心地接过去，笨手笨脚地把里边的干燥剂和保鲜剂小袋挑出来，才仰着脖子往嘴里倒。

风很大，夜幕逐渐降临。

他把校服的领子竖起来，依旧被风吹红了脸，鼻子一吸一吸的。

"作业记了没有？"我问。"记了，不信你看……"他急忙说，却是呛得咳嗽起来，小脸越发红润。

"不用了，我相信你。"我拦住他去掏书包的手，顺手将侧兜里的水杯拿过来，倒了一杯尚算温热的水，"喝点水，慢慢吃。"

他喝了水，却将剩下的坚果全倒嘴里，又把坚果的袋子递给我。"爸爸我们快点走吧。"

一路骑行，冷风吹得睁不开眼，我将速度控制得很慢。"你看你嗓子都哑了，水喝少了吧！"我头也不回地说。

半晌没听到回音，我心中一紧，连忙靠边停下。扭头看时，只见他睁着大眼睛，呆呆望着川流不息的车流。

"嘿！吓我一跳，想什么呢？"我摸摸他的脖子。冰凉的手让他一个激灵，缩起脖子，咯咯笑了。

"想什么呢，啊？"我重新开动，一面问他。"下次看到野猫，我就用你给我买的木枪射它，啪，啪啪……"他兴奋得手舞足蹈。"坐稳了，别乱动！"我呵斥道，"你这狂犬疫苗都还没打完呢，又惦记着野猫啊！"

本来好好一个长假，忙着给他咨询医生和打针，打了针吃东西有忌口，运动也要控制。想起来就生气，现在见他伤疤没好就忘了疼的样子，越发气不过来。

"你看看你，没事惹只野猫，又要打针，还要花钱花时间……"

我气哼哼地说，"妈妈带你来打针的时候一路骂你吧？""没有，她就骂了几句。"他争辩说，"她骂你更多一点。"

我一脸黑线，不跟他纠缠了，便说："我找不到 304 医院啊，你看着点。"

"好嘞！我认得。你一路往前走，走到右边能看到电视塔了，就到了！"

在他的带领下，果然顺利到达医院。去急诊挂号时，听见注射室有人号啕大哭。小枕头闻声跑了过去，怎么都叫不住。待我挂好号，才去将他拎了过来，让大夫给开药。

"叔叔，那边那个阿姨为什么哭啊？"他冷不丁问道。"我也不知道。"带着薄口罩的大夫随口回他。"是不是打针疼了，所以哭啊？"小枕头紧接着问。

"别瞎说八道！赶紧带我去缴费。"我不耐烦地说。

他抿了抿绯红的嘴，没有吭声，只是前面领路，熟络地带我拐了两个弯，就到了缴费处。缴了费，又带我去药房取药。

"阿姨这个药还在有效期吧？"他踮着脚问忙着拿药的医生。医生看他一眼，笑道："当然在有效期啊。""那就好！"他松了一口气。却又对我说："你不能用手拿药，要捏住袋子的上面，不然体温会让药失效……"估计又是他妈妈告诉他的，我一时气结，无言以对。

"走快点，不然药会失效。"他推了推我，一面小跑起来。

到了注射室，先前哭闹的人还没散去。却是一个五十岁上下的女士，身材高大，衣着得体。"太疼了……我要投诉，我要投诉……"她打着哭腔，脸上未见明显泪痕。一位年轻女子搀着她的胳膊。

一位领导模样的男子和三位护士围在她边上，不停地解释和安慰。

"我不管，我就是要投诉！"高大女士指着其中一位护士，"你得陪着我去！"

男医生说："您可以去投诉，但是她有工作要忙的，没法陪您！"

我拿着单子和药，正要出声，护士看到了，一齐过来，记录的记录，准备的准备。

"我来打吧！"先前被控诉的护士过来，从同事手里接过注射器，"小朋友，把左边胳膊露出来。"

"不对不对，阿姨我应该打右边。"小枕头正脱毛衣，一听着急起来，手指比画着，"今天是第五针。第一针这边，第二针这边，三，四，五。你看，对吧！"护士哈哈一乐，说你还记得很清楚。

小枕头将右手秋衣捋起来，眼睛死死盯着小小的注射器。

"不怕不怕，一下就好了。"我蹲下来，搂住他紧绷绷的小身子，"害怕你就看着爸爸，不看针。"

他犹豫了片刻，终于扭头看着我，强颜笑道："爸爸你小时候打针哭吗？"他的拳头紧握着，目光湿润，表情僵硬。

"也哭过。"我应付道。心里却也揪得厉害。

一个不留神，只听护士说："好了。按住棉球。"

这么快？打快了不是会疼吗？记得小时候打针，总是央求医生打慢一点。我观察了一下小枕头的脸上，发现没什么异样，偷偷松了一口气。

"啊！打完了吗？一点都不疼啊！"小枕头用左手按住胳膊上的棉球，一脸轻松。额头上却有细密的汗珠渗出。

"您看我们给孩子打针也是这么快，人家都说不疼呢。"护士表扬了小枕头勇敢，就转过去对尚在呜咽的高大女子说，"并不是说打得快就疼，就不好……"男医生也趁机说起疼痛的可能原因等等。

等我领着小枕头在输液室椅子上坐下，那边已经偃旗息鼓。高大女子不知去向。

"小帅哥，今天是最后一针了，以后可要离野猫野狗远一点。"打针的护士过来，笑笑地对小枕头说。

"嗯嗯。"小枕头胡乱应付了两声，忙着问，"那个哭的阿姨是看我不哭就不哭了吗？"

哈哈哈！护士被他逗乐了。可能麻烦解决了，心情大好，便蹲下来，对他说："是的呀！你这么勇敢，让她不好意思再说疼了。""她就是更年期！"另一个护士过来，愤愤不平道，"你看她那哭得，颤音都出来了，撒娇求安慰呢！"

小枕头按着胳膊，嘿嘿傻笑。让他赶紧穿了衣服回家也不肯，非说要观察二十分钟，因为妈妈说过的。

好说歹说劝他穿了衣服，来到门口，一时华灯初上，冷风如割，越发觉得饥肠辘辘。

一路无话回到家。他问做完作业能不能出去玩。我说你刚打完针不能剧烈运动。他哦哦两声，果真不再念叨，坐在书桌前摆弄魔尺，也算少见。我乐得耳根清净，赶紧将早就炖好的排骨拿出来，烧水准备下面条。

吃面条时，他反复查看碗中有无辣椒，又担心道："你没放很多油吧，不算油腻吧？"

"这是西红柿排骨面，没放辣椒没放油！"我没好气地说。"那就好！"他笨拙地用筷子挑起面条，狼吞虎咽起来。不多时，将一碗汤面吃得干干净净。

洗碗烧开水的工夫，他抱着新买的神话故事看得津津有味。等我忙完，他才磨磨蹭蹭地把作业本掏出来。做完作业九点出头，他有点困，又舍不得睡。

我说你刚打完针要早睡的。他哦哦两声，默默刷牙去了。

待他躺到床上，给他揉了揉小腿，又照例给他读三五页故事书。他听得很认真，又挪出来趴在我的枕头上。"不要睡我的枕头，脏。"我说。"我不嫌弃。上面有爸爸的味道。"他一脸幸福的样子。我一时语塞。心中最柔软的地方被击中。

读完故事，回答三个问题，他才爬起来喝了水上了厕所重新睡下。

我狠狠地长吁一口气。一个人带孩子时间全被绑架了，难得有点自己的时间。我喜欢独自捧一杯茶，哪怕只是发发呆也好。

我泡好一壶茶再去看他时，已经跌入梦乡。

听着他均匀的呼吸，将他被子掖好，困意袭来，我闭目养神片刻，终于轻手轻脚去了露台，将门关好。

冷风从窗户缝隙肆意钻进来，茶汤冷得快。喝了两泡，索然无趣。突然想到他本就有点着凉，打针前竟然忘了咨询医生是否有影响，心中顿时忐忑起来。又担心他蹬被子受凉，终于还是洗漱一番，挨着热乎乎的小人儿躺下来。

夜里几次探手摸他额头。还好一夜无事，待早上听到闹钟起来时，发现竟然已是第三个闹钟。

赶紧起来，战斗一般的早晨又要开始了。

秋

一夜无梦，醒来时天色大亮，太阳却尚未灼热。

周末的清晨，比平时少了几分喧嚣，偶闻楼下送快递的电瓶车来而复往。半开的窗户，吹来阵阵凉风。

蒹葭苍苍，白露为霜。同学珊凌在群里发了一张精美图片，配着经典的句子。

点开日历看看，9月8日，农历七月二十九，白露。

不上班的日子，自然可以多在床上赖一会儿。

喝了半杯水再躺下，却是跌进轻雾缭绕的梦里。

世博园里人烟稀少，偶尔有火车破开一团浓雾，呼啸着从高架上路过，又消失在远处的雾里。

置身于实木凉亭，四周是一望无际的芦苇。

微风吹来，不再碧翠乃至略微干枯了的芦苇齐刷刷往一边弯去，待到风停了，又不紧不慢地摇回来。摇得慢了的叶子，被后面的赶上，于是挤挤攘攘地乱成一片，发出沙沙的响声。

孩子们挥舞着长竹竿绑好的网兜，在池塘边追逐着成群结队的小鱼。网兜上滴落的水珠，翻滚着落在层层涟漪的水面，清脆，空灵。

摆在石桌上的坚果点心，散发出的香甜味道，比平日浓郁了几分。

饿却是不饿的。只在地上铺就野餐垫，脱了鞋子，往上面一坐，就可尽享夹着芦苇气息的秋风了。

当我走下凉亭想要去走走的时候，周边的环境甚是熟悉。

却是我阔别多年的大学校园。

南门外的几个烫金大字依旧闪闪发亮，主教学楼前的草地黄绿相间。

走在熟悉而陌生的校园道路上，穿梭在熙攘的人流中，我不时抬头看看那巍峨挺拔的大楼，当年伏案疾书的场景逐渐清晰起来。

迈着欢欣脚步，围着大楼走了一圈，竟没有上楼去的冲动，应是怕扰了学弟学妹们的清静。

大楼不远处，就是我日夜思念的镜湖。还是脑海中的模样，只是靠电气楼的水里，种上了一片荷花。

此时，泛着微波的湖面，荷花只剩将要枯萎的秆，叶子也耷拉着，显得没精打采。

一只不怕人的水鸟在水面走走停停，不时跳上荷叶，啄食上面的虫子。

天空逐渐灰暗，阵雨来袭的前兆。

我对自娱自乐的水鸟招招手，想邀请它一起欣赏这秋天的美景，一起等候雨过后可能出现的彩虹。

回应我的是无动于衷，它悠然自得的神态，让我不由停了下来，心怕突然的声响惊走了属于它的宁静。

秋雨欲来的校园，我坐在垂柳下的木椅上，竟涌现出无限惆怅。

"爸爸，我想吃梨。"软乎的小手拍在我的胳膊上。

我从梦中醒来，看到站在床前的小枕头，还睡眼朦胧，只穿了小短裤。

"呀，这都白露了，早上起来得赶紧穿衣服。"我一骨碌爬起来，"你去穿好衣服，我帮你削梨。"

他晃晃悠悠地走了出去。

我削好梨叫了他两声，没有回应。

推开他房间的门，他坐在书桌前，抱着新发的语文书，看得正起劲，衣服却还是没穿。

"怎么还不穿衣服！"我大声说，"小时候不注意，年纪大了就知道厉害了。"

说完这话，我怔住了。这话好耳熟。

仔细想想，儿时每年入秋的时候，自己不也是这么清早起来就光着膀子往竹凉床上一躺，母亲怎么呵斥也不听吗？

再有半个月，就是中秋了，老家田里的水稻，应是勾了沉甸甸的稻穗，而树上的橘子，也已泛出橘黄。

吃月饼的时候，父亲不用为月饼切不出均匀的八块而发愁了吧。

"爸爸，书上说枫叶是火红色的，你带我去看看吧！"一边穿着衣服，一边念叨的小枕头把我从思绪中拉了回来。

　　"可以，到时我们约上你的好朋友一起去。"我将他凌乱的衣领理了理。

　　印象中，北京的夏天特别长。

　　而炎热刚刚退去，冬天就会急不可耐地飞奔过来。

　　于是，宁静的金色的秋天，就很是短暂。

　　香山的红叶如燃烧的火焰，百花山的草甸点缀着各色小花，潭柘寺的银杏树下一片金黄，密云的果树上挂满了红彤彤的苹果……

　　即便短暂，北京的秋，仍用浓妆重彩，惊艳了人间。

　　一阵凉风吹来，我闻到了秋天的味道。

刀削面

正月初五。

前几天睡到自然醒，都是午饭早饭一起吃。想到不能这么睡下去了，昨晚调了七点半的闹钟。

天已大亮。

烧水泡茶，喝完一壶，还在犹豫着要不要出去跑步。

目前这种情形，不出门，就在家里活动当然是最安全的。适度锻炼增强身体免疫力同样重要。但练练瑜伽、打打拳击柱，都感觉不那么爽利。

太阳已经升起，天空灰蓝。

我换了运动鞋，戴好口罩，跑步下楼，沿着熟悉的道路，跑到不远处的定慧公园。

路上车很少，偶尔几个路人，口罩捂得严严实实。

路口二十四小时营业的小超市，棉布门帘上贴着"不戴口罩拒绝入内"的字样。

冰封的永定河上，几个大爷正用宽的铁板清理溜冰的场地，一个红衣小女孩轻快穿行其中。公园边上的塑胶跑道，看不到人影。

跑到西翠路折返，身上刚刚泛起微微汗意。呼出的热气在口罩上凝结成水珠，湿湿的，沾在口鼻处。我放缓脚步，一边活动肩膀，一边往家走。

姥姥姥爷已经吃好了早饭，小枕头和妈妈还没起床。

将昨天剩的半锅米饭，加了白菜丝、胡萝卜丁，还有几只大虾，做成一锅汤泡饭。

胡乱吃了一碗，感觉没啥胃口。

小枕头起床洗漱后过来瞄了一眼，对平日里最爱吃的虾也不是很感兴趣，磨叽了半天才来把虾吃完，米饭却剩了大半碗。

菜场还没开门，小区超市的菜很有限，中午吃什么呢？

窗台底下立着三颗大白菜，躺着几根胡萝卜，一盒鸡蛋还剩大半。

早上胡萝卜鸡蛋饼，中午烩炒白菜，晚上白菜炖肉……这么吃下去人会抑郁吧？

打开冰箱，还有一包香肠，几块咸肉，半只鸡。都不想吃。

突然，我看到了冰箱边上的面袋。

打开一看，果然还有小半袋面粉。

包饺子太复杂，擀面条不会，要不就来个刀削面吧！

主意一定，我立刻行动。

先翻箱倒柜找到了刀削面神器——一把网上买的小刀。再找来一个大汤碗，倒满满一碗面粉。

加水，太湿。加面粉，太干，再加面粉。

如此反复，终于合适了，还没开始揉面，我已经累得腰酸背痛。

看来需要热热身。

我深吸一口气，比画了几招太极拳。

小枕头跑来凑热闹，帮我喊口诀："一个大西瓜，一刀切两半，一半送给你，一半送给他……"

他声音大而清脆，表情夸张，我扑哧一声，立马破功。

正要呵斥，他早已怪叫着逃回卧室。

我重新运好气，脑海里回忆着太极八卦掌，将面团按在不锈钢菜板上搓揉。

也不知道揉了多久，感觉手有点抽筋，就算大功告成吧。

揉好的面放回汤碗，找个碟子盖上，醒一会儿备用。

洗好手，坐下来喝茶歇口气，顺便关注一下疫情的最新进展。

暂时没有什么重大消息，网上直播的雷神山医院还是有上千万人在看。

工作群里却收到了关于延期一周上班的通知。

假期延长了，可我感觉不到丝毫的喜悦。

甩甩酸痛的胳膊，我将案板上一小块煮好的羊肉切片，再切半棵白菜，准备用羊肉白菜做臊子。

电磁炉烧上一大锅水，煤气灶上炒着羊肉。

羊肉炒好，水也沸腾起来。

在刀削面专用小刀上抹点油，左手托着面团，右手持刀，脚下不丁不八，双膝微曲，气沉丹田。

"开始！"小枕头举着手机录像，说要做个抖音。

我出刀如飞。

只见一根根雪白的面条飘向沸腾的水面。

开水溅到脸上，小枕头嗷嗷叫了两声，掉头就跑。

逐渐找到了规律，我越来越熟练，削出的面条越来越完整，不一会儿，面团只剩下拳头大小。

用筷子将锅里的面搅一搅，我看着鱼儿一般的面条在开水中沉浮。

"同志们，吃饭啦！"眼看面条开了有五六分钟，我大喝一声。

"来啰，吃刀削面啰！"小枕头甩着手上的水，满是期待地在椅子上坐定。

这些天他洗手勤快自觉了很多。

姥姥姥爷不爱吃米饭，一看午饭是面条，也禁不住眉开眼笑。

盛半碗面，盖上半碗白菜羊肉，筷子一搅，香气四溢。

我当然还要加上几个泡山椒，一边咝咝地倒吸着凉气，一边大快朵颐。

吃完饭，刚过一点。

太阳明晃晃地照在窗户上，温度升上来，眼皮就沉了下去。

想想白天睡了晚上会睡不着，还是坚持坚持吧。那种半夜睡不着爬起来泡茶的感受并不好。

会越喝越睡不着，越喝越寂寞。

寂寞时难免就会伤春悲秋，就会感叹人在疫情面前的脆弱，就会胡思乱想万一自己感染了可怎么办呢，还有好多好多事情没做。

非典期间我就这样，恐惧，焦虑，神经衰弱，夜不能寐。吃了很长一段时间"安神补脑液"。

目前状况还好，睡觉也安稳。虽然疫情很严峻，但是目前能做的，就是做好自我防护吧。

时间过得很慢。

等小枕头拉了一个小时二胡，终于到了他期盼的活动时间。

督促他戴上口罩，才陪着他去小区内的小广场踢球。

小广场人不多，两桌打乒乓球，三四个踢球，全都戴着口罩。

太阳晒在身上，暖暖的。

跑了不一会儿，他就嫌热将羽绒服敞开，口罩也解下一半吊在耳朵上，小脸红彤彤的像个大苹果。

"把口罩戴上！"我喊道，"热了就休息会儿。"

"爸爸，晚上我还能来踢球吗？"坐下来休息时，他问。

"不行！专家呼吁大家减少外出你没看到吗？"我立刻否决。

"那晚上还能吃刀削面吗？"重新戴上口罩的他歪着脑袋看着我，阳光明媚，他不由地眯起了眼。

我望着他口罩上的心形图案，一时出神。

可以是可以，但明天吃什么呢？

后天呢？

"好希望疫情快点过去啊，我们去菜场买蛤蜊，爸爸烧的蛤蜊最好吃！"他的思维总是跳跃。

是啊，谁不希望它快点过去呢？

一把钥匙

阳光从窗帘的缝隙溜进来，爬上书桌，爬上了床头柜，照在玻璃瓶里的绿萝上。本就翠绿的叶子越发绿得耀眼。两只麻雀在外面叽叽喳喳地吵闹，空气中隐隐飘来谁家早餐的味道。

伸手拿过手机看看，已经八点四十。边上的小枕头仍裹在被子里睡得正香，两只胳膊露在外边。

我将他的秋衣衣袖拉下来盖住手腕，再将胳膊塞进被窝。"别张着嘴，虫子爬进去啦！"我将他的下巴轻轻往上一推，在他耳边说。

"再睡五分钟！"他闭着眼睛，习惯性地说。

"今天没课，你可以再睡一会儿。"

"哦，那就好。"他翻了个身，"别打扰我，我在做梦呢……"

难得周六上午的围棋课停课了，且让他睡个懒觉吧。我惦记着自行车的钥匙，却是再也睡不着了，干脆穿衣起来。

有时就是这么奇怪，明明放在一个地方的东西会不翼而飞。有的过阵子又出现在哪个角落，有的从此无影无踪。

"你确定没拿自行车钥匙？"找了一圈没有，我推开里间的门。

"没有，拿了我还问你啊？"刘老师没好气地回道，拉被子蒙了头接着睡。

自行车钥匙原本有两个，丢了一个后我说换把锁，但她不愿意，就将钥匙拴在了背包上，与公交卡一起。这次因为电瓶车没电，我骑了一回，怕单个钥匙丢了，特意放在冰箱上的烟灰缸里。昨天她找不到自行车钥匙，骑了一天"摩拜"，很是生气。

"你有没有拿烟灰缸里的自行车钥匙？"我摇摇嘴角噙着笑的小人儿。

"没有，没有，没有！"他两只小手胡乱挥舞着，皱起眉头。

那只有撬锁了。我叹了一口气。

先将浴室的莲蓬头拧下来，然后穿鞋开了门。

门一响，小枕头一骨碌爬起来，坐在床上，眯着眼问："爸爸你去跑步吗，我也去。"

"我去买个莲蓬头，然后去找人开锁。"我将铁门掩上省得风大吹着了他，只留一条门缝。

他却还是要跟去。只得回身进来，等着他慢吞吞穿好衣服，喝了水，这才出门。

买莲蓬头很顺利。五金店在金沟河路口，电瓶车五分钟就到。老板告诉我莲蓬头是标准接口的，不需要带旧的来比对，一面说一面提出一筐各种样式的来。我挑了一个差不多大小的，扫微信付了钱。前后三分钟搞定。

小枕头见谁都能聊，眼看着又跟老板聊得热火朝天，我气不过，一声怒吼，他才满脸不高兴地跟着出了门。

找人开自行车锁却是很坎坷。小区的便民小店说不会，物业说没有工具，找了三个修车师傅，都说开不了。又试着打电话问开锁公司，答复是上门开锁一百五十元起步，你一辆自行车才两三百块，值当吗？

郁闷地挂了电话，我长吁一口气。

好烦哪！谁现在要是说二百块帮我搞定它，我肯定一口答应。

昨天就立冬了，说要降温，却还是闷热。

我将棉衣的拉链拉开。风一吹，一个激灵，才知道冷风如割不是乱说的，赶紧再拉上。

先将小枕头送回家，再将新买的莲蓬头拧上试试，没什么问题，这才又下楼。莲蓬头有几个挡位可以调节，细细的喷雾，集中的喷射，天女散花般的细流，小枕头玩得不亦乐乎，不再当跟屁虫。

菜市场那边有修理电器和配钥匙的，去碰碰运气吧。

这次运气不算太坏，电器修理的老板告诉我，菜场对面的修车铺应该可以。我兴冲冲地跑过去。

"车子是你的吗？"听我说完情况，老板没接我递过去的烟，老板娘却是上下打量了我一番，然后开口问道。

"当然是啊，现在难道还有人要这种破自行车吗，就是图送小孩上学方便。"我不以为然地说。

"那你把车子拿来，我们帮你开。"她说。

啊？自行车锁上的啊，扛过来，虽然不是很远，也很累人好吧？

好说歹说，他们还是不肯带工具去帮我开，也不肯借长臂钳子给我。

看人家一副你爱来不来的神情，我一肚子苦水无处诉说。

没办法，我回到楼下，一手提着自行车后座，一手把着龙头，就这么推着走走停停，再到得修车铺时，手臂发酸，秋衣湿透。

在我大口喘气的工夫，老板娘戴上手套，用螺丝刀在锁孔一插一拗。

啪！锁开了。

"这么简单？"我目瞪口呆地看着掉落地上的环形锁。早知道这么斯文的锁，我还费这个劲干吗？

好吧，专业的事交给专业的人做。

也不能让人家白帮忙。我问她买了一把新的环形锁安上。这才如释重负，慢悠悠地骑着车往家去。

永定河渠两边照常是三三两两钓鱼的人。平静的水面一片红彤彤的倒影。

岸边的藤蔓叶子，深深浅浅，全都染上了红色。如火焰一般，在冬日的上午，格外惊艳。

呆呆看了半晌，才想起午饭还没着落，幸好还没走远，可以少跑一趟。于是心情略好，回菜市场买了羊肉萝卜，见水果摊橘子新鲜，又买了三五斤。

回到家，剥开一个橘子，与小枕头一人一半。

"哇，太好吃了！"他大惊小怪地嚷嚷，"我还要吃一个。"

吃吧吃吧，一个水果也能开心成这样！我将整袋橘子递给他。

但生活不就是这些小开心拼凑起来的吗？只是我们常常放大了困难，忽视了快乐。

我若有所思地张罗做饭，郁闷的心情逐渐晴朗。

"咦！钥匙在我包上！"正在忙活，刘老师惊叫一声，举着一个精美的钥匙走过来。

赫然就是不翼而飞的那把！

原来那锁，又破又旧，早该换了，恰好如今换了新的，它光荣下岗，权且做个装饰吧。

不经意间，锅里炖的羊肉已冒出热气，一股浓香溢满露台。

盼春风

天还没亮。

原本睡在脚头的小枕头翻了几次身，终于还是爬过来，钻进我的被窝，用热乎乎的手拍拍我的脸。

"爸爸，什么时候才天亮啊？"

我眯着眼瞄了瞄窗口，外面漆黑一片。

"应该还早，你再睡会儿吧。"我将他搂在怀里。

"我好想快点到明天。"他说。

元旦前一天学校不上课，举行义卖及联欢活动，这自然让孩子们无比期待。

昨天晚上，他一放下饭碗，就翻箱倒柜，准备义卖的东西。

小汽车舍不得，手指陀螺还很新，漫画书还想看，纠结了半天，最终选了两个小玩具和一本书。

看他掏出书和本子，我诧异道："干吗？"

"抄古诗啊！今天的作业。"他回答。

主动写作业，太阳从西边出来了啊？我正纳闷儿，他已经自顾自说了起来："老师说不写作业不让参加义卖活动。"

我呵呵一笑，乐得自在，径直去泡了一壶茶。

"好渴，我要喝水。"一壶茶没喝完，他在那边喊起来。

对学习中的孩子当然要服务周到一点，我赶紧倒了半杯水，试试温度，才端去给他。

却见他并没在抄古诗，半张白纸上，歪歪扭扭写的，却是：

> 遥望坚实的地面
>
> 树叶迷离了双眼
>
> 她觉得生命
>
> 突然有了新的意义
>
> 那呆板却伟岸的身躯
>
> 像是她的归途
>
> 瑟瑟发抖
>
> 浅吟低唱
>
> 多想向他飞奔去
>
> 不顾一切
>
> 要挣脱树枝的束缚
>
> 一次次用力
>
> 一次次无功而返
>
> 终于累了
>
> 她俯瞰近在咫尺的身影
>
> 碎碎叨叨
>
> 诉说着日常

> 西风杀来
>
> 席卷着一切
>
> 她不再丰腴的身子
>
> 逐渐变了颜色
>
> ……

"你这是做作业吗？"一股气直冲脑门，我拍着桌子吼道。

"作业写完啦。"他赶紧把抄好的古诗拿给我。

字一如既往像蚯蚓爬，但确实是写完了。

"好吧，喝水。"我将水杯递给他。

他咕嘟咕嘟几口喝了个底朝天。

"爸爸这是你写的诗吗？"他指着桌上一个本子。正是我前些日子随手写的几句诗。

"是的。"我将本子合起来，收进抽屉。

"怎么才能写诗呢？"他问。

"首先你要多认识字，会很多的好词好句，然后还要有细致的观察，最后还要有对事物饱含的热情……"我迟疑着说。内心里其实在想，把长句改短，把话掰开了说，不就是诗了吗？

"那你能给我写一首诗吗？"他两眼发光。

"可以啊，你先去练习二胡，明天要表演，我给你写诗。"

"啊？我能不表演节目吗？"他可怜兮兮地看着我。

"当然不行啊，已经跟你刘老师报过名了。"我一口回绝，"你的二胡拉得很不错，现在去练习几遍，明天肯定大受欢迎。"

"好吧！"他慢慢地挪去书桌跟前，取了二胡，开始练习。

《鄂伦春舞曲》节奏欢快，曲子比较简单，他练习了几遍，听上去像模像样。

　　练了四五十分钟，在我的反复催促下，他才擦了松香，收了二胡，又去洗漱。

　　"哇！这是你给我写的诗？"看着枕头边上摆着的纸，他飞快地拿起来，大声朗读。

睡觉前

孩子央求我读故事

把崭新的中国神话故事

轻轻放在床头

我说　别读神话

给你读新写的《煎豆腐》吧

里边有你

他问，很长吗

是的，比神话故事长

好的，他钻进被窝

只露出满是期待的眼睛

读到描写他的段落

嘿嘿嘿傻乐

两颗大门牙张牙舞爪

读完了，问好听吗

他说，好玩

真的比神话故事长

原来他并不在意内容

只是想多一点陪伴

听着他兴奋而稚气的声音，看着他激动开心的样子，我一时失神。

等他读完，躺在床上说了一通第二天要买什么玩具等等，很久才睡去。

我重新烧水，泡了一壶茶。

听着窗外呼啸的寒风，想着明天能看到小枕头在同学面前表演，竟也很是期待。

这个学期花了大力气抓他的学习，尤其盯紧他的作业。无数个夜里，在台灯下，他惶惶不知所措，我气血攻心就要崩溃。

为了缓解情绪，我通常会走去露天的窗户边，仰天长啸："苍天啊大地，孩子啥时候能开窍啊！"

闹钟响起。

刚又迷糊过去的小枕头立刻一骨碌爬起来。

"天亮了，我们快吃早饭出发吧。"他推了推我。

"你再睡一会儿，我给你泡好麦片你再起来。"我将他重新塞进被窝。

早餐比较简单，牛奶麦片加鸡蛋，他很快吃完，用手擦了擦嘴，急忙去提了二胡，站在门口等我。

刺骨的寒风阻挡不了孩子火热的心，一路上又念叨一遍要买同学义卖的玩具。到校门口刚停好车，他已经提了二胡，飞快地跑进学校。

恰好这两天休假，我骑车回了家。在沙发上坐定，掏出手机，看着微信群里老师发的图片和视频，期待着小枕头的身影。

同学们一波一波地亮相，有唱歌的，有弹电子琴的，有吹黑管的，孩子们吃着蛋糕，领着礼物，场面热闹而欢乐。

时间一分一秒地过去，迟迟没见小枕头表演二胡的照片。

我终于忍不住给英语老师发了一条微信。

"他说太难听，不表演了。"黄老师回我说。

"啊！其实还可以啊，怎么临阵脱逃！"一口气上来，堵在胸口，我恨得牙痒痒。

眼看到放学的点，我气势汹汹地一路杀到学校，见到了等在边上阶梯教室的小人儿。

"爸爸，我买到了好几个玩具。"他开心地晃着手中的娃娃。

我深吸了一口气。

"你的二胡为啥不表演？"我蹲下去，看着他的眼睛。

"弦全松了，拉起来太难听。"他的神情立刻低落下去。

"好吧，下次还有机会。我们先回家。"我提起二胡，拉过他的手。

到家第一件事就是打开盒子检查二胡，发现两根弦松垮垮地吊在琴杆上。

"怎么会这样？妈妈早上还给你调音了。"我黑着脸问。

"我也不知道，开始我放在座位边上，被几个同学碰倒了……"他说。

"你知道我们多期待你的表演吗，准备了那么长时间……我们一直拿着手机等着看你出场……"妈妈过来，难过地说。

"对不起……"他低下头。

"也不能怪你，可能路上颠坏了。不过下次碰到这种情况，你要早点告诉老师，可以联系我们另外给你送一个二胡过去，知道吗？"我摸摸他的头。

"嗯！那下次什么时候才可以表演呢？"他抿了抿嘴。

"也许六一就可以了呢，你好好练习！"我将二胡装好，安慰他道。

本以为是春风细雨，没承想又是一场冰雹，我心想。

他很快就忘掉了这件不开心的事，掏出新买的玩具玩得不亦乐乎。

我穿上外套，走去小区边上的菜场。

门口的永定河渠结上了厚厚的冰，间或有被冰刀划成碎片的冰碴。此时还是上午，冰面上看不到滑冰的人影。

河两岸秋天时红得像火一样的藤木，也只剩下光秃秃的杆子。

一阵寒风吹过，冻得我一阵哆嗦。

孩子二年级的时候，我跟老师说孩子像我，开窍晚。老师通情达理地说那我们再等两年吧。眼下四年级了，在这个学期孩子学习成绩略有起色，但距离开窍似乎还有些距离。

好在语数外三个老师都认真负责，时常跟我们交流孩子的学习情况，在学校盯得很紧。我们也把很大精力花在了辅导他学习上。

在这样的高压下，他好歹还算配合，逐渐习惯了回家先做作业。小测试偶有较好表现。

2019 年马上就要过去了，新年会有新气象吧！

也许，在下一次考试，他就突然开窍了呢！

就像眼前这河岸，不经历寒冬的洗礼，来年春天，如何能开出千娇百媚的鲜花？

我紧了紧帽子，在零下九摄氏度的冷风中，想象着春花烂漫的日子。

等待常常是枯燥、苦闷、痛苦的，但是谁又会拒绝等待春风呢！

煎豆腐

冬天的周末早上，窝在被窝里确实是个不错的选择。

十点多，肚子咕咕叫得厉害，只好起来穿了衣服。

电饭锅里的白粥还热，餐桌上几个盘子里空空如也。

拉开冰箱一看，除了香肠就是咸肉。虽然都是美味，但解冻的过程有点长。

目光瞥过窗台，两袋豆腐静静地躺在那里，脑海里灵光一闪，立刻有了主意。

用平底锅煎豆腐是个需要耐心和细致的活。豆腐切成五六毫米厚的方块，一块一块小心地放进平底锅里，约莫一分钟，就要用竹筷小心地夹了翻个面。

电陶炉的火力集中在中央，需要不断地将豆腐移动位置。煎得两面焦黄的豆腐夹出来放在盘子里，新切的豆腐放入锅中。

水雾从锅中腾起，在彩钢瓦房顶凝结成水珠，却迟迟不肯滴落。寒冷的风从窗户的缝隙钻进来，呜呜呜响个不停。

我握着筷子，望着咝咝冒着热气的锅，一时失神。

现在交通便利了很多，但是下飞机或高铁之后的路程，还需要很长时间。去年秋天，周末回过一趟老家，大部分时间花在路上，在家也就住了一个晚上。

提前给父亲打电话，让他不要特别准备。他却还是严阵以待，赶了个大早，杀好鸭子，炖好猪蹄，包了蛋饺。

中午到家的时候，他来开了大门，就匆匆返回二楼。

我放好行李，再叫他时，却没回应。最后循着香味走进二楼的厨房，果然在那儿。

煤气灶上一个小平底锅，边上一个碗里装着大半碗猪油。平底锅里满满当当香味四溢的豆腐。

"哇，煎豆腐啊，好久没吃到了。"我高兴地说。

"那时候，没有好菜你就不吃饭……豆腐也是好菜啊……"他转头看了我一眼，笑道。

"差不多就行了，不用煎那么好看。"我伸手将抽油烟机打开。

"你小时候就爱吃煎得老一点的豆腐呢。"他专注地看着锅里的豆腐，用筷子排兵布阵，让每一片豆腐受热均匀。

他微微弓着背，以便看得更清楚。刚刚染过的头发，原本梳得一丝不苟，此刻，一缕发丝脱离队形，突兀地垂在额头上。他一身唐装还算新，只是有点不适合厨房。

"爸，让我来吧。"我深吸了一口气，揉揉酸胀的鼻子。

他坚持要煎完豆腐，却是同意让我掌勺烧鸭子。

他煎好豆腐，洗了手，在厨房踟蹰半晌，看我像模像样地开工，说道："你还写文章吹自己厨艺好，今天好好烧，我来尝尝看是不是那么回事。"

吃饭时，父亲和我坐在一根长凳上，大姐一家占据三张长凳。

我记得父亲最爱吃鸭头鸭掌，想夹给他，他却摇摇头说："牙齿不好了。"

尝了两块鸭肉，他说味道还不错。说着，很快扒拉完碗中的饭，放下碗。见我正看他，便抹了抹嘴，说："早饭十点才吃，这会儿不饿，你们多吃点。"

豆腐汤汤水水两大碗，被我们一洗而空，鸭子却剩了不少。

"为什么我现在烧不出这么好吃的豆腐呢？"饭后我们坐在客厅闲聊，我问父亲。

"你哪有这工夫？"父亲不以为然地说，"煎豆腐是慢工出细活，关键还要油多。"

"今天的豆腐是用炖猪蹄的浓汤烩的。"他补充道。

难怪，每一片豆腐都吸满了油水，香滑爽口，油而不腻！

一边回味着父亲的手艺，一边翻动着锅里的豆腐，煎完满满一大盘花了四十分钟。

"京东到家"上买的菜也送到了。

去楼道里取了一颗大白菜，掰三片大叶子，洗干净后用手掰成小块。五花肉切成薄片，又切了生姜三五片，小米椒几颗。

热油爆生姜和小米椒，再把五花肉放进去煎出油来，接着放入白菜，大火爆炒后将煎好的十几片豆腐倒入，翻动几下，加盐加水。盖上锅盖，大火烧开后转至中火，焖七八分钟后就可出锅。

门口一阵喧闹，却是小枕头回来了。

"下午的跆拳道课不上了，老师有事。"没等我问，他就兴高采烈地喊起来，"做好饭了吗，饿死我啦！"

还好我多煮了一杯米，勉强够三个人一人一碗。菜却是不够，赶紧又切了几片咸肉蒸上。

"哇，豆腐好好吃啊！"刚洗好手的小枕头还没坐下来，就夹了一块豆腐，一口咬掉一半，又大呼小叫起来，"好辣啊，水，水！"

开水却被我喝完了，只好取了一瓶牛奶给他。

他吃口豆腐，扒口米饭，再喝口牛奶，手忙脚乱，却乐此不疲。

"豆腐是怎么做出来的呀？"他咝咝地吸着凉气。

"用黄豆做的。"我说。

"黄豆怎么变成豆腐的呢？"他紧追不舍。

"吃饭别说话！"我瞪了他一眼。

"那等吃完饭你能跟我讲讲黄豆怎么变成豆腐的吗？"他撇了撇嘴道。

"可以。"

他抬眼看看我，摇头晃脑地大快朵颐起来。

一大盘白菜豆腐，不一会儿吃得干干净净。

"煎豆腐真好吃，还有吗？晚上还吃，可以吗？"用手背擦了擦嘴，小枕头满是期待地说。

"一半都是你吃的，还没吃够啊？"我抽出一张纸巾递给他。

"爸爸你小时候爱吃豆腐吗？"他接过纸巾擦了一下嘴，话题转变很快。

"当然啦，豆腐算是一道好菜。不过可不是经常能吃到的呢。"我说。

"那晚上睡觉前，你能跟我讲讲小时候的事吗？"他拽着我的胳膊。

"你要求真多。"我捏了捏他的手，"九点之前你把两篇作文写完的话就可以。"

"好吧！"他嘟起了嘴。

"现在，"我指了指他的碗，"先把自己的碗洗了。"

他默不作声地拿起碗，走向水池。

不一会儿，就听他高兴地哼起了自编的歌谣。

"吃煎豆腐，煎豆腐吃啰……"

捉泥鳅

"大哥哥好不好，咱们去捉泥鳅……"超市门口的摇摇车不停地播放着儿歌。

已经走到前面的小枕头折返回来，走到喜羊羊形象的摇摇车跟前，伸出手摸了摸，甚是欢喜。

"爸爸你能给我一个硬币吗？"他抬头问。

"不能。"我略一犹豫，还是拒绝了，"你已经是二年级的小学生了，摇摇车是小宝宝坐的。"

"好吧。"小枕头毫不掩饰自己的失望，过来牵了我的手，"那我给你唱这首《捉泥鳅》吧。"

没等我回答，他就哼唱了起来。

"池塘里水满了、雨也停了……"

清脆的童声响在耳边，夕阳将永定渠镀上一层金色，凉风起时，柳树又开始展示曼妙的舞姿。而思绪，早已飘向遥远的家乡。

当水稻收割殆尽，田野只留下碉堡般的草垛。秋高气爽，田埂上新冒出野草的绿色将苍茫的田野分割成条条块块。

那么，最想做的事情，自然是光着脚丫，拎一个小桶，奔向那片潮湿的土地，去寻找躲在水稻根下的小精灵。

稻田在收割前已经晾得半干，只有中间交错几条小水渠尚流淌着浅浅的水。透过清澈的水，偶尔可见一两个或圆或扁的小洞，用手指小心翼翼地沿着洞口探进去，如果运气好的话，很快就能触摸到细滑冰凉的泥鳅。

此时需要双手并用，又快又准地将泥鳅连同湿软的泥巴一把捧起。

油光发亮的泥鳅在手上钻来钻去，偶尔蹦跶几下，将泥星溅起飞向人的脸和衣襟。

收获的喜悦会让人顾不得擦去脸上的汗水与泥巴，望一眼小桶里吐着泡沫的泥鳅，心中只想找到下一个目标。

通常，哪块田哪个位置泥鳅比较多，小伙伴们都是知道的。在"传统"泥鳅集中的区域，我会一株一株稻根拔过去，或者干脆两手张开，一片一片泥巴翻过去。青背白肚的泥鳅懒懒地躺在那里，还没回过神来，就已经进了我的小桶，惊慌失措地与诸多同伴共叙衷肠。

脚踩在泥巴里，腰一直弓着，不时有大个头的蚊子和黑黄相间的牛虻袭击，不得不说这是一项苦力活儿，但我常常乐此不疲，直到父亲洪亮的声音越来越严厉，我才依依不舍地上了田埂，去水井边洗净手脚。

一下午的战利品也就三四两，如果用猪油煸了，炒半碗红辣椒，勉强算一道菜。当它端上桌时，我把最大的泥鳅夹给母亲，然后喜滋滋地看着众人品尝，热切地希望得到一两句夸赞。

　　相比之下，扎泥鳅就要轻松得多。

　　清明过后的夜里，青蛙已经迫不及待地唱响了迎接夏天的歌谣。均匀洒在精细泥土里的水稻种子，已经葱葱郁郁。蛰伏了一个冬天的泥鳅，通体嫩白，趁着夜色，羞答答地出来幽会了。

　　父亲把废旧的雨伞钢丝剪断成十五厘米左右长短，将一端在磨刀石上慢慢磨成尖锐的针，一排八九根钢针固定在一根松木棍子的顶端，扎泥鳅的工具就宣告完成。找一个旧的油漆罐，挨着顶端沿着罐体均匀地打四个孔，穿上棉灯芯，用细铁丝吊起来挂在另一根木棍上，配套的照明工具也就有了。

　　晚饭过后，二哥和我换上长筒靴，拎一个铁皮桶，油漆罐里装满煤油，将四根灯芯点燃，就可以在大家的护送下出征了。

　　走在熟悉的田埂上，煤油灯将田野方圆两三米照得透亮，白白胖胖的泥鳅在清澈的水底格外显眼。泥鳅往往是一条不规则的直线，扎子上的钢针也排成一条直线，两条直线相交，垂直角度扎下去，成功率最高。

　　随着扎子猛然入水，平静的水面分割开来，水花飞溅。只听周围哗啦哗啦一片，原本静寂悠闲的泥鳅，或是逃窜或是钻进泥里。

　　当扎子露出水面，扎在钢针上的泥鳅扭曲挣扎，用手顺着钢针一捋，准确地落在铁皮桶里。

　　扎泥鳅的人需要左手举着煤油灯，右手拿着扎子。在享受乐趣的同时，手臂也会酸痛，而另一个提着铁皮桶的人要轻松许多，但我和二哥还是会争着扎泥鳅。

　　于是总在谁一次失手之后，另一个嚷嚷着："你看你看，又跑了一条大的吧，让我来让我来。"如此反复更替，也不觉得累了，只想下一次自己要扎到一条更大的泥鳅。

碰到黄鳝，通常是不扎的，只伸手过去，猛地抓住了往桶里一甩，就可捕获。却也有看走眼的时候。有两次错把水蛇当成黄鳝，扑将过去正要伸手，二哥一声断喝，"蛇，是蛇！"吓得我连滚带爬上了田埂。

夜里十点，基本把离家近的水田转了一遍，满足地掂了掂桶的分量，遗憾地讨论着跑掉的那条最大的泥鳅，我们凯旋而归。

月亮仍挂在缀满繁星的天空，猫头鹰的叫声特别悠长。

大姐二姐一般睡了，父亲夹着一闪一闪的烟头坐在门前的板栗树下，母亲在厨房里生火洗锅。

扎来的泥鳅不能放，洗干净放入铁锅，加些许猪油，小火慢慢地煎，待基本干了，洒些盐，用一个大砂锅积攒起来，等到想吃的时候舀一碗出来炒。

泥鳅当然不是只能煸和炒，还可以炖。

家乡竹子多，村里手巧的邻居，用竹丝编织出一个个形状如啤酒瓶的小笼，尾部开着大口，巧妙地设置了迷宫，只能进不能出。

挖一些蚯蚓，拌上炒熟的芝麻、米糠，捣碎成泥状，就是极好的诱饵。

傍晚时候，捏一把湿泥巴，将诱饵封在竹笼的侧后方，放进水田里，旁边插上一个竹签做标记，就可以等着第二天早晨来收。

泥鳅黄鳝被诱饵吸引过来，几经探索，终于还是从竹笼尾部的口钻进去，如愿以偿地吃到了美味的诱饵，却也失去了自由。

天刚刚亮，主人腰系鱼篓，一个一个竹笼收过去，在水里涮几下，将顶部的竹圈将下来，对着鱼篓甩甩，泥鳅黄鳝就顺着竹笼顶部的口滑进鱼篓。

父亲偶尔会将他们捉的泥鳅买过来，以改善我们的伙食。

这样捉到的泥鳅往往需要放在瓦罐里，用清水养了，每天换水。换水时，就可以见到被吐出来的米糠和蚯蚓。

养到一周左右的时候，泥鳅已经干净了。

煮一锅水，放几片姜，等水开时，将泥鳅倒进去，闷上锅盖煮上十分钟。加入切成细丝的辣椒，放一勺猪油，加盐，放一把紫苏、几颗花椒，很快，香味就溢了出来。

汤色清亮的泥鳅端上桌，不能不说这是一道大补的美味。

炖得烂了的泥鳅，整个塞进嘴里，牙齿轻轻咬住鳃部，用筷子夹了头部，往外一拉，完整的泥鳅骨架出来，鲜美的肉则留在口中。

父亲见不得我这种吃法，将大碗泥鳅平均分给每个人，径直端了自己的碗，稀里呼噜，将泥鳅全扒进嘴里，连肉带骨头嚼得啧啧有声。

顺溜唱着《捉泥鳅》的小枕头，却从未有机会如我儿时一般去到田野里，亲自体验捉泥鳅的乐趣，只在入睡前，不厌其烦地要求我讲小时候的事。

"泥鳅是从田里长出来的吗？"他蒙眬着睡眼问。

"不是……"我轻声说，"不过，田野是泥鳅的家。"

转头望时，他已嘴角含笑，进入梦乡。

第 三 章 ／ 男 人 四 十

男人四十，并不只有如花，还有很多的牵绊。

焦虑不完全是别人贩卖的。不再空谈梦想，用心发现一日三餐里的美好。

男人四十，并不是日暮黄昏，还有许多的可能。

聪明不再那么重要，睿智却变得必不可少。接受自己的平凡就需要睿智和勇气。

秋雨夜

这个周末因为搬家特别忙乱。

新租的房子在顶楼，阁楼改的。原本一室一厅的房子，把露台封起来，成为三个相对独立的空间。

看中这个房子的原因，除了便宜，就是这个露台了。

第一眼看到它，便开始想象着把它装扮成餐厅、花房、茶室的模样，心动不已。

搬家公司搬好了所有大件和绝大部分杂物，一辆两吨厢式货车满满当当。来不及和不适合打包的各种零碎，即使暂时还想不到它的用处，刘老师犹豫后还是坚持留着。

蚂蚁搬家般往返几十趟，终于完成这个浩大工程，全身骨头也散了架。

瘫坐片刻，还是忍不住开始布置沙发茶几。将茶壶茶叶摆弄好，又将号称最好养的绿萝安置在茶几边上的窗户底下，一个还算别致的空间初具雏形。

"如果下雨，浇花都省了吧。"看着暂时蔫了的绿萝，再看看明媚得有点晃眼的天空，我倒是盼望下一场雨。这令人窒息的节奏，也可以缓一缓了。

没想到刚过一天，天晴太久的北京，真就下起了雨。

临近下班，天空飘起雨丝。

零星几点水渍落在玻璃窗上，让闷热凝固的空气灵动起来。

丝丝凉风钻进办公室，清新湿润。

不一会儿，雨下得大了。

灰蓝的天空中垂落根根银线，落在耸立的楼顶，落在迟暮的树梢，落在奔波的雨伞上，闪着光。

没有人会讨厌这洗涤浮尘、带来清凉的秋雨吧。

只是没撑伞的行人，加快了前行的脚步。

华灯初上，雨下得更大。

雨箭铺天盖地，呼啸着从无垠的夜空激射而下，前一波刚在坚硬的地面炸得粉碎，后一波更加凶猛地袭来。

西四环上车流缓慢，一片红的黄的灯光，如两条巨龙相对而行，在雨幕之中如梦似真。

再大的雨，也有停歇的时候。

它似乎累了。

地面虽然依然汇集着片片水洼，却只有断断续续的雨点落下。

乘着这个空隙，我飞也似的跑回家。

还没来得及坐下喘口气，雨果然变得猛烈。

彩钢瓦的房顶，噼里啪啦，声音特别大。

餐桌上方，有雨水从彩钢瓦的连接处渗进来，汇集成雨珠，坠落在椅子上。

"爸爸你看！"小枕头挽着裤腿，蹲在椅子旁，大呼小叫，"一颗水珠落下来，变成了好多好多小水珠！"

细碎的水珠飞溅在脸上，他浑然不觉，依旧饶有兴趣地盯着这神奇的一幕。

"如果再下大点这里会被淹吗？刮风会把雨水刮到你茶壶里吧……"他一会儿担忧，一会儿幸灾乐祸，在露台各个角落查看，喋喋不休。

我用手指梳理了一下淋湿的头发，将他赶去做作业，才开始收拾堆得杂乱的露台。好不容易下场雨，可不能浪费了这么美妙的夜晚。

晚上十点，小枕头洗漱睡去，露台也终于焕然一新。

烧一壶水，在宽大得有点夸张的旧沙发上坐定，我终于能享受雨夜品茶的惬意。

雨时大时小，一刻也不停歇。

灯很亮，将露台照得如同白昼。窗外越发显得黑暗幽深。

透过纱窗的雨点，落在手臂上，有点凉。

热茶一盏，暖意陡然升起。

家乡多雨。

这个季节正是秋雨连绵。

老家的木屋，用的是青色瓦片，鱼鳞一般盖在屋顶。

小时候，每逢下雨，雨水汇集成一道道水流，从上面倾泻下来，像梳子，像珠帘，像小小的瀑布。

我常常在下雨的日子，搬张椅子，坐在堂屋，看着屋檐下飞溅的水花发呆。

乡村的夜是静谧的，但雨夜却格外喧嚣。

雨水落在瓦片上，落在水坑里，落在芭蕉叶上，声音各不相同。有时屋顶漏雨，要用脸盆接着。水珠落在搪瓷脸盆里，咣当咣当，如金戈铁马的战场。等到集了小半盆水，水珠落下来，叮当叮当，柔和轻快。

秋雨来时，家乡的梯田，水稻勾着头。

谁家悠闲的大黄狗，横在山路上，忧郁的眼神里，有一首诗歌：

啃完一个

82 年的骨头

散步到山腰

趴在这个位置

俯瞰梯田

山风吹皱防雨的皮毛

眼神不再只有

一片苍茫

稻子又黄了

沉甸甸的稻穗

满是希望

清冷的山坳

小溪汩汩流淌

又是一年

丹桂飘香

远行的人们

就要还乡

乍暖还寒时候

他们消失在

蜿蜒小路的远方

我花了冬春夏

三个季节

去适应孤寂

秋风秋雨刚起

却瞬间

习惯了守望

　　他乡有雨。

　　奋力前行的少年，脚步蹒跚，眼神坚毅。

　　路自然会坎坷，但谁不想去远方？

　　下雨了，那就歇一歇脚步，好好看看旅途的风景，就着这雨，赋一首歪诗。

一路行走

一路期盼

明月清风为伴

追风少年郎

骤雨斜袭

将热浪浇灌

一株百合

伫立在山腰

雨珠从翠绿叶子滚过

映射一串惊叹

流连脚步

俯身端详

花香触摸鼻尖

猜想花开的模样

屏住呼吸

却还是惊醒了

娇嫩花瓣

它微微颤动

缓缓舒展

纤细的花蕊

一片金黄

天上一弯彩虹

远山一幅画

眼前

一抹心香

北京少雨。下雨的日子，显得特别。

闭目聆听，雨点在屋顶弹奏起不知名的歌。

这歌似曾相识，在中学的操场听过，在大学的看台听过，奔驰的列车上听过……

却始终想不起它的名字。

雨是一样的雨，落在心里头，却不尽相同。

人到中年，终于感觉到时光飞逝的恐怖。

还有许多路要走，还有许多书要读，还有亲人要陪伴，还有朋友要遇见。

手头的事不少，心头的事更多。

只是这样的雨夜，通通都不管不顾了，让雨点击中心鼓，让茶香浸泡灵魂。

举目远望，天空一片暗灰，几个屋顶亮着灯。

也许，还有人跟我一样，在这秋雨夜里，舍不得睡去。

跑　步

　　元旦，太阳出来了。

　　午饭后散步到小广场，坐在一把破旧的椅子上。

　　太阳透过厚实的棉衣，渗入肌肤，温暖得让人睡意昏沉。

　　当后背泛起汗意，起身回家，准备睡个午觉。

　　还在楼道里，就听到家里响起拉锯和河东狮吼的声音。我硬着头皮跨进家门，看了一眼梗着脖子胡乱拉着二胡的小枕头，心虚地鼓励他有进步继续加油。

　　喝了两口热茶，又转悠一圈，知道午睡已是奢望，便寻思着做点什么，不然这新年第一天委实单调了点。

　　最近肩颈疼得厉害，搜了搜大众点评，永定路上有家盲人按摩评价还不错。也许去按按肩颈是个不错的选择。

　　但是推拿按摩终归治标不治本，犹豫片刻还是决定不去了。

　　窗外，阳光照在对面楼的玻璃窗上，闪闪发光。

　　书上说如果不知道做什么是对的，那就去做肯定不会错的事。

　　这样的阳光里，跑步应该不会错！

主意一定，我换了运动鞋，戴上手套，跑步下楼。

路上行人稀少，数不清的黄叶堆积在绿化带边上。温度还是很低，我不得不把棉衣的帽子戴上。

跑出小区，向东几十米，穿过西四环中路，向北十几米过桥，再折向东，沿着永定河渠岸边，一直跑到定慧公园怡趣园。

公园的球场，几个孩子在踢足球。小广场上，几个老人舞刀弄枪。几只大小毛色不一的狗狗，在追打嬉戏。

随着跑动的脚步，帽子上下起伏，摩在耳朵上沙沙响着。整个世界安静了，只有沙沙的声音，伴着我有节奏的呼吸。

我涉猎过很多体育活动，从羽毛球、乒乓球，到篮球、足球，再到游泳、瑜伽，但坚持得最久的，应该是跑步了。

每年都间或跑跑步，但坚持比较长时间的，是几个阶段。

高中刚开始，情窦初开又百思不得其解，长夜漫漫无心睡眠，每天很早就醒了。听到外面杂乱的脚步，于是一咬牙也加入了晨跑的行列。

开始是实在无事可做所以去跑步，跑着跑着上瘾了，一天不跑就难受。

冬天，白雾重重，跑道上人影若隐若现；春天，"黄土高坡"开满了各色野花；夏天，时常会被突如其来的雨淋成落汤鸡；秋天，操场边金黄的橘子似乎唾手可得。

如此一发不可收拾，风霜雨雪都阻挡不住，连着跑了三年。

大学生活比较自由散漫，打球踢球跑步的时间远远不如打游戏的时间多。

大四第一学期，回顾大学生活和展望前路，都让我迷茫与惶恐。

有一天晚上九点，宿舍最热闹的时候，我默默地走开下楼，在校园漫无目的地行走。走到体育场，看着昏黄灯光下安静的跑道，心底的积郁不由少了几分。

细碎的砂石在脚下沙沙作响，空气中弥漫着烧烤的味道。

走着走着，我便跑了起来，一圈又一圈，直到筋疲力尽。大口喘气，大汗淋漓，双腿沉重周身酸软的我，嘿嘿笑出声来。

于是我开始了夜跑，每天晚上九点左右，独自一人慢跑在体育场。

黑夜将身影笼罩，我躲在无尽的黑暗里，尽情想着自己的心事。

空旷的体育场是我的世界，揣着众人皆醉我独醒的自我安慰，我坚定地相信未来会更美好。

2017年的夏天，久不锻炼的身体明显出了问题，虽没长胖多少，但是头发白了很多，背上长满痘痘。

我当然不相信长痘痘是因为正青春。

出汗太少，体内的毒素无法随着汗液排出体外，才会出现这种情况。

工作比较忙，孩子的事也多，但再忙也得锻炼了。

我将闹钟调早半小时。起床后先去跑三四公里，再回家做早饭。晚上孩子洗漱准备睡觉了，我又沿着早上的线路跑一回。

如此坚持了半年，体质明显增强。虽然白了的头发不可能再变黑，但背上的痘痘逐渐消失殆尽。

一只黑色泰迪汪汪汪叫着，年迈的老人迈着小碎步追在后面。我从思绪中回过神来。

即便寒冷如斯，身上也黏黏的，出了汗。

寻一块向阳的石头坐下来，喘着气看着永定河渠冰面上小心翼翼行走的几个人。

微信上满是新年祝福的图片和话语，朋友圈五花八门地晒着美食美景。

也许人到中年，最能拉仇恨的，不再是山珍海味和风花雪月，而是年近半百还能跑全马，还能爬野山，还能有马甲线，还敢大口吃肉，还敢穿瘦身服。

锻炼的重要性毋庸置疑，跑步并不是最好的锻炼方式，却是比较容易坚持的。

子曰一个人可以走得很快，一队人可以走得很远。

但是我想，在生活中，有些路还是需要独自行走。

那样，才有时间和心情，去咀嚼生活的味道，去排解旅程积累的情愫，去描画不一样的明天。

跑步就是一个不错的方式。

奔跑中的人，身在动，心可静。

随着律动的脚步，时间在流淌，负面的情绪也在流逝。

即便偶遇阴霾天气，心底也可以有一抹阳光。

就像现在。

河道，是晶莹剔透的冰面。

树梢，被午后的暖阳，镀上一层金光。

且煮清泉

喝茶已经成了一种习惯。

我不说品茶，或者饮茶，真是难以准确界定。

有朋友看我喝茶，道一声享受生活，点个赞。

何谓享受生活？

睡到自然醒，吃个丰盛的中西结合早餐，上午看个电影，中午睡个美容午觉，下午游个泳，然后精心打扮去参加一个灯红酒绿的晚会，当然算。

在按部就班的日子里，脚步匆匆，背着电脑，拎着晚饭菜的袋子，瞥一眼永定河渠又已翠绿的河岸，望一望长短不一大大小小的渔竿。

何尝没有那生活气息如清风扑面，虽然短暂，却让人心安。

享不享受？

饭后行至小区运动场，三两个顽童，四五只狗子，六七个拍肩揉腿的老人，人影绰约，星光黯淡，却有那闲散的风，吹走一天的疲惫和烦闷。

即便呆坐在石头凳子上一时半刻，也是一番好时光。

舒不舒心？

至于茶，并不只有正儿八经坐下来，焚香伴曲，精巧茶具一字排开，繁杂茶艺一道道走下来，才是品茶吧。

少年时，喝一口茶，苦得直吐舌头，从而退避三舍。

到后来，暑假从田间劳作回家，接一大碗搪瓷茶桶里的茶，一饮而尽，畅快淋漓。

工作后，偶尔与同事闲聊，随意喝些他们的红茶绿茶，渐渐就养成了喝茶的习惯。

大多是独自喝茶，但也愿意与三五友人一起品茶闲话。

群饮是那花开几朵，却同气连枝，相互映衬；也可以是以他山之石，相互砥砺；还可以是那闹中取静，静坐台前，神游万里，众人言谈，只如画外之音。

独饮则是品味自己，神魂内浸，叩问心门。又自问自答，查漏补缺。不一定更加对，但会更笃定。

习惯了起床之后先烧一壶水，蒙眬着睡眼，静坐片刻，听水从咕咕到呼啸，再翻滚沸腾，如晨钟震散一身慵懒。

投茶入壶，高冲低泡，茶香如梦初醒。

茶杯冒着水汽，浸泡了昨夜的梦境，浅尝一口，就将妙不可言含在了嘴里，藏进了心里。

晨光一样被泡进了茶汤，灵动而俏皮，由浅黄到橘黄，再到宝石红。

一壶茶喝完，味蕾全都打开，每个毛孔都透着舒爽。

无论天晴下雨，都喝出美好心情。

上班不方便用壶泡茶。

处理完比较紧急的工作，会用玻璃杯泡一杯绿茶。

晶莹剔透的玻璃杯，盛捧一抹春色，最是让人神清气爽。

千岛湖龙井叶片肥厚，茶香浓郁，经久耐泡。

茶叶入水，整个房间便飘荡着草木清香。茶汤甘甜，喝上一口，就再不愿停下来。

金坛雀舌碧翠精致。根根直立在水面的嫩芽，如踮着脚尖翩翩起舞的芭蕾少女，挺拔秀气，青涩动人。略带涩味的茶汤，清心醒脑。

溧阳白茶叶张玉白，茎脉翠绿。悬浮在水里，恬静淡然，娇嫩如初开的花朵。轻啜一口鹅黄色茶汤，栗香馥郁。

下午通常会换上一杯红茶。

紫砂杯泡宜兴明前红茶，最是称心。

装大半杯开水，凉上几分钟，再抓一把茶叶投进去。条索紧致、光泽幽亮的茶丝，缓缓沉入水底，独特甜糯香味，就从杯口溢将出来。

茶水还烫，也忍不住先喝两口。

端着杯子轻摇几下，茶叶如河床的水草，摇曳生姿，终于与茶汤融为一体。

打字累了，看文件倦了，都习惯伸手去端茶杯，接连喝上两三口，思绪如飞鸟停山崖，游鱼歇水草，心身悄然滋养。

临近下班的时候，捧一杯汤色已淡的茶，从落地玻璃窗往外看，或是红日悬空，或是细雨如丝，悉数落在了杯中，喝进了嘴里。

晚上九十点，却是喝茶最惬意的时候。

虽未夜深人静，一天该忙的也差不多了。心弦松弛，身体略微疲愈，思绪就如野草般疯长。

不管天上有无明月，心中月色浓郁，用以佐茶，最是适宜。

普洱、乌龙茶、红茶，都牵挂已久。

往往水烧开了，还在几种茶之间摇摆不定。

倘若吃得油腻了，多数会选定有点年份的熟普。浓郁陈香，洗涤那中年油腻气息，可能无用，但心神往之。

肠胃不适，还会掰一块暗香浮动的陈皮，与普洱泡在一起。

混合的香味，让人反复品味，乐此不疲。

如果用了新开的紫砂壶，便倾向于乌龙茶。

喝得微凉的茶汤浇在滚烫的壶盖上，水雾弥漫，茶香在茶壶四周萦绕，时光在紫砂特有的微观结构中沉淀。

要是嗓子有点干燥，老白茶便成了首选。

打开包装，粗枝大叶的荒野老白茶颜值算不上高。

连枝带叶折断了塞到茶壶三分之一左右的量，才用刚开的水洗茶冲泡。花香、药香、枣香，醇厚多元的香味，让人如置身果园，又如走进花房。

琥珀色的茶汤，看似黏稠，入口顺滑，丝丝甜味钻入味蕾，让人忘却品茶的礼仪，恨不得换成大碗。

自制野茶隔三岔五总要泡上一回。

那是老爷子老太太从荒山上采集的野茶，再亲手揉制。

家乡春天多雨，尤其清明前后。

他们要趁天晴的早晨，走几里田间山间小路，扒开灌木荆棘，去采摘那刚刚粗壮的茶芽。

每天采摘的鲜茶，萎凋之后，用干净的毛巾包了反复揉捻。直到茶汁将素白的毛巾染成深褐色，才心满意足地将茶叶抖散开来，晒在楼顶的凉亭下。

每年快递了茶叶，总要来好几通电话。

收到没有？好不好喝？够不够？

扭曲黝黑的条索茶叶，用牛皮袋子装着，挤在一堆精美的茶叶罐中间，毫不起眼，却最动人。

茶香纯净，茶汤透亮，口感柔顺，让人容易坠入家乡的画卷里。

那山山水水，兜兜转转。

那蛙声蝉鸣，如歌如泣。

那炊烟犬吠，似幻似真。

父亲母亲满是沟壑的手，便浮现在眼前。

茶喝在嘴里，滋味漫过心头。

再回神去看那走过没走过的路，也就没那么难走了。

你的人生你自己负责

引言：

周五下午从长沙回老家的途中，临时起意想去给母校明年高考的同学们讲堂课，匆匆联系上了隆回二中 662 班班主任谢艳萍老师，她表示非常欢迎。

时间却是很紧张，原以为可以晚上和第二天上午准备，但在老家身不由己。家人、同学、朋友聊聊天叙叙旧就到周六中午了。

离预定讲课时间还有四十分钟左右的时候，我见到了谢老师，我请她帮我找来稿纸，匆忙列了个提纲，然后怀着忐忑的心情，在同学们热烈的掌声中走上了讲台。

同学们，下午好！（掌声）

谢谢！谢谢谢老师和同学们！

很荣幸有这样的机会。这是我第一次走上真正的讲台，心情有点激动，也有点紧张！

其实这次来跟大家做分享，也是临时起意，因为时间太仓促，今天我还得赶往长沙，坐晚上的动卧回北京，只有今天下午有些空余时间。昨天联系了你们谢老师，她积极热情的态度给了我莫大的鼓励，才定下来这次分享。

由于准备得很不充分，自由发挥的东西多，说得不一定对，仅供大家参考。如果对大家有些许帮助或启发，就值得了。

我今天给大家分享的主题是《你的人生你自己负责 —— 做符合年龄的事》。

一

首先我来做个小调查 —— 哪些同学坐过火车，请举手！

看来绝大部分同学都坐过，很不错！我在上大学以前都没出过隆回县，你们比我好多了！（笑声）

这么多同学坐过火车，那么谁知道火车是谁造的？

没人知道是吧？我告诉大家，中国绝大部分的火车，包括高铁，还有地铁，是一家叫作中国中车的央企研发制造的。

中国高铁，已经成为中国一张闪亮的名片，习主席和李克强总理曾向多个国家推荐过中国的高铁。

我爱好阅读和写作，去年出版了第二部散文集《亦看花开》，主要记录了成长道路上的亲情和友情。可能有同学看过 —— 胡昌隆应该看过是吧？胡昌隆在哪？哦，在这儿！你给同学看过吗？

（回答：没拿到学校来！）

是怕被谢老师没收了是吧？（笑声）

我也爱运动，爱喝茶，尤其爱烧菜。

空闲的时候，我会烧几道既好看又美味的菜，拍成照片，发朋友圈，享受那种被朋友点赞的感觉。（笑声）

你们都知道朋友圈，没少玩手机是吧？

学校有规定，手机不能带到学校，大家还是要遵守！

我的微信朋友有很多，大部分都是同事、同学，这里面有很多粉丝。每次我发美食或者散文诗歌，大家很给面子。我呢，看着刷刷刷几十几百的点赞和留言，也很飘飘然，觉得自己就像黑暗中的萤火虫一样闪闪发光！（笑声）

这句话很耳熟，是吧！抄的。

上周我发了做面包的图，有人留言说，哇，好厉害！好有才！

我回复说，如果不是生活所迫，谁愿意把自己弄得一身才华！（掌声）

虽然我骄傲地感觉到自己头上有一些光环，然而 ——

二

（家乡话）其实我就是隆回的，农民的儿子，也是各位的校友。我中学都是二中读的，初中高中都是。

我讲家乡话你们能听懂吧？

（回答：听得懂！）

我还是用地道的隆回普通话继续吧！（笑声）

你们现在是多少班了？

（回答：662 班！）

时间过得很快！现在我儿子都上三年级了。

他二年级的时候，班主任老师总告诉我，你家孩子成绩不好。期末的时候，老师打电话给我说，孩子两门功课都不及格怎么办啊？

说多了，我也不高兴了，就说，老师，我二年级的时候两门功课加起来都不及格！

老师说，啊，那你现在为啥这么优秀？我说我是从四年级左右开窍的。老师无奈地说，那咱们再等两年吧。（笑声）

别笑，我说的是实话。

我四年级成绩不错，五年级就很好了，六年级的时候已经拔尖。

当时二中是自主考试招生。我父亲骑着自行车送我去司门前镇参加考试，我很幸运地考上了二中。

刚开学班上组织了摸底考试，我第三名，当时就想，自己还不错嘛。

可是，到了期末考试，你们猜我怎么着？

（回答：十几名……二十几名……）

倒过来了，班上倒数第三！（笑声）

初二的时候，我知道不努力不行了，成绩很快进步！当然说起来容易，实际上还是付出了很多努力。

你们知道"黄土高原"吧？当时我们住 36 栋宿舍，晚上就约上同学去那个高空厕所外的路灯下看书。

虽然很多时间在聊天，聊理想聊人生，但还是有不少时间确确实实在看书的。没有付出肯定不会有收获对吧！（掌声）

当时二中和一中竞争很激烈。一中说，我是湖南省重点中学！二中说，我们不比一中差！

初三上学期期末是全县统考。我考了年级第三。我二哥当时在一中读初三，恰好也是年级第三。

下学期的开学典礼上，校长在全校师生大会上慷慨激昂地说，我们学校 82 班某某同学，年级第三，654 分，他哥哥在一中也考了年级第三，655 分。所以说，我们二中比一中，就一分的差距！（掌声）

咱们现在也一样，既要看到现实的差距，也要给自己以信心，对不对？

后来我顺利地考入了二中的重点班。

那时不让叫重点班，叫什么？

（回答：实验班……）

对，实验班。当时班主任是米老师，一位很优秀的老师，特别擅长做思想教育工作。

高中生活很丰富多彩的，你们正在经历。

我也跟你们一部分同学一样，调皮捣蛋，看小说，甚至还组织文学社。

咱们有个默声文学社对不对？

当时我们几个同学说我们也弄一个吧，于是就组织了一个"月影文学社"，社长是剪刀石头布定出来的。（笑声）

我们花了十五元在街上做了个橡皮章，当天就写了一篇文章，盖上印，投到了默声文学社。

第二天我就被政教处主任拎出去了！（笑声）

高考前学习很紧张对不对？

（对！）

我不紧张。（笑声）

我确实不紧张，因为我很迷茫，不知道考不考得上，也不知道考上了会怎么样，没考上又会怎么样。

班主任不太喜欢我，因为我调皮嘛。他出奇招，给我当了班干部，期望我通过管理别人先管好自己。

他常常在班上说，像我这样的同学，复读个一两年，考个二本还是可以的嘛，任何人都不要放弃希望。（笑声）

后来校长、教导主任来各班做调研和动员，班干部必须参加。

在会上，班主任又习惯地说了我这样的复读个两年，考个二本还是可以的，我们所有同学都有希望。

当时我就举手，说，校长，我可以发言吗？

校长是位女士，她很慈祥地看着我说，欢迎同学们畅所欲言。

我就说，我从来没觉得我这样的差生要复读两年才能考个二本，我觉得自己努努力就能应届考个重点啊。

班主任一听，脸色很难看，赶忙说不是那个意思，没说你是差生，也就是后进生……

后来高考的时候，我超常发挥，真的考上了重点大学。

当时我们估分和填志愿没有人指导，父亲小学文化，没法指导。

填志愿就是看，哦，成都，天府之国啊，好！

再一看，材料工程是二十一世纪三大支柱产业之一啊，牛，就它了！（鼓掌）

三

那时候大家都说大学生是天之骄子，对不对？

其实我悄悄告诉你们，大学更是一个放飞自我的地方。

　　当年我一去大学，就觉得心里苦啊！为什么？那一届，我们系两个班总共五十几个人，才五位女生！（笑声）

　　女生是稀有动物，只要想吃啥，一堆人等着请客，是不是？（大笑）

　　玩笑话！其实大学同学，无论男女，大家处得都非常好。

　　大家一起上课，自习，看电影、踢足球、打游戏……

　　我们那时候流行《星际争霸》和《红色警戒》……你们现在玩吃鸡，对吧？

　　（回答：对！）

　　看看，你们玩游戏暴露了！谢老师当没听见哈！

　　玩游戏行不行？不是不行，但是，你们现在真不要，也没有时间去玩游戏。

　　大学生活丰富多彩，等你们上大学了，有大把的时间去玩。

　　当然，到时候别说我告诉你们的哈。（笑声）

　　其实呢，偶尔玩玩游戏放松一下，也未尝不可。前提是安排好自己的学习生活，不要过于沉迷。

　　大学里还有很多有趣的事情可以去做啊，比如谈恋爱！（笑声）

　　爱情和亲情一样，都为我们所向往。

　　但是你们现在不能谈恋爱，是不是？

　　现在即使有喜欢的小伙子小姑娘，可以埋在心里嘛。

　　你们现在没有时间，没有精力，没有经济实力。

　　你们的人生价值观，也还不完善。可能现在很喜欢的人，等你成熟了，发现格格不入呢，对不对？

　　所以说，首要任务，还是搞好学习。

　　高三第二个学期，我在一中寄读。当时的班主任郭老师说过一句话，让我印象深刻。

他说："你考上大学了，说考大学好容易啊，可以。你要是没考上，说考大学容易，要不是粗心大意，自己肯定能考上，那就是笑话。"

等到你们考上大学了，也可以说，考大学真的容易。

大学同学之间，没有利益冲突，大家也在慢慢成长成熟。这是非常开心快乐的时光。

即使工作了，大家说起大学同学来，那也是人际关系里排位非常靠前的。说起某某某是我同学，那是这个（大拇指）！

我们大学同学，到今天也保持着联系，大家有什么事，相互交流，相互帮忙，会让人生道路，走得更加顺利，更加愉快一点。

可能原本很艰难的路，因为有同学的陪伴和帮助，更加绚丽多彩。（掌声）

四

大家应该听说过，除了生活的苟且，我们还有诗和远方。

诗和远方，代表了梦想吧。

那么，同学们，你们在繁重的学习任务之余，有没有思考过人生？有没有想过，你的梦想是什么？

谁有梦想？请举手！

都害羞是吧？没关系，有梦想是一件很好的事。

（唯一一位女生举手）

好！很好！这位同学，回头我的这些手稿送给你哈！就是字写得不太好。

接下来，我们做个互动。

大家撕一页纸，把自己的梦想写在纸上，可以不署名，好不好？

（同学们开始写）

简洁一点，不超过三句话。

最好是一句。当然，你也可以逗号，逗号，逗号，再句号。（笑声）

三分钟时间哈，还可以稍微思考一下。

当年我读高中的时候，我们政治老师也让我们写过。

我记得自己写的是，想成为硕果累累的文学家。

虽然我现在出版了两本作品，但是离当初那个梦想还很遥远。当然我会继续努力，希望来得及……

好，请最后排的同学，把你们一列的都收上来。

谢谢！

好，我来看看啊，有同学的梦想是成为有钱有权的人。（笑声）

别笑，这是很朴素实在的想法。

哦，还有想成为老师的……有全是问号和感叹号的……这里有想成为军人，开战斗机的。

这个不错，字也很好！回头下课了我把这支国外带回来的圆珠笔送给你哈！

虽然快没墨水了。（笑声）

因为时间的关系，我就不一一看大家的梦想了。

我会把大家的梦想全部交给你们谢老师，请她保管。

五年，也许十年之后，你的梦想实现了，或者觉得今天的梦想太幼稚了，都可以找谢老师，取回你的梦想……

取回去干吗？裱起来啊！

无论是否实现了，回想起来，都是令人感怀的事情对不对？

那么问题来了。

这一整页纸写的还好，这不到手指头宽的纸条怎么办？

那么大一个画框裱起来，梦想这么小一点点，需要另外做好多装饰。（笑声）

好了，其实无论纸张大小，梦想大小，都是你们此时此刻真实的想法，很多年以后，可以再来回忆和品味一下。

我们可以定个现实的小目标啊，比如我今天要把哪个单元复习一遍，我要把哪个知识点掌握，下次考试我要前进多少名次……

可能梦想很大，很远，但是我们可以设很多的小目标，一步一步去实现。

只要我们在前进，哪怕慢一点，也会离实现梦想越来越近！（掌声）

五

我们处在一个高速发展的社会。

当年我上大学，坐火车三十多个小时。春节过后火车根本买不到座位票，就那么人挤人地站两天一夜，站到鼻血长流……（笑声）

不是玩笑。

我刚参加工作是在常州，从湖南坐十几个小时的火车到上海，再转车到常州，然后坐三轮车，再转公交……看着窗外越来越荒凉，当时心都凉了，心想，完了，上了四年大学，又回到农村了。（笑声）

常州在南京和上海的中间。那时候我工作的地方在郊外，真的不发达。当然现在发展得很好了。

那时候如果去北京出差，走京沪线。一个一天的会，去一天半，回来一天半，基本上一个礼拜就没了。

现在呢，假设周二的会，周一常州下班后坐动卧，周二早上7点到北京，参加9点的会还比较宽裕。开完会坐晚上的动卧，周三到常州才早上6点。一点都不耽误正常上班。

高铁改变人们生活。这个我感触特别深。

还有智能手机、电脑、网络，很多东西，都改变了我们的生活。

我们处在一个跨越式发展的时代。我们眼花缭乱。

你们也很快成年了。可能这些高速发展的东西，会让我们困惑、迷茫。

你们可能会有各种各样的困难，比如家庭经济方面的，比如学习成绩方面的，比如身体健康方面的……

但是，就我个人而言，我觉得人世间除了生死，没有过不去的坎儿。（掌声）

经历了生离死别，对生活中的困难会看淡很多。

你们面临这样那样的诱惑，手机、电脑、游戏、网络等等，很多。

我们的精神文明，也正高速发展。

你们知道马斯洛需求层次论吧？

不知道？那我简单画一下。

原本我字不好，不想写字的。

大概就是这样，人的需求分几个层次，最底层的是生存的需求，最顶上的是自我实现的需求。

大家想想，再有钱再有地位，一天是不是也吃三餐饭，睡一张床？那么这些基本的需求满足了之后，人是不是该追求一下更高的需求了，是不是要做点有价值有意义的事情？

有更高层次需求的觉悟是好的，但我们还是要一步一步脚踏实地地去做。

首先要认清楚现在的形势。

你们还是学生，你们的主要任务是什么？

（学习！）

对，第一要务是学习。

然后还要锻炼好身体。

有一个健康的体魄，无论对于学习，还是你未来的人生，都非常重要。

希望大家明白了当下的两个主要任务，就好好地去做。

你们高二了。还有一年多一点，大概 400 天，去冲刺你们眼前的一道关卡，高考！

活好当下，别好高骛远，结合自己的短板，赶紧查漏补缺。

只要你尽了全力，其他的，交给天意！（掌声）

六

追风少年，肩挑日月，看草长莺飞。

很羡慕朝气蓬勃的你们。

这本《亦看花开》里有一篇文章，《两棵桂花树》，写的就是当年我的中学生活。现在自己看看都能鼻子发酸。

丁字楼前的两棵桂花树，深深地刻在我的脑海里，在我的少年时光长廊里，永远花香四溢。

你们还叫丁字楼吧？

（是的！）

现在回想起走过的路，有很多遗憾和不甘。

但是即使时光倒流，再来一遍，我也未必会更好。

有句话叫莫怨过往，不畏前路。

什么年纪做什么事，不一定全对，但总归不会大错。（掌声）

你们目前最该做的，就是学习和锻炼身体。

尤其离高考这么近了，所有的其他事情，都可以暂且靠后。

等你们跨进大学校门了，玩游戏也好，谈恋爱也好，都好像是那个年纪不能不做的事……（笑声）

七

当年我家三个在二中一个在一中，家里人很骄傲的。

邻居也很羡慕。

其实家里压力也很大，高考前还特意商量了一番，我和二哥要有个人考军校，因为军校不要钱。

现在你们其实比我们聪明，家里条件也都好了，不太会出现考上了送不起的情况。

即使有，亲戚朋友赞助一下，也能上得起。谁家还没个有钱的亲戚是不是？（笑声）

但是，你们要记住，读书不是为了父母，不是为了老师，是为了你自己。

当年刚上高一，我们的班主任就说，不要把自己当高中生，从此刻起，你要把自己当大学生。

高中三年，我们的所有考试，都只有班主任一个人监考。他把试卷一发走人，到点来收。

他说你可以抄一次，但是你抄不了一辈子，抄不了高考。

你的人生，你自己负责！（掌声）

可能有人说，读不读大学都一样。甚至说，读了大学还不是给初中毕业的老板打工。

我告诉你，不是这么回事！

确实有人不上大学后来当了老板，但是背后的辛苦你不知道。

不上大学，可能你的简历人家根本就不收。

甚至你读的不是985，不是211，人家筛选的时候直接就pass掉了。

表现的机会都没有，你怎么竞争？

不是说上了大学就一定畅通无阻。

但是上了大学，你会多很多选择。

你说我上了大学，我还是想回农村。

那没关系，你有的选。

是你自己的选择，对不对？

等你大学毕业了，你选择就业还是考研，选择城市还是农村，选择国内还是出国，都没问题，根据实际情况和自己意愿去选择。

你首先要对自己负责，才能谈什么理想和奉献。

八

世界那么大，我想去看看。

网上的对吧？

还有说，城市套路深，我想回农村。

还有说逃离北上广。

都可以。

朱自清的《荷塘月色》大家记得吧？

我去清华大学看了。

切，一个小鱼塘嘛！（笑声）

我可以说对不对？

你都没去看过，你如果这么说合不合适？别人会笑话你是吧！

我在北京工作生活了六年。首都确实有很多其他任何城市无法比拟的东西，人文这块尤其突出。

很可能哪天坐地铁排在我后面的大叔就是厅局级领导，比咱们隆回最大的官还大很多。

有机会，大家还是可以多出去看看，我们祖国的大好河山，绚丽多姿。

看过了，经历过了，是好是坏，你自己有个评判。

（下课铃响起）

大家今天的热情让我有点兴奋，时间过得很快，感觉还有好多东西想跟大家分享。

谢老师，我还可以再讲讲吧？

（谢老师：可以！）

好！今天真的很开心能跟大家做这次分享。

距离高考还有 400 天，一切都还来得及。

我不是空口白话。

当年我高三的十次月考，5 门功课，总分 750 分，我没有一次上过 500 分。

当然，我差得很均匀，一般哪门都不会低于 90 分，也不会高于 100 分。（笑声）

我从来没有放弃啊，不断地积累和学习，加上高考现场很镇静，把会做的全部做了。最终考了一个比较好的分数。

我从来没有觉得自己是超常发挥，只是月考都发挥失常而已。（笑声）

工作以后，回来也不多，几次我当年的班主任说，当年我一看你就有出息。

我说米老师你当年可不是这么说的。（笑声）

他说我用的是激将法，对你这样聪明捣蛋的学生就要用激将法。

其实我很感激我的老师。

人生道路上，会碰到一些良师益友，我们要常怀感恩之心。

但最核心的，还是记住，你的人生，你自己负责。

好了，同学们，接下来的 400 天，好好计划吧。

加油！

（经久不息的掌声）

谢谢！谢谢大家！

逃跑的小可爱

前几天，孩子同学妈妈送来一筐螃蟹。个不大，但是很凶。洗的时候一个个往外蹿。是的，蹿！

用手去抓时，铁青色长满长毛的钳子便张开了高高举起。

小样儿！我用筐暴力砸了两下，也还是张牙舞爪。只好用剪刀夹着它的钳子扔回筐里，再用网兜盖住。

第二天，当我在黎明的曙光醒来，一股腥臭味飘进我的鼻孔。

哦，螃蟹有死的！我一个兔子翻身，快如奔雷跑到露台，定睛一看，可不是有两三只壳都破了！

其他几只，在筐里四处横行，像也被同伴的味道熏得受不了。

我沮丧地看着它们，没有了吃的欲望。

放生吧！一道梵音在脑海里响起。

愿你们来生别做螃蟹。要做就做大闸蟹！在连筐一起扔进楼下垃圾桶前，我默默念道。

露台的地面用消毒水拖了几遍，腥臭味才淡了许多。

缘分不够啊，喝茶时我想。也许活蹦乱跳的那几只味道不错呢！

连喝了几杯茶，抑制住自己的胡思乱想。

时间转眼来到中秋前夜。

明月悬空，月色如瀑，缓缓地从天幕倾泻下来。

世间万物，皆蒙上了一层薄薄的银色。

千种柔情，万般思绪，起于心湖。一支檀香点燃，一壶香茗泡上。

正要吟诗一首，一阵声响突兀传来。

咯吱咯吱，沙沙沙。

声音却是在冰箱后面。

是嫦娥，还是玉兔？

抛下不切实际的幻想，我点亮手机上的手电筒，朝冰箱与墙的间隙照去。

可能是老鼠吧。

圆圆的身子，两个钳子，八只脚。

哎呀，居然是你，小东西，那么凶的螃蟹！

子曾经曰过，缘分有时莫推走，缘分无时莫强求。

看来它与我缘分未了。

我费劲地将冰箱移开。

乖乖，不是一只，是两只。

哦，还有！

一共四只！

难以想象，它们是怀着怎样的心情，从竹筐里偷跑出来，穿过网兜，跋山涉水，来到这狭窄的空间相依为命！

抑或是怎样的情怀，让它们不甘于被丢进垃圾桶。

作为一只螃蟹，它亦有自己的尊严和执着。

　　看着不锈钢盆里躁动不安的四只小东西，我陷入了沉思。

　　其时天色已晚，唯有檀香袅袅，茶香若有若无。

　　良久。

　　我做出了一个决定。

　　转身打开了电炒锅的开关。

　　是的，我要给予它们最大的尊重，虽然我并不饿。

　　水已沸腾。

　　安静地浸泡其中的小东西们，一个个憋红了脸。

　　或许因为兴奋，或许也有紧张，甚至害怕，它们全身，都笼罩上了一层铁红色。红得并不娇艳，相反有着铿锵。

　　剥开铁红的背壳，饱满的蟹黄喷薄欲出。

　　本不觉得饿，此时也难免有些意动。

　　蟹黄粉粉的，黏黏的，趁热吃了。细细的蟹脚，像嗑瓜子一般，也嗑出细嫩的肉来。

　　多么美味啊！

　　这样的夜色里。

　　一口气吃完了四只螃蟹，我才发现，家里居然没有黄酒。

　　没有就没有吧。

　　虽说螃蟹性寒，但我怎么感觉心里暖暖的呢？

　　抬头望时，一轮明月，正悬于天际。

　　网上说，年轻时不想嫦娥只想月饼。长大了不想月饼只想嫦娥，到现在嫦娥和月饼都不想了，只想兔子该红烧还是爆炒。

　　逃到月宫的小东西，是怎样的心情呢？

男人四十

早上还是被闹钟叫醒。

其时正在梦里，飘忽着走在大学校园。熟悉的景物，模糊的人影。

偶遇一位土木学院学妹，在介绍她的宠物服务项目，想上去打个招呼，她却正好转身进了图书馆。

我掏出手机准备发个信息，翻来翻去怎么也找不到她的微信。

和煦的阳光已经照在窗台上。

最近总是多梦。

从前许多不经意的小细节，清晰地钻进梦里。

午夜梦醒，睁着眼看着黑夜里隐约的衣柜鞋凳，发一会儿呆，再迷迷糊糊睡了过去。

有时早上泡一壶茶，捧着滚烫的茶杯，努力想要记起前夜的梦境，却早已了无痕迹。只得快快地打开手机，查看一下疫情的动态。

小枕头睡得正香，长长的睫毛轻轻抖动，厚厚的嘴唇不时咂巴几下。

看得正出神，却见他张了张嘴，含糊不清地说："我抓到一只蜜蜂。"

我将他秋衣的袖子拉到手腕，再将细嫩的胳膊塞进被窝，打趣说："快放了它，蜜蜂会蜇人！"

"飞入菜花无处寻……"他呢喃了一句，翻过身去。

我哑然失笑，伸了个懒腰，起床烧水。

从过年到现在，孩子没下过楼，整天关在家里，又是二胡书法，又是网络上课，性情也略显狂躁，常常动不动就大吼大叫。

每每这时，我尽力控制着自己不发飙。好动和喜欢新鲜事物是孩子的天性吧，如此禁足一个月，心情可想而知。

早晨露台总是偏冷，我将棉外套披在身上。

等水开的空隙，将前夜的茶清理干净。

手机嗡嗡响起。

大姐在电话里说母亲给她打电话了，让她记得给我打电话说声生日快乐。

我说大姐你就不能别这么实诚，假装记得我的生日好了。

她呵呵笑了，"我自己的生日都常常忘记"。

刚聊了两句，那边孩子哭闹，她要给孩子穿衣服，叮嘱我给自己弄点好吃的，匆匆挂断。

今年我倒是没忘记自己的生日。

不过也是因为昨天收到礼物才想起来。

孩童时，每次过生日，母亲都会早早地煮一个鸡蛋，放在枕头边，摸摸我的头，说："今天狗过桥，又大一岁啦！"

我蒙眬着睡眼，紧紧握着热乎乎的鸡蛋，心里甜丝丝的，一边想着起床后要跟哥哥姐姐还有小伙伴们挨个显摆一遍，一边天马行空想着等我长大了要如何如何。

礼物是一个大盒子。

我费了很大劲才扛上楼。

拆开来时，却是一个实木茶盘。

色泽柔和，淡香阵阵，正是我喜欢的简约风格。

除了惊喜，更多了一丝感动。

喝茶通常是独处的时光，也不每次品茶赏壶，就只是静静地呆坐一会儿。时光徐徐，呼吸轻缓，思绪飘荡。

喝一口茶，往沙发上一靠，闭上眼，深吸一口气，繁杂尘世渐去渐远，鼻尖萦绕花香茶香。

一直想着要把旧的茶盘换一换，又担心下次搬家时很麻烦，网上看了几回，也有中意的，却迟迟没下手。

不承想今儿得偿所愿。

人生旅途，漫长又短暂，总有一些人和事，带给你温暖。

新的茶盘稳稳地坐在茶几上，开水浇上去，腾起一阵白雾，色泽便越发鲜亮起来。

十年前的今天，莫莫老代明明小冉等几个小伙伴，非要张罗着庆祝我的"三十大寿"。

热情洋溢的脸，真诚欢乐的笑容，满满当当的酒。

开席不到十分钟，三两白酒下去我一头栽倒在桌子上。小伙伴们的欢声笑语听在耳里，就是说不出话，心里有莫名的感动在蔓延。

亦有凌云壮志在酝酿。

饭后老代将我背回家。母亲望着倒在床上人事不省的我，手足无措，泪水滚滚而下。

"我没事，睡……睡一觉就好了！"我大着舌头安慰说。

十年了，老母亲依旧爱掉眼泪，小伙伴们天各一方。

世博园里，新朋友小聚。春风拂面，旭日人更酥。

站在凉亭，默念几句："青梅等酒，蒲苇如粽，垂柳扶风醉斜阳，骤雨洗净西城月。"

某个时候，想起儿时的家乡，会感叹：

花草知时节，

碌碌人不觉。

待万里江山看遍，

白了双鬓。

仍喜儿时三月，

一树桃花映早茶。

曾几何时，心有怨念，写下：

暮云残卷任风流，

倚栏坐，望陵丘。

骤雨倾来，疾步还休。

花伴红墙墙未老，

闻谁叹，满园愁。

八百里往转星眸，

迹何在，怨无由。

浪在矶头，心乱一江秋。

乌云散后重见月，

沧海笑，过秦楼。

十年，小枕头已经把二胡拉得像模像样。

十年，早把双鬓白发看惯了。

偶尔强作风流，趁三分茶气，呻吟几句。

小时候总梦见高空飞行，惊险刺激。如今做梦，大多是细微过往。

男人四十，并不只有如花，还有很多的牵绊。

焦虑不完全是别人贩卖的。不再空谈梦想，用心发现一日三餐里的美好。

男人四十，并不是日暮黄昏，还有许多的可能。

聪明不再那么重要，睿智却变得必不可少。接受自己的平凡就需要睿智和勇气。

男人四十，并不能只谋划收获，还要做做减法。

人总是想要的太多，需要的很少。当欲望减少了，满足感反而更多。

一壶茶喝完，昨夜预约的稀饭也冷热刚好。

细嚼慢咽，小米粥，煮鸡蛋，如何不算一番好时光。

上海青

2020 年的第一场雪，纷纷扬扬下了一夜。

翌日上午，朋友圈齐刷刷一片银装素裹。

公司楼下的小花园，积雪很厚，上班时踩在雪地上，咯吱咯吱响，生动而有趣。便忍不住写了几句歪诗：

> 天降精灵
>
> 将喧嚣温柔覆盖
>
> 常青的树
>
> 也一夜白头
>
> 茫茫山水
>
> 像一张宣纸
>
> 空寂　素洁
>
> 你迈出脚步
>
> 刻画一路风景
>
> 轻舞飞扬

笑颜如花
在清冷的世界
泼墨成画

这才一两天，此前下的雪，早化得七七八八，只在绿化带里留下零星几片。

天黑得越发早了，才下班，天空就已昏暗。

期末考试后有几天假，今天不用接孩子，我便不急着走。

添了半杯热水，站在落地窗前，小口喝着。楼下是模糊的景象。

正发着呆，收到信息，却是快递到了。赶忙换了衣服，裹得严严实实，在冬风中疾步前进。

在小区快递柜取了快递，沉甸甸的一个纸箱，看来是壶徒寄的上海青到了。

白菜、青菜、枫菜、雪菜，此前我分不太清。

老家吃得最多的是白菜，并没有觉得很鲜美。在常州的十几年，偶尔买小区外路边卖菜的老头老太的蔬菜，生菜、空心菜、小青菜比较常见。吃起来没觉得特别，更多的是想帮他们一把。

有几次吃莫莫从泰兴乡下带来的小青菜，才感觉味道不错，也只是认为自家种的蔬菜就是好吃一点。

等到了北京，才发现要吃到农户自家种的蔬菜实在太难。菜市场清一色品相不错味道不佳的大棚蔬菜。

一个冬日的下午，陈总慎重地将一袋青菜交给我，说晚上烧上海青吃，并叮嘱我一定要用猪油炒。

　　说着话，我惊诧地发现他不经意地咽了两次口水。

　　"不就是青菜吗？我老家好像主要用来煮猪食。"我心里嘀咕着，上网搜索了一下。

　　上海青，一种小白菜，叶少茎多，叶柄肥厚，青绿色，株型束腰，美观整齐，纤维细，味甜口感好……

　　那天晚上，我按他说的工艺把小青菜切成小片，用五花肉煎的油爆炒。一大盘青菜，很快被一抢而空。

　　我抢得几筷子，味道确实很棒。

　　我才知道，江南的上海青味道甚好，打霜后才更好，关键要用猪油炒。

　　此后每当寒冷的北风刮起来，我就会想念上海青。

　　每年冬天，也能吃上几顿。

　　清炒，用常州咸肉炒，用川味香肠炒，用湖南腊肉炒……各种烧法，百吃不腻。

　　敲门没人应。他们估计又去小区门口的永定河滑冰去了。

　　我掏出钥匙开了门，迫不及待地打开纸箱，一棵棵青翠欲滴的小青菜，挤在不大的空间里，散发着丝丝特有的清香。

　　淘米煮饭时，比平时多舀了半杯米。

　　选几棵矮胖叶肥的青菜，一片一片地拗下叶子，用不锈钢盆装了，在自来水下细细地清洗。

　　叶子的底部饱满而素白，越往顶部颜色越青，也越薄。些许黑色的细沙沾在叶柄上，用手指轻轻一抹，再在水里划拉几下，就干干净净。

宽的叶子纵向掰成两半，窄的就整个儿留着。

前些日子熬的猪油还剩大半碗。用锅铲铲一大块羊脂一般的油，在已经烧热的锅里划几圈，猪油的香味就腾了起来。

生姜炝锅据说能减少粘锅，我深信不疑。

再将小米椒放进锅里爆炒几下，才将一盆沥了水的青菜倒进锅里。

锅内嗞嗞地冒起白雾，油烟机开到最大也阻挡不了扑面而来的热潮。

爆炒几分钟，青菜迅速地蔫了下去，一道道皱纹出现在叶柄上。

洒点盐，拍几颗蒜，调制小火，盖上锅盖，焖上三五分钟后，大功告成。

依旧青翠的叶子，蜷缩着躺在洁白的碟子里，青白相映，配上鲜红的小米椒，正是"雪后上海青，北国一盘春"！

我忍不住咽了几口口水。

打电话给小枕头，果然是滑冰去了，正在回家的路上。

"爸爸我期末考试都及格了！"他兴高采烈地说。

"是吗？太好了！"我一愣，惊喜道。

"嗯嗯，数学六十多，语文七十多，英语八十多……"他飞快地汇报。

我已经激动得眼眶发热，喉咙发紧。

"好孩子，你真棒……"

这样的成绩，可能不少孩子回家都要挨打！

但我深知这成绩来之不易。

孩子开智晚，与同龄的小朋友一起，整个就小两三岁的样子。成绩一直跟不上，愁坏了老师。三番五次找我们沟通。

　　这个学期，下决心狠抓他的学习。几乎取消了他所有户外娱乐活动。无数个夜晚，整栋楼都能听到我家辅导孩子作业时歇斯底里的吼声。

　　心好累！

　　孩子也辛苦。

　　好在这一切都见到了效果。虽然跟别的孩子比还是落后，但跟自己比，已经上了一个台阶。

　　最为关键的，孩子也感受到了，付出努力获得回报后的喜悦。这是他人生道路上必需的功课。

　　"爸爸，有奖励吗？"正感慨万千，小枕头推门进来。

　　"有！"我将盛好的饭摆上，"先奖励你一道'千娇百媚猪油蒜香上海青'！"

　　"啊！就是小青菜嘛！我不要，我要电话手表！"他哀号一声。

　　"这个小青菜，可不是一般的小青菜。"我用他的筷子夹了一片，喂进他嘴里，"这是上海青，是有故事有情怀的青菜，它很平凡，但经历风霜雨雪，又变得不凡，就跟你一样……"

　　"那你能跟我讲讲吗？"他嘴里嚼着，含糊不清地问。

　　"当然可以，晚上睡觉前，就给你讲！"

　　刚说完就有点头疼，又要编故事了。

　　这可比记录时间地点人物、起因经过结果的记叙文难多了，得有主要内容中心思想，最后还得升华。

　　又要从上海青里感悟人生了！

初 雪

立冬前一天，天气预报说有雨加雪。

下午便煮了一壶老白茶，喝着茶，不时瞄一眼窗外。

雨仍淅淅沥沥下，天空依旧浑浊。

喝过茶，用过晚饭，想着去理个发，便带着雨伞出门。

刚到楼下，雨丝夹着雪，突如其来。

雪粒从天空撒落，砸在伞上，噼里啪啦。

"下雪啦！"扔垃圾的大爷喊了一声。

"哇，下雪啦，下雪啦！"几个孩子从楼道里跑出来，站在空地上，欢呼着，蹦跳着，转着圈圈。全然不顾脚下踩到了水洼，眼睛只望向天空。

才走出几步，雪粒变成了雪花，洋洋洒洒，飘过昏暗的天空，飘过路灯的光芒，飘落在湿漉漉的街头，瞬间消失不见。

理过发后，雪更大。鹅毛般的雪花漫天飞舞，落在屋顶，挂在树梢，钻进人的衣领。

路上车辆稀少，行人脚步匆匆。今冬的第一场雪，便更加肆无忌惮，劈天盖地地奔向这人间。

回家重新煮了一壶茶，站在客厅的窗户跟前，久久凝望这雪夜。

不远处的屋顶，依稀有了一层薄薄的积雪。光秃秃的老榆树，在风雪之中，瑟瑟发抖。各色灯光，将雀跃拥挤的雪花，照得忽明忽暗，生动活泼。

深夜，将窗户留了一条缝，想着明天银装素裹的世界，有点期待，依依不舍地枕着雪落的声音进入梦乡。

梦里居然也是大雪。"雪好大呀，都没过我膝盖了。"我对奶奶说。奶奶爱怜地将我的小手捂进她的手心，奈何她的手也不热。

正要撒娇一二，没承想肩扛一根齐眉棍的大哥跳了出来。"大什么大，还不是因为你小短腿。"他大喝一声，"你这嘤嘤怪，吃俺老孙一棒。"

说着便往我屁股上横扫过来，好在穿着厚实的棉裤，一点也不疼。

我委屈地看向奶奶，她满是皱纹的脸，逐渐模糊成一棵树。

不知何时，天已大亮。

嘶嘶叫着钻进窗户的风，掀起窗帘一角。

窗外的老榆树，挂了一树银花。

看看手机，已近十点，朋友圈里全是北方初雪的景色。

本想着在暖和的被窝里再赖一会儿，听到小枕头出门的声音。赶紧起床穿衣，追了出去。

小区的停车场，熙熙攘攘，几个大人领着孩子在堆雪人，几个孩子相互追逐打着雪仗。小枕头缩着脖子，站在一边跺着脚。

"我们来打雪仗吧？"看到我，他开心地跳起来，抓了一团雪，抛向我。

"不来，你跟小朋友们玩吧。"我从车顶上抓了个小雪团，往正跑过来的一个小男孩丢过去，正好砸中他额头。

雪花四溅，眉毛嘴角都沾上了雪。他揉揉冻得通红的鼻子，咯咯地笑出声来。又蹲下身去，双手握实一个雪球，右手高高举起，颠颠地跑过来。

"打他，打他。"我指着正揉雪团的小枕头。小男孩听话地转换了目标，瞄准小枕头丢去。雪在小枕头的帽子上开了花，簌簌往下掉。

小枕头惊叫一声，立马加入了混战的队伍。

雪球飞来飞去，孩子们的笑声响个不停。

催了好几次，小枕头才拖着湿透了的鞋子，跟我回家。

"吃过饭我们再去打雪仗吧？"他一步三回头地望向还在继续的小伙伴们，央求道。

"好。"想起自己小时候对雪的向往和痴迷，我答应说。

匆匆吃过早午饭，我将登山包整理出来，带着他们往郑常庄公园而去。

偶尔几片雪花从逐渐明亮的天空飘下来，街道两边遍布青的黄的叶子。人行道上的积雪约莫一寸厚，踩上去，咯吱咯吱作响。

小枕头一路走一路抓起绿篱上的雪，揉成越来越大一个雪球。

快到公园门口时，猛然想起，不远处的天元公园，有大片的银杏。金黄的银杏，与这素白的雪，最是相映成趣吧。

于是转了方向，去往天元公园。

公园里人不少，好在地方够大，许多积雪，还是完好无损。

到达银杏林时，只见光秃秃的枝丫寂寥地伸展在寒风里，积雪上一地金黄。

想来昨夜的雨加雪，让不再翠绿的叶子，耗去最后的心气，终是与这初雪一曲共舞，热烈而凄美，归于静寂。

寻一处石桌，将茶壶茶杯摆出来，泡了一壶热茶。

冷风如割，遇到腾起的茶烟，也终是柔了几分。偶尔裹挟来几片树梢残雪，或者倔强的银杏叶，也只怯生生落在稍远处。

林子里有稚童一齐堆砌半人高的雪人，有年轻伙伴嬉戏打闹，有长者独自架起相机留住这瞬间的美好。

喝着茶，举目四顾，一片皑皑。

白雪与热茶，让人恍惚。

北方初雪入画，江南犹有小雨转晴，如遇春风。

江南小城的陌尘，发来柴火炖菜的图片。

记忆深处的场景，如画卷铺开，多少个雪夜，一家人坐在老家灶房里，烧着树根，七嘴八舌聊着天，等着大铁锅里的大骨头炖萝卜。

胃是有记忆的吧，不然缘何总会想念儿时的味道？此刻我就想喝一大碗热腾腾的萝卜汤。

曾有上师说，修行就是，该吃饭时吃饭，该睡觉时睡觉。该吃饭了。

小枕头仍在树林里疯跑，这里拾一片树叶，那里丢一团雪球，不亦乐乎。

费了不少口舌，才说动他回家。

收拾起茶具，背起背包，尽兴而归。

走在白雪消融的路上，阳光悄然破开云层。

房顶树梢的雪，晃得人不由得眯起了眼。

　　回到家中，换下湿了的鞋子裤子，冰冷的手在暖气片上焐一会儿，全身都暖了，再看窗外雪景时，笑意便也挂上嘴角。

　　我们总会盼春风吹开花朵，盼夏日繁星闪烁苍穹，盼红叶缀满秋山，盼煮茶雪地中。

　　正是这些盼啊盼，日子便缓缓往前走，忧心的事便能慢慢淹没其中。

　　初雪来时，置身其中，冷得真切，白得晃眼，天地四时，体悟更为细微。也无诗酒，也无远方，但很安然。

　　时间洪流，总要有特别的体悟，哪怕很细微，也才能留下更清晰的印记，仿佛如此，生命才不枉然。

芒　种

一

黎明

一只小鸟落在窗台

叽叽喳喳

乌黑的眼珠

滴溜溜转

小脑袋微微歪着

好奇地打量着

帐中梦境

和煦阳光

将羽毛照耀得

格外鲜亮

两只粉红色的小脚

踩着小碎步轻起轻落

生怕惊扰了
浅睡的人

二

清晨
街边公园里
穿过树权的阳光
肆意亲吻着
小草嫩绿的脖颈
温热的小草
缓缓蜷起
柔软的身子
青翠欲滴的神情
悄然迸发的清香
在这明亮、喧嚣的早晨
也格外引人入胜

三

突见
一朵小黄花
黄得耀眼
自密集的草丛蹿出来

水灵艳丽的花瓣

彰显无边活力

连着两朵含而不放的

黄绿色花苞

紧致　俏皮

满怀春意

让人忍不住要攀上

舒展的花枝

握着它

便像是拥有了

蝉声悠长　鲜花怒放的

整个夏天

四

踟蹰

时空是否

为花开花谢

缥缈浩瀚

某一瞬间

想将花枝拦腰折下

捏在手里

衔在嘴里

插在瓶里

以为这样
便走进了彼此的心间
天雨虽宽不润无根之草
即便是执念深重
非折了花枝去
可曾想过花儿是否愿意

五

正午
烈日炙烤下
鲜活的生命苦苦挣扎
终是颓靡地蜷缩起
缺失水分的身影
在热浪翻滚中
苟延残喘
快要耗尽信心时
傍晚如期而至
晚霞与晚风
如影随形
明月皓宇 斗转星移
谁的轻言细语
唤醒恍惚的灵魂

六

入夜

青梅煮酒

只应书上有

焚香烹茶

却是指间熟悉时光

夜长梦短

能饮一杯无

天地沉静

谁听见

花开鸟鸣

谁看见

身　心　灵的滋长

烟雨江南

杏子黄　麦上场

芒种种凡心

怎不期待

下一个黎明

念念茶事

　　突然有一天，念念茶事群主念念发群公告说，"线下即将关闭，线上分享活动将继续"。一时还没反应过来。

　　半年前朋友强烈推荐，并拉我进群。当时将信将疑。一段时间之后，发现与许多充斥着广告推销的群不同，这里大多是分享茶叶、茶具知识，行茶的经过体会，还有插花、品香等知识。氛围轻松，言谈有度，很是舒适。

　　据说念念经营的线下茶室与群同名，地方不大，却是个品茗、修心，乃至发呆的好去处。我未曾去过。

　　前面群友还说着期待疫情结束后去念念茶事以茶会友，没想到疫情还没完全过去，等来的却是茶室即将关闭的消息。

　　疫情改变了许多人的轨迹，我想。

　　几位忠实的茶粉纷纷表示惋惜和不舍，念念安慰说，还有时间，可以来喝茶。

　　周六上午，看到群里商讨着线下约茶，有些意动，又踌躇于四十多公里的距离。

孩子吵着要去小广场骑车打球。他满是期待的眼神，实在不忍心拒绝。看着他在人工草地上骑了一圈又一圈，又陪他打了一阵乒乓球，衣服汗透，时间也过正午。周末的饭点总是比平常晚上一两个小时，吃饭的时候，还在关注着群里的动态，盘算着还来不来得及过去喝茶。

群里比较活跃的晓兔、小冬瓜、梓桐等茶友相继抵达茶室，一张张精美的图片展现开来。看着时间一点一点过去，从犹豫到着急，最后终于放弃了赶过去的念头。

晚上，茶事结束的茶友还在感慨世事变迁，哀叹去哪儿找这么一间中意的茶室。念念贴出了茶室所有物件均可转让的朋友圈。

或许多年以后，许多茶友还会记得有这样一个茶室，精致，温馨，让人放松，涌起无限的思绪。而我，只能遗憾地说，好是真好，可惜没去过。

想到这里，越发遗憾。

翌日上午，终于决定要去念念茶事喝一回茶。因为整理物件，也许茶室已经凌乱，喝茶未必能行，但哪怕去看一眼也好。

微信询问念念，她答复说可以的，欢迎来喝茶。

路上时间有点长，找茶室位置也有点小麻烦，但喝茶的心情越发被期待填满。我与同去的两位朋友抵达时，已是下午三点。

看到口上插着的那支连翘，比群里照片中更金黄耀眼。门是开着的，半张原木茶台和几件茶具映入眼帘。一时心情便愉悦了几分。

"你是……"念念正与两人谈事，听见敲门站起身。

"边人。"我摘下口罩，刷个脸。

"你好！"她对那边两人说声抱歉，走了过来，"请坐。"

"衣服包包可以挂这边架子上，洗手在这边。"她走到茶台里边，没有急着坐下，"喜欢喝什么茶？"

玻璃杯中茶汤未冷，汤色金黄，轻缓的音乐，如小溪流淌。

"这里是肉桂，刚喝完第二泡。"循着我的目光，她解释道。

"那就这个好了。"我在小凳子上坐下来。

一杯茶下去，一路的酷热消退大半。

朝东的大落地窗让整个空间明亮，透过玻璃窗，能看到三河交汇的景象。闻名遐迩的燃灯塔醒目地耸立在公园里。

边上的一扇小窗开着，清风徐来，似有云彩被吹起波浪。

墙角一支枯枝，挂着一盏灯，鹅黄的灯光，与雪白的墙，相映成趣。

环顾四周，不算大的空间布置得巧妙得体。几排架子上茶具、茶叶、书籍随意摆放，却没有一丝违和感。

闲聊间，知道念念是因为家人工作调动，要搬到昆明。

"因为爱茶，才弄了这个茶室。"她悠悠地说，像是在回味，在自言自语，"到了那边，我还会继续做茶。茶已经融入我的生命里。"

比起之前猜测的因为疫情，这当然应该算令人高兴的事了。

第一次亲临茶室，品尝的却是离别的茶，任谁都难免有些伤感。

她认真泡着茶，慢慢聊着这间经营才一年多的茶室，一些新的老的茶友，嘴角含着笑，眼里些许忧伤。

喝完肉桂，换野春茶，再喝老白茶。

几盏茶汤，半晌闲话。

其间朋友有事先行离去，我默默无言品尝着茶汤。先前有人跟我说，即使同一罐茶，自己泡和别人泡，味道大有不同。

确实是吧。品茶如何能够品出泡茶人的心情？

不一会儿，茶友梓桐也过来喝茶。三人聊着天，不觉已夕阳西下。

"再喝一款茶吧？"见我起身告别，念念说，"你这么远赶过来。"

于是又换了陈皮熟普。宝石红的茶汤让目光有点恍惚。

自己是何时喜欢上喝茶的呢？

大概是十五六年前吧。也是因为壶徒，从千岛湖龙井，到宜兴红茶，喝出了惬意，喝出了沧桑，也不冤他夫人说他将我带入了"坑"。

时间都去哪儿了呢？

再有不舍，终要道别。

对首次见面的茶室挥手说再见，脑海里有首小诗在吟唱。

> 你好！再见！亲爱的茶友
>
> 茶汤未冷，音乐还在播放
>
> 心心念念的茶室，终于尽在眼前
>
> 谁嘴角含笑，眼里有些许忧伤
>
> 谁在夕阳下，久久不忍离去
>
> 它逐渐空荡，门口不再有花黄
>
> 请多品一道茶，多闻一道香
>
> 亲爱的茶友，人生总是有许多岔路
>
> 有茶香陪伴，总不会太孤单
>
> 他日远方重逢，如同今日，虽在他乡

是真的希望他日再见在他乡。不说指日可待，总有未来可期。

行至楼下，回头望时，一轮红日，正挂在高耸的大楼外，红得耀眼。

竹　子

一

酒下得很快。

他至少已经喝了十杯八杯。

但他依旧慢条斯理，声音洪亮，腰杆笔直。

他至少还能喝二三十杯。

"我有很多话要对你说。"一身正装的女子此刻将衬衣上面的扣子又解开了一颗。红扑扑的脸，像极了熟透的苹果。"但是，我啥也不说了，全在酒里了。"她眼神迷离，"我要敬你三杯。"

"这酒我是不是一定得喝？"他看着刚刚满上的酒杯。

酒当然是好酒，黏稠的酒液在杯口弯成一个凸的弧面。

"你当然得喝。"半秃了的男子插嘴道，"小马姑娘敬的酒，谁都不能拒绝。"

究竟是不能拒绝，还是不忍，或者不愿？

没有人问。

但他端起了酒杯。

酒杯端起来，自然就要喝。

他却又问了一句："我不喝你是不是会很伤心？"

"我当然伤心，我现在就很伤心。"小马扬了扬手中的空杯。

"好，我喝。"他终于喝光了杯中的酒。

毕竟杯子不是很大。

"你居然比小马喝得慢，该罚红包。"半秃男子又发话了。

众人一齐起哄。

看来这个红包逃不掉了。

他当然不能逃。

他已经掏出了他的手机。

快，快，快。

大家屏住呼吸，眼睛紧紧地盯着手机屏幕。

红色是欢欣的颜色，红包的红色更是。

红包已经发出。

好几只手都点开了红包。

几秒钟以后，整个屋子沉寂了。

没有人说话，也没有人喝酒。

时间仿佛凝固。

"哈哈，这酒不错，喝酒，喝酒。"终于有人讪笑着打破了这死一般的沉寂。

于是大家从手机的情愫里解脱出来，开始新一轮的互敬。

谁也没有再提红包的事。

但有些事，就像自己长了脚一样，不但会跑，还跑得很快。

没过多久，他就有了一个外号，小包总。

再过了一段时间，小包总也知道了小包总。

他竟然好像很喜欢这个外号，甚至主动告诉了一个朋友，江南的一个素未谋面的朋友。

二

江南有座山。

江南当然有山。

她在江南有座山。

从她爷爷开始，那座小山就属于他们的了。

每年夏天，郁郁葱葱的毛竹在微风中沙沙作响。

她身材高挑如竹，她的性格坚韧如竹。

她喜欢睡竹床，用竹桌竹椅。她喜欢在竹林荡秋千，荡得比任何人都高。

她本就是竹子。

她就是我行我素的李竹。

放弃了大城市白领工作，跑回家乡种茶的李竹。

茶园就在竹林下面，一圈一圈，将小山头装扮出很酷的发型。

竹叶上的晨露，恰好能滴落在茶垄上。

她种的茶，茶树还不高，枝叶还很稀疏，最近一次采茶，一共才炒出了三斤七两。

其中一斤茶寄给了一位朋友，素未谋面的北方的朋友。

因为他喜欢茶，尤其喜欢江南的茶。

他说像竹子这么美丽的姑娘做出的茶，一定好喝。

竹子喝过自己做的茶，苦涩有余而香味不足。

但她觉得也许他会喜欢苦一点的茶。

他确实没有让她失望。

他喝过之后，用很长的篇幅点评了她的茶。

竹子自然很开心。

开心了自然会唱歌，或者吟诗。

她翻出唐诗宋词，还有几本现代诗集，仿照着写了很多诗。

每次写完，她都忍不住要发给他看看。

每次他都赞叹不已。

春天里，山上自然就有春笋。

一天往上蹿几寸高的春笋，挂着露珠，散发着春的气息。

每当看到满是麻子的笋壳，她就有些恍惚。

她记得他在微信上笑话过她鼻翼的几颗雀斑，说像是笋壳上的麻子。

她忍不住要对着手机大骂。

他又说，别人给他取了个外号叫小包总，因为他总是发几分钱的红包。

他还说，有雀斑的女人最性感。

她本来不信的，可偏偏却信了。

还红着脸，哧哧地笑了半天。

她笑着邀请他来年春天去她的山头。

"那里有毛竹，大片毛竹。"她的眼睛闪闪发光，"你最好春天来，春笋炒肉片最好的就是那时候。"

她有双剥了皮的春笋般娇嫩的手。

她的手很灵巧。她烧的春笋炒肉片一定好吃。

他想都没想就答应了。

只有傻子才不答应。小包总不是傻子。

山上的春笋一年一年长成了毛竹。

她每年春天都会挖春笋，做春笋炒肉片。

但小包总却一直没有来。

现在又已是春天，春笋已破土而出。

他为何不来？

人总是会遗忘掉一些事，包括亲口答应别人的事。

他是否已经遗忘？

三

春日里也并非都是春光烂漫。

比如今天，就是阴郁沉闷。

已过了吃晚饭的时间。

竹子却还不饿。

她一点也不想吃饭。

她只想喝点酒。

山下有个小村落。

村落的东南角有间酒吧。

它的名字就叫有间酒吧。

一进院子就能看到一个巨大的陶瓷水缸。白日里浮在水面的荷叶翠绿欲滴，几尾小金鱼在荷叶下悠然自得。

她不用看也知道，三张长桌一字排开在院子最里边的墙根下，每张桌子配了两张长椅，一个烟缸。

跨过院子，进到里面，是一个长三丈、宽一丈的大厅。也摆放了好几张长桌或方桌。橘色的灯光从墙上泻下来，将桌上的小花瓶映衬得别样精致、美丽。

竹子觉得今晚的小花瓶黯然失色。

当一个人心里满是悲伤，岂非看什么都是灰暗的？

吧台在东北方向的角落里，半人高，跟前有七八个高脚凳。

老板娘赵婶站在吧台后，用一块雪白的毛巾擦拭着酒杯。

酒杯本已很干净。

她为何不停下来歇一歇？

老张头跟往常一样，穿梭在吧台和后厨之间，将东西搬进搬出。

"竹子，来杯白啤？"赵婶笑起来很好看。

每个人笑起来都会比平常好看一些。

竹子却没有笑，只是点点头，在高脚凳上坐下来，呆呆地看着挂在墙角的电视。

当然，电视里演的什么，她全然不知道。

桌上并排立着两个塑料牌子，一个微信，一个支付宝。

牌子的边上放着一个本子，墨绿色的封皮，用粗线装订好一摞黄褐色的纸。

本子自然不会是空的。

到此一游的痴男怨女难免想在上面留下一些痕迹。

　　吐槽，祝愿，哀思……什么都有。

　　喝了酒的人，想说的话难免比平常要多一点。

　　竹子百无聊赖地翻着本子，正要放下，目光突然如钉子一般，钉在了最新留言的一页上。

　　那是一首小诗，或者算不上诗。

夜冰冷

烛光温暖

轻摇红酒

迷醉了心慌慌

琴声悦耳

在远处奏响

大千世界

咫尺花香

餐桌宽

两相望

烛光里的姑娘

深情款款

若有若无的家常

酒香浅浅

睫毛长长

夜冰冷

烛光温暖

你何时绽放

没有署名，没有日期。

她仿佛在哪里读过，或者听到过，不然诗中的情景，为何如此熟悉？

四

啤酒端上来，握在手里，一股清凉立刻就沿着手钻进她的身体。

就如春夜里清凉的风。

她不由得打了个冷战。

不管他来不来，春风总会来，而春笋也总会慢慢褪去满是麻子的笋壳，长成高挑坚韧的竹子，不是吗？

竹子捋了捋耳边的发丝，冲赵婶笑笑。

"你为什么不歇一歇？"她终于还是问出了这句话。

"只有当客人来的时候，我才会歇一歇。"赵婶果然就歇了下来，给自己倒了一杯红酒。

"有时候无事可做比忙碌更可怕。"赵婶端起杯子，与她碰了碰，"干杯！"

竹子仰头干掉了杯中的酒。

"咱们为什么干杯？"喝完了放下杯子，竹子问。

"就为你今年山上的茶叶丰收吧。"赵婶迟疑了一下，给竹子再倒了一杯白啤。

"这个至少得干三杯才行。"竹子不由笑了。

三杯啤酒很快就下去了。

赵婶微微发黄的脸庞也渗出两抹嫣红。

"你该回去睡觉了。"赵婶盯着竹子，像是探入了她层层包裹的心房，"许多烦心事，好好睡一觉，就会过去的。"

睡觉是人体自我修复的过程，补充精力，抚平悲伤。

甚至，有些期望，在梦里就可以实现。

但竹子还不想睡觉，她还很清醒。

虽然她的目光有点迷糊，却还是忍不住翻到本子最新的那页，反复咀嚼并不算长的文字。

烛光……琴声……红酒……

小包总不就说过要请她吃烛光晚餐？

"烛光琴音配红酒，只把花儿嗅。"他当时还发了一句。

她的手像被针扎了一下。

她的心跳立刻就快了几倍。

他来过这里！

这是他写的！

但她很快又冷了下来。

他为什么不告诉自己？

他现在人在哪里？

一个人若想让别人找不到，岂非至少有一百种方法，一千个理由？

"我至少还要再喝三杯。"她藕白的胳膊搁在吧台，光洁的额头抵在胳膊上，呢喃着对赵婶说。

"三杯哪够。"一个声音从门外飘进来，"至少也得再喝七八杯。"

话音刚落，一个瘦高的男子已在吧台前坐下。

小平头，棱角分明的脸，不大却神采奕奕的眼。

竹子很不喜欢被搭讪。

她马上就要说出那个"滚"字。

他似笑非笑的眼神肆无忌惮地停留在她脸上，甚至又往下移了几分。

这样的眼神，天下少有。

小包总本就是天下少有的人。

竹子呆住了。

"啤酒不错，给我来杯一样的。"小包总端过竹子的酒杯，一饮而尽，若无其事地对赵婶说。

"你，你就是小包！"竹子差点从凳子上跳起来。

"如假包换。"小包总将满满的两杯酒并排放在吧台上，"不过请在后面加个'总'字。"

她感到一阵昏眩。

热泪已将流出。

五

床很宽大，被褥很柔软。

一个身高体长的男子慵懒地躺在床上。

天已大亮，窗外小鸟的嘈杂声已越来越大。

小包总还是不准备起来。

床头的手机振动了几次。

他伸了一个大大的懒腰，终于伸出手来。

他的手修长而有力，指甲修得很齐整。

群里一长溜红包，都是祝他生日快乐的。红晃晃的红包分外耀眼，喜庆。

他不由将食指伸进嘴里，洁白整齐的牙齿咬着指甲，咻咻地笑了。

小青年才会咬指甲。小青年才会咻咻地笑。

他不是小青年。

他当然不是小青年。

他的腰很细，肩膀很宽。

六块腹肌，高高隆起的胸肌，弧线优美。

他的肌肉很硬，心却很柔软。

"生日快乐！"他呢喃道，"我当然快乐！"

他刚起来穿好一件衣服，突然停了下来。

小鸟还在叽叽喳喳，窗户缝隙里飘进来花的清香。

但这份热闹里，似乎隐藏着令人不安的寂静。

太寂静了。

他这才想起，竹子本睡在对面的小房间。

睡前他们还喝了三壶红茶。

茶并不解酒。

但茶似乎能排解思念和寂寞。

当你端起茶杯的时候，心中的寂寞是否也如茶汤一样，一饮而尽？

他们偶尔相视一笑，有一句没一句地聊。

她原本有很多问题想问他，有很多话想对他说。

但她说得很少。

许多问题她已经有了答案。

许多话，已不必再说。

直到山间的雾已经缥缈，他们才各自睡去。

此时她本该已经起床。

或许该有一份春笋炒肉片已经端上了竹做的方桌。

然而没有。

整个小木屋一片沉寂，在这鸟语花香的清晨，尤其显得沉闷。

他跳起来，快步跑过客厅，推开了对面的门。

门吱呀一声开了。

床上空空如也，被褥还是昨晚一样，叠得整整齐齐。

小包总怔住了。

六

小包总收拾起他的背包。

他的东西本就不多。

收拾完东西，他又去叠被子。

他叠得很慢。

他的手指划过柔软的背面，心间涌起无限的悲伤。

他本想给她一个惊喜。

他本想与她共度他三十岁的生日。

昨晚好几次差点说出嘴，最终还是忍住了。

但一切似乎已经不重要。

她躲开了。

她不需要说太多的话。

行动岂非是最好的语言？

他甚至不愿意去分析原因。

每件事都有原因。

但也不重要了。

答案远比原因重要。

即使再慢，被子也已经叠好。

他缓缓地背起背包，目光再次在还残留着酒气的小房间里流连。

他缓缓地退出门，将房门掩上。

他却差点摔倒。

他的后背撞上了一堵墙。

一堵柔软的，弹性十足的墙。

他努力稳住身子，还有他的呼吸，缓缓转过身来。

"你要去哪里？"竹子提着一篮春笋，站在门口。

娇嫩的春笋犹自滴着晶莹的露珠。

她的长靴上，还沾着一些山间湿软的泥。

她的头发散落，贴在已经汗湿的额头上。

她腰肢纤细，淡若芙蓉。

他向前一步，捞起她的手。

她的手指并不纤细，但柔软温润。

再柔软的丝绸，也不如她的手。

再温润的美玉，也不如她的手。

她鼻翼的几颗小雀斑，俏皮而生动。

窗外的鸟儿叫得更欢。

而屋内，连时间都似乎已经凝滞。

唯有两颗怦然跳动的心合奏起醉人的旋律。

看零点的月亮

一直保持了阅读和写作的习惯。年轻时写过小说，总觉得在一个虚构的世界里，可以借助虚构的角色天马行空肆意畅游。慢慢地，散文随笔成为最爱，那种看到一朵花开、听见一句感人话语，心有触动，就想写下来的感觉，长短无所谓，很舒服自在。而这么多年，诗歌始终是我敬畏的，轻易不敢触碰。

有朋友发我原创诗歌或者送本诗集，我大多都会诚惶诚恐。诗歌的抽象，可能会让人难以设身处地体会作者的当时环境，所思所想，倘若读不懂，甚至读歪了，难免愧疚不安。

这次看到陌尘发的赠书帖，鬼使神差就留了言，得到允诺并邀请写读后感之后，便是惴惴的等待。当诗集到手的那一刻，竟有些许沉重。

《零点的月亮》，它当然是一本诗集。看它诗意的书名便知道。然而我不知道，原来诗集也可以这么厚重，且不如许多纸质书那般留出很多空白，生怕凑不够合适的厚度。这是一种自信，厚积薄发的自信。

看到作者简介，我没来由地松了一口气，老乡啊！亲切。他多年的编辑经历，让我笃定这是一本正儿八经的诗集。

随手翻开，诗歌并没有因为我内心的轻松而变得容易理解。翻到前头，看了序，看序者对两首诗歌的解读，我似懂非懂。

再翻到最后，看看后记，目光却被深深地吸引了。"一个诗人……我以为这性格更多的是孤僻和忧郁的，是静夜沉淀下来的思想之物，是那种灵动的气息被文字瞬间定格。"

深有感触。不仅诗歌，其他的许多文字，也一样，是在那些独自品茶对月的深夜里，迸发出来的火花吧。

我写过一些这样的夜，《秋雨夜》《春月夜》，那样的夜晚，普通又独特。

普通的是四季轮回，习以为常。独特的是那个时空，永不可再，那个自己，那些思绪，无法循着光阴长河逆流而上，与过去的自己重逢。

重新翻开，翻到一首诗，《一毛钱》。"一角硬币在阳光下寂寞……"这样的场景在生活中常常可见，自己面对地上的一角硬币，也不愿弯腰去捡起。这似乎是理所当然的事。然而，"小时候，一角硬币承载了我的荣誉和梦想……"

是啊，小时候，我们都有小时候。我小时候，钱还很值钱，一分钱就能买一颗纸包糖。三分钱，就能买一个插着小竹棒的"辣椒糖"。孩童时，一颗糖，就能甜了整天时光。幸福就是那么简单。

但是，长大后，我们拥有的越来越多，可幸福似乎越来越远。是钱不值钱了，还是我们太少回望，迷失了方向？"我不知道自己是富有还是贫穷。"人生很忙，很赶，很累，我们是不是要歇一歇脚步，等等灵魂？

《在老家与母亲唠家常》，开篇就说"平时事务繁杂性子火暴"。看到这句，感觉像在说自己。

无数个早晨，拿着书包站在门口，不断催促还吃着早饭的小屁孩。看到他那慢吞吞的样子，我眼里能喷出火来，随时会爆炸。

这样焦虑忙碌的现代人，自然是没有太多时间回家陪伴父母的，"总是以钞票向八旬多的老母亲表达敬畏"。但或多或少，谁都会思念那个叫作家乡的地方，永远记得回家的路。

"秋天的太阳依然劲爆，而母亲的居室却清凉"。平日里，工作生活中，再多的苦与累，再多的激情或者颓废，在老家屋门前，在母亲银发里，在故乡月夜下，都被抚平，被洗涤。柴米油盐，鸡鸣狗叫，琐碎的家长里短，更真实，更安人心。

同样写到家人，《一只洞庭湖的鸟》，将女儿比作鸟，情感又不尽相同。"一只来自洞庭湖的鸟，拍打着受伤的翅膀，嘴含浪花，眼泪顺血抵达羽毛"。

孩子受了苦，受了委屈，都会被极度放大，落在身为父亲的作者眼里，可不就疼在心里吗？

记得《中国好声音》节目，有时会有亲友团的镜头。往往父母比参赛者更紧张，不停地挥着拳头，用尽全力喊着："转身，转身，转身！"

当孩子真的获得导师转身时，父母甚至泪流满面。这种情感，只有真正身为父母了，才会懂得。

"一路的风景与时同行，而四季的幻变，成为永远的生动"，孩子的一颦一笑，尽在父母守望中，落在眼里心里，全是风景。"受伤的毛掠水贴飞，化成钢铁"，这真真就是父母对儿女殷切的期盼了。

在吃过了苦，受过了伤之后，能够成长，变得坚强。

又有一篇，《诗意的咖啡》。"那杯咖啡很苦，那杯咖啡很诗意。"读两句，不由会心一笑。

相比于咖啡，我更爱喝茶，应是极爱，每天早起必然煮水泡茶。但偶尔也会被香醇的咖啡吸引，去喝一杯。

"我失去了自我，我在黑夜哭泣"，我想，茶也好，咖啡也好，都是一个媒介，帮助我们平和静寂，想起许多事，想起一些人。

"我愿闭上眼睛醉倒在它的苦涩里，带着我的清醒与理智"，茶浓茶淡，咖啡冷热，我们品的是自己的内心。品过了，能更好地去面对生活，更从容地走后面的路。

又读了其他许多首，有的让我茫然，有的似乎好像捕捉到了点什么却一闪而逝，却也有如前面读的几首一般，感觉自己能懂的。

自己写文章时会想，能有几句话，让读者有那么一点点感触或者共鸣，就可以了。读这些诗，竟少有地平静、肃穆和安宁。像一阵风，吹过我久未逢雨的心田。

读过了《零点的月亮》几首诗，我发现作者，诗人李志平，原来也有一毛钱的困惑，也会从老母亲那里获得安宁，也会为孩子激动，也会孤独地坐在黑夜里。

哦，原来他并不遥远。

我想，我要慢慢地读它。我不急着去读懂，也许，时常阅读，用心触摸，原本不懂的句子，会伸出思想的触角，主动与我沟通。

哪怕最终并没有，这份期待，就足以让我向李志平先生以及陌尘，道一声谢谢！

也许今后晚归的路上，会不由自主抬头，去寻觅那零点的月亮。

春月夜

　　像往常一样，临近清明节，壶徒发来信息，告知徐大师家的茶已经好了，价格也跟去年差不多。

　　我检查了一下家里的存货，才回他说今年先买两斤。

　　最后一包去年的红茶还没喝完，新茶就到了。

　　晚饭后，迫不及待烧了水，再小心翼翼拆开一包新茶。

　　熟悉的甜糯香扑鼻而来。

　　如久旱甘雨，如老友重逢，心花悄然开放。

　　用开水洗净茶壶，投了新茶，盖上盖子，捂几秒再打开，越发浓郁的香自壶底飘散开来。

　　喝茶时，光阴流淌比往常快了几分。不觉已是夜深人静。

　　浏览一下微信消息，发现春日的周末，即便疫情期间，也是多姿多彩。

　　有茶人独自行茶，茶叶、茶具、手法、感受，记而分享，图文并茂。

　　有驴友徒步万米，行走在春花簇拥的小路上，哼着没有歌词的旋律，沐浴着棉袄般的暖阳，心念一动，突然想起某年某月某日的时光。

有骚客感怀：新冠肆虐，全民禁足，日久愈觉困顿乏味，似睡似醒之际，旧地神游。山峦陡立，白练倒挂，草木幽幽，溪水潺潺，或有农舍三五间，未闻犬吠，只见炊烟。山风拂过，周身舒爽。真真一派岁月静好！不禁更衣研墨，记于纸上。附山水画卷一幅。

有同道中人，无茶不欢，临睡前，也得慢饮一壶。

不由会心一笑。

思绪漫无边，且住吧。时间不早，准备洗漱歇息。

进卧室看时，小枕头睡得正酣。

伸手要将他的胳膊塞进被窝，不承想他突然翻了个身，嘴里"喔喔喔"学着鸡叫。

大概是因为白天给他看了校友农场的鸡鸭图片。

"鸡真的能上树吗？"当时他大呼小叫地问。

"是的，小时候养的鸡就能飞上屋顶，也能飞上树。"那鸡肉是真香啊，我咂巴了几下嘴，回他说。

"哇，那肯定很好吃！"他双眼发光，胡乱点着屏幕。

"这么漂亮可爱的鸡，你舍得吃吗？"我调侃道。

"可是鸡汤真的会很香啊。"他小声地说。

好吧，我当即下单了两只。据说第二天早上就能收到。

估计此刻，他在梦里也无比期待浓郁的鸡汤吧。

皎洁月光从窗帘的缝隙渗进来，溢满书桌的角落。

一时兴起，借着月光，写下几句尚不能算诗的句子。

你扬着高傲的脖子

迈着悠扬的脚步

风情万种地走了

消失在明媚的春光里

我抬起手

想要抓住你的身影

却只握住一缕

你的气息

困顿的春日午后

你出现在我的梦境

一样的风姿

一样的笑颜

咯咯地笑　令人酥软

淌着口水从梦中醒来

闻到了浓郁的香味

我会心地笑了

此刻你再也不能走远

再也不能在高高的树权上

俯视众生

你安静地躺在锅底

红枣枸杞将你点缀

清澈滚烫的汤

白里透黄的肌肤

越发丰腴 Q 弹

> 我伸了一个懒腰
>
> 春风拂面胃口大开
>
> 还有什么
>
> 比一碗浓郁香甜的鸡汤
>
> 更让人期待呢

搁下笔，把窗帘拉严实，将那月色请出窗外。

没来由地就想起一句诗。

春眠不觉晓。

可也有人睁眼与窗外高悬的玉盘对望，明明睡意甚浓，就是睡不着。便甩锅给咖啡，甩给茶。

茶香不语，不为自己辩解。但还是有着许多种别的可能，比如惆怅。

万物苏醒，百花齐放，却在人潮人海中暮地停住身影，越是熙熙攘攘越是寂寥，越是缤纷满地越是惆怅。

春日的夜晚，渐暖还寒，一杯新茶，本该入眼，入口，入心，洗去烦闷，唇齿留香。

可一些苦与乐，和一些心底的话，都泡在茶里，喝下去，却很快发酵出新的忧伤。

其实无眠又何妨？

何不干脆再煮水，泡一壶茶！

这样春日的夜晚，手捧盏，心闻香，星河璀璨，明月照山岗。

第 四 章 / 为 爱 行 走

有许多困难让我们退却，也总会有一些理由让我们坚持。

待在室内当然温暖如春，但舒适容易让自我虚幻和膨胀，风霜雨雪，才会让自我真实和渺小。

而这更接近生命的真相。

春　分

春分，昼夜均而寒暑平。

昨夜突如其来的雨加雪，也没能挡住探春的脚步。

匆匆赶至公主坟集合地点，户外俱乐部大巴已静静地停在路边。

上车坐定，照例是领队无极介绍团队成员，介绍当日行程。发放印有户外知识的扑克牌时，原本昏昏欲睡的小枕头亢奋起来，奔跑着与人换自己心仪的扑克。

春困秋乏。眼下正是春天的中间，暖气关了没几天，城里的树木还未转绿，汗不容易出，睡眠总是浅浅。我拉上连衣帽，准备先补个觉。

"爸爸，快看，好多梨花！"刚要坠入梦乡，小枕头一惊一乍地喊起来。

五年级的小学生了，还像低年级小朋友一样大惊小怪。想到他这学期每天做作业到十一二点，又可怜又来气。难得带他出来放一次风，我且耐着性子吧。

揉了揉眼睛，我看看窗外山坡上零星几团淡如白云的花朵。一夜春雨，浇灌出几许春色。

"那不是梨花，是桃花，野生的。"我说。

"不对，我们课本上学过的，'粉色的是桃花，白色的是梨花'。"他嚷嚷道。

"远看是白色，其实它们是粉白色的，待会儿山上你见了就知道了。"我解释着，一边掏出手机来看天气预报。昨晚说今天有大风加雨，这样的天气爬山可能会增加很多难度和危险性。

"你能先给我读一首关于春天的诗吗？"他见我看着手机，便嘟起了嘴。

他满含委屈和祈求的眼神，让人不忍拒绝。

春

已来到

心如

离笼小鸟

抓绒衣

遮阳帽

一起去踏

百草

你看那

虫儿

飞

你看那

风在

笑
快看
你在谁的
眼睛里
飘摇

读完一首小诗，他终于不再缠着我，跟隔壁座位的小朋友隔空交流起来。

不多时，大巴停在山脚下，众人鱼贯而下，整理装备准备登山。

抬头看那太阳，早从云层钻了出来，将温热的阳光，洒满山岗。光秃秃的灌木，在阳光下显得格外肃穆。

循着山谷往里走，没多久就看到一处平地上立着丈余高的巨石，上刻两个大字，白湖。这就是咱们今天"白湖沟—陈家坟—张良洞—鞍子沟—东港村"穿越线路的起点了。

无极招呼着大家做热身运动，一时间只见红的绿的蓝的紫的各色团友，在空地上千姿百媚舞作一团。尘世难梦醒，且做梦中人。

继续深入白湖沟，两边危峰兀立，路上落叶成堆，像行走在柔软的地毯上，却又担心悬崖峭壁上滚下树木石头，心不由得悬了起来。

忽一阵山风袭来，夹着难闻的腐木味道，让人呼吸不畅。

是瘴气！心底一惊。正要招呼小枕头加快脚步，又一阵风自峡谷深处吹来，夹着淡淡花香，也有青草的味道。

仔细看看两侧的灌木下，果然根根翠绿的小草挺着身子，如等待检阅的士兵一般。离离原上草，最是盼春风。

小枕头却是对小草不感兴趣，一路跌跌撞撞往上爬，除了要喝水吃零食，就时不时念叨一句，"张良洞还有多远啊？"

到得山腰，融化的雪让若有若无的小路泥泞不堪，稍不注意就能摔一个四脚朝天。

漫山遍野的荆棘、沙枣，总趁你不注意时，划过脸庞，留下一道白印，火辣辣地疼。

好在偶尔几树将开未开的野桃花，让人驻足，寻找合适的角度，将自己和春天的精灵，留进图画里。

半山腰的风，更为凶猛，呼啸着从远处扑来，摇得树枝哗啦啦一片响，挟着几片黄的绿的叶子，奔向远处。如海浪一般，一浪刚过，又一浪汹涌而来。

紧紧外套，喝几口热茶，冲空旷的山谷大喊几声，一时疲惫消散几分，继续朝更险峻处迈进。

手机全然没有信号，周边的人都只有一个共同的目标，空气清新，阳光和煦，景物时时变幻，城市快节奏的生活抛在脑后，眼里有春色，心中自欣然。

所谓山顶，是一块仅可容纳数人停留的草地。

举目四顾，众山来朝，顿觉心旷神怡。

再品那风时，又有不同。暖暖的风，时大时小，时疾时徐，时有时无，不可捉摸。丝丝白云，被风割开了，掰碎了，再揉成一团，一忽儿往东，一忽儿往西。

山间春色，就是这么被吹着，催着，急冲冲，身不由己地走向夏天。

在一个岔路口，领队告知大家，前往张良洞的路非常陡峭，大家可以选择去，或者原地等待。

　　"要去，要去！"我正犹豫，小枕头已经急切地喊起来，被汗水打湿的头发沾在额头上，粉白的脸蛋渗出两朵红云。

　　来回两公里路，摔了两三次屁墩，就为了看一眼空旷无物的张良洞，但小枕头似乎很满足。

　　本来走几步就嚷着要歇一歇的他，被一个棒棒糖和一叠薯片就哄得健步如飞。"棒棒糖是一个戴大耳环的阿姨给的，薯片是一个粉红阿姨给的。"他一手举着棒棒糖，一手往嘴里塞着薯片，甜丝丝地说道。

　　山脚下，一棵野柿树上挂满暗红色的柿子。经历了冷风如割，经历了雨雪如瀑，一颗颗走过青涩夏日和甜蜜秋日的果子，早已如晒透的柿饼，细嚼几下，甘甜软糯。

　　吃了几颗，小枕头将剩下的一捧小心收进口袋，留着日后慢慢品味。

　　大自然和孩子尚且知道"余着"，如沐春风，徐徐而往，应是时常焦虑的我们最该回归的本性吧。

　　到得车上，回头一看，只见一轮红日像个香脆金黄的烧饼悬在山峰上。

　　团友们分享着零食和图片，一片欢声笑语。

　　几片树叶小草沾在头发上衣服上，几枝桃花挥手山路边。

　　人间春色，一片盎然。

徒步十三陵

十五日，天气预报，晴。

早上出门时，空气中飘着浓郁浮尘，让天色看起来灰暗。百人团十三陵二十三公里穿越之旅就在今天。

明十三陵是明朝迁都北京后十三位皇帝陵墓的总称，位于昌平的天寿山，距离公主坟地铁站约一个小时车程。

皇陵依山而筑，分别建在东、西、北三面的山麓上，依次建有长陵（明成祖）、献陵（明仁宗）、景陵（明宣宗）、裕陵（明英宗）、茂陵（明宪宗）、泰陵（明孝宗）、康陵（明武宗）、永陵（明世宗）、昭陵（明穆宗）、定陵（明神宗）、庆陵（明光宗）、德陵（明熹宗）、思陵（明毅宗）。

准时上了大巴车，领队何班长清点人数时被两位调皮的姐姐打岔，只得从头再数一遍。领队暴风雨开场之后，嘴角上火的创始人东风雨抢过话筒，介绍了今日行程安排以及本次活动的特殊意义，又讲了几段明朝秘史，引来众多女粉丝卖力鼓掌。

"腿长一米八"的大兵没在这个车，传统的户外装备知识分享在另一个车上开展。"十二块腹肌"的罗汉从后面猫过来，在手机上找出自己锻炼时的照片，满是自豪地介绍增肌经验。

我冲他报以尴尬而不失礼貌的微笑。"你干吗光着膀子拍照？"我说。"啊？"罗汉愣了一下，赶紧收起手机。走了几步，又回头道："穿着衣服怎么展示肌肉？"

很快两辆大巴几乎同时到达徒步起点。

这次几乎都是大路，热身运动就免了，直接开拔。百人团拉成一条连绵半里的长队，队旗猎猎作响，各色背包浩浩荡荡，路上车辆行人自觉避让，好不神气！

林木郁郁葱葱，却在远处，脚下是焦黄的沙土，两边是尚未转绿的树木。

偶尔有风吹过，路边撒下片片花瓣，为荒芜大地增添一抹亮色，才见土黄色的篱笆里，几枝坠满桃花的暗红枝丫，已蹦出嫩绿的叶子。

前面还是焦黄的沙土，两边还是土黄色的围墙和树。

像极了人生之路，漫漫旅程中，哪有那么多春花秋月景色无边。许多时候，真就只是行走，行走在必须亲自去走的路上，行走在无法察觉又笼罩万物的光阴长河。没有苦，便已经是不可多得的福了。

枯燥的旅程，各人都有自己的排解方式。

有少年疾步奔向队伍的前方，一心要与徒步小王子孟子浩一较高下。雀跃神情一扫作业带来的颓萎。

有墨镜遮了大半张脸的大姐，一面向队友展示新买的背包，一面笑着感慨，"装备配全之日，可能就是退出户外之时。你没见那些想钓鱼的，买一堆上好钓竿，最后全在角落里吃灰……"

有领队独角兽扛着队旗阔步前行，背包将两块本就硕大的胸肌勒得更加雄伟，小山似的身躯，每跨一步，地面发出沉闷声响。昂首挺胸，目不斜视，坦克般推进全无顾忌。

有一般身高一样苗条的两人，牵手而行，亲密无间，羡煞旁人。走近时，才见男生面容稚嫩，女生雍容淡然，一边行走，一边低声交流，却是母子俩。

有迈着八字步偏偏不掉队的汉子，每到险峻处，一定邀何班长一齐摆出龙虎斗起手式，正是号称"飞毛腿"的马拉松达人。

有据说因为爬山拮据到只能穿破了洞的牛仔裤的姑娘，并没有因为裤子破了而自怨自艾，一路奔前跑后，叽叽喳喳话不停。

有背着大背包不远千里从外地赶来徒步的大姐，脸上不见风尘，眼里有山光水色。

有连夜从昆明花堆里赶回来的薛姐，时不时跟大兵递去一个眼神。

走过了十来里路，也遗憾拍照都找不到背景，微汗，腿酸，心情不由低落。

直到中午，在康陵村口，大家各自寻找合适的地盘，排出各色干粮泡面，气氛突然就热烈起来。

"尝尝麻辣鸭脖。""给你一块叉烧。""谁要吃烧饼？"短短几句话，拉近队友的距离。风再起时，便柔了几分。

心心念念了一个礼拜的春饼宴就在近旁，众人嚷嚷了一通，却没有谁真跨进那道门。

山珍海味，也需合适的人共享。啃着面包，打一圈秋风，何尝不是肚里满满当当，心里热热乎乎？

　　喝过了茶席，踢过了毽子，跳过了大绳，吃过了冰棍，原本少许失落的心情，也就不那么明显。哪怕还是要走上一段，才能遇上一株二株桃花，那也是与春风同行。

　　二十三公里的路六个小时走完，所有人都累，也自豪。在集合返程的小广场，全体队友拍了一个小视频。

　　"世界棉花，新疆最好"，当整齐的口号响起，心中涌起莫名的感动。

　　在十三个帝陵之间行走，即便知道下一个目的地不会多出彩，脚步也未曾彷徨。破败的陵墓，完好的陵墓，于旅友而言并无本质区别。以史为鉴，可以更加通透。

　　行走的意义，一定程度上在于专注自我，倾听源自灵魂的声音。身体累了，灵魂的声音听得更真切。用脚步丈量人生，每一段路，都能增添一份沉稳。以后的路，或许不那么难走。

　　团队的方式，能让人遇见更好的自己。结识一个不错的朋友，收获一份来自团队的善意，以此自省，常怀感恩之心，便不虚此行，不负好时光！

虎头崖环穿

寒食，大晴。

古人云，梨花风起正清明，游子寻春半出城。

早上出门，明显感觉街上的车辆行人比往日少了许多。尝试坐了一回公交，竟然一路畅通无阻，十八分钟就到达公主坟。

慢悠悠走过天桥，沿着辅路去往集合地点，远远看见领队大五台正朝我挥手。快走几步，与他打了声招呼，便去大巴车上找个中间的位置坐定。

在和平西桥接了大队人马，大巴车仍余位颇多。

由于疫情反复，许多人选择就地过年，春节的氛围比起往昔，总有点不尽兴。清明假期一到，远方的游子，便纷纷飞奔思念的家乡。

中学同学群，从昨天下午开始，便猛然热闹起来。

老人做寿，同学叙旧，一场场久别重逢，在省城、县城上演。共饮一杯酒，同唱一首歌，各自的酸甜苦辣统统埋进眼角的皱纹中、相对的视线里，只有如往昔如昨日追风少年郎。

一边与邻座的好友燕子交流徒步心得，一边浏览窗外或快或慢往后退去的风景。

原本枯黄的树枝，仿佛一夜之间，就蹦出了新芽。特别是水边杨柳，早一串串挂上嫩绿的叶子。

几树黄的红的花儿，层层叠叠开满枝丫，在微风中轻轻摇摆，在京密引水渠碧绿的水面涂抹出一幅灵动绝美的图画。

瓦蓝透亮的天空，丝丝白云悬浮，被高飞的鸟和俏皮的风推着挤着，幻化出各种图案，一会儿是张开的翅膀，一会儿是奔跑的马群，一会儿是荡漾的水纹。

从大觉寺后山开启今日"大觉寺—鹫峰—虎头崖环穿"徒步活动，四十多人的队伍，激昂地向着开满鲜花的山野进发。

"最前面的是领队无极，扛旗那个就是传闻十二块腹肌的罗汉，紧跟我们的是大五台……那个总是笑眯眯的小胖哥是上年度阳光男神漆涛。"我和首次参加徒步的燕子走在队伍后面，依次给她介绍团队中的熟人。

"还有阳光男神！那有阳光女神吗？"她问。

"有啊。"我抬头扫了一圈，指着大石头上拍照的人影道，"那个大长腿就是，婉茹姐。"

"来，帅哥美女，抬头，笑一个。"正说着话，突闻上方传来一声大喊，一条迷彩裤映入眼帘，吓得我一个趔趄，差点栽倒。

燕子递来一个询问的眼神。

"这是咱们团队今天的临时摄影师，小犟驴，珍妹子。"我看着一本正经半跪在大石头上双手横举着手机的小姑娘呵呵一乐。

"喂，边人大哥，不是临时，是兼职摄影师！"珍妹子皱了皱鼻子，"来，我喊五六你们喊七，五、六……"

再往前走，需要爬过土坡，穿过密林。

土坡委实很土，抬脚落脚，便带起一片尘土，跟得紧了，后面的人真就是吃土。

密林却不算密，稀稀拉拉的大松树，洒落青的黄的松针，在地上铺就一张柔软的毯子，又有松果和枯枝夹杂其间，天生一片小松鼠的乐园。

走在前面的队友，就发现了一只灰毛黄尾巴的松鼠，在一根松树的横枝上，前足捧着嘴，滴溜溜的眼睛，警惕地看着人们。

队友掏出零食来抛给它，初时懵懂不动，再抛时，它竟转身就逃，几个蹦跳，消失在枝叶深处。

爬过好汉坡，一大片岩石如小山般挡住去路。几个学生模样的年轻男女坐在路边的石头上小憩。

"请问是从这里往上走吗？"一个小胖哥问。

"你们迷路了吗？"珍妹子不知从什么地方飘过来，"跟着我们队伍走，不会错。"

她一面调出二维码，一面飞快地介绍，"山水相逢，不如加个微信？我们是军旅户外，下山可以坐我们的大巴回城里"。

两位女生默默一笑。小胖哥却迅猛地加了珍妹子微信，"好人啊，姐姐，你是组织派来解救我们的吧？"

闲聊几句，果真是中科院和人民大学的学生。珍妹子向领队请示之后，收编了三男二女的队伍。

年轻真好，年轻时一起行走，就更好了。

前几天还在群里感慨，走过了千山万水，我们都会成为诗人。

诗总是与远方，形影相随。

曾经有诗说，你来或者不来，我就在那里……我是不太信的。

生命是奔腾的，流淌的，是时时气象更新的，没有人会在原地。

只有并肩相携行走的日子里、旅程中，才会是真正长久的陪伴。

一起行走，走过山山水水，看过秋月夏荷，尝过人间烟火，一个个相视一笑，一次次不同观点的交流碰撞，灵魂不断相遇，点点瞬间，在脑海里连绵延续，汇集成记忆长河。

从巨石堆的夹缝中攀爬过去，不得不手脚并用，衣服裤子都沾上一层土。

气喘吁吁，口干舌燥，好在大部队已在不远处休整。放下背包，喝几口水，吃一块点心，气便匀了。

山风吹过，片片花瓣如雪花纷飞。打量四周，才发现已经置身花海。

路边上，山石间，伸出棵棵杏树，大的粗如碗口，小的细如竹筷，但无论大小，都挂满了花朵，花瓣月白，花蕊粉红。

坐在山石上往山下看去，怒放的花枝，高过天际，如油画一般的天空，竟成为水蓝色的背景。

罗汉哼哧哼哧奔前跑后，招呼大家选景摆造型，扬起的尘土在他脸上均匀地形成一层"面膜"，额头上的汗水，汇成几股细流，蚯蚓般往下爬。

休整拍照二十分钟左右，无极催着大家继续赶路。走走停停，一个小时后，终于抵达午餐地点——望京塔。

各色点心泡面纷纷登场，美食的味道暂时盖过花香。

珍妹子递来一个鸡爪，燕子给我一个卤蛋，边上独自吃饭的大姐，招呼我夹了好几片牛肉，再将热腾腾的泡面吃了个底朝天，一时间肚里饱了，包里轻了，再向虎头崖行进时，脚步都轻快了几分。

路上时不时有伸手拦路的杏树，朵朵杏花如那羞涩少女，想留客人语却迟。

"好美啊！"燕子第三十七次感叹，"放下手机，远离城市的喧嚣，这样的活动真好！"

好是真好，但我的思绪，已经飘到千里之外。

家乡的春天，大有不同。

春风吹绿小河水，田野河堤开满野花，那是一个色彩缤纷的世界。

走在放学路上的少年，故意磨磨蹭蹭，或者干脆往花堆里一躺。好柔软啊，闭上眼就能闻到清新的青草味，还有阵阵花香。睁开眼，就能看到圆帐顶一样的天空。

天那么蓝，世界那么大，小小少年，心底滋生对未来和远方的无限向往。

野花年年开，儿时撒欢打滚的河堤已不在。老家后山野茶明年还会发新芽，却已不忍让年迈的父母再去采。

一路欣赏，一路感慨。脚步不停，却也因为山路尤其陡峭，费时颇多，十三公里的穿越，居然用了八个小时。

回到大觉寺集合地点，落日余晖将路边各种水果野菜照得格外诱人。

无极领着大家做了拉伸放松，再上车时，便操起话筒给今天的活动做了一个小结。"行走的阳光，期待下次再见！"末了，他说。

我有点喜欢这个团队了。

每一次都认真开始，满怀期待，一路走下去，感动，欢喜。

每一次都好好告别，无论再见，或者不再见，都默默祝福。

罗锅长城

一场土雨，再晴已是春将暮。

谷雨前几天，北京的一场小雨，将漫天尘土击落，树叶、车顶车窗都被留下密集的泥点。

天又变得湛蓝。虽然还挂着风，却还算是个适合爬山的天。

这次要去的是罗锅长城。它位于北京和河北交界处的怀来县境内，八达岭国家森林公园的南边。

据说明长城在山巅之上无缘由地走了一个风骚的曲线，冲山谷方向圆润地突出一块，陡然形成了一个近似一百八十度转弯的独特景象，呈罗锅状。

于是它的名气盖过了附近的"勺子城""将军楼""鸳鸯楼""双关子"，该段长城被称作罗锅长城。

俱乐部宣传时，说它是"万里长城一道绝无仅有的奇观"，是"先人在修筑军事工程时对地形的巧妙运用以及军事工程的建筑艺术"，让人神往。

徒步的起点是山脚下的村口，穿过密集的灌木丛，可到达勺子城。

其时已是上午十点，一轮白日悬在天空，温热阳光透过树冠，在松软的沙土上投下斑驳光影。

无数芽孢、叶子，挂满枝头，嫩绿的、暗红的、黄褐色的，编织成一张彩色毛毯，披在苍茫了整个冬天的山头。

几团白的粉红的山花，散落在毯子上，白的是杏花，粉红的是梅花。看似很随意，恰恰最自然。

行走在灌木丛中，既要小心拦道的荆棘，又要注意脚下黑黝黝的枯树根，脚步便有点踉跄。

脚落下抬起时，阵阵尘土被山风裹挟，从脚下飞扬而起，看着像腾云驾雾一般。

仙气是仙气，就是后面的人难免灰头土脸。

于是五十人的队伍拉得很长，前面的人已经发现几株盛开的榆叶梅，争相留影，后面的人还在循着若有若无的山路缓缓前行。

终于到得勺子城时，只见乱石成堆，残存的楼体破败不堪。

放眼望去，一条长龙在山脊山谷间穿行，时隐时现。间或耸立的城楼，只剩下一个基础的城墙，在群山中格外醒目。

让人没来由地肃穆，乃至轻声感叹。

从山石到长城，从巍然耸立傲视天下到残垣断壁，它始终默默无言。

山风肆虐，从门洞里挤进来，将人的衣服帽子掀起。撞向灰暗的墙体，又倒卷回来，打着转，将本已疲惫的人吹得左右摇摆。

若是张嘴说话，它又猛然灌进来，像是在告诫，"你别说，听我说"。

吹遍了人间大地的风，刮了几百年？几千年？亿万年？

它看到了什么，它经历了什么？它想诉说什么？难道是万里长城的久远故事，或者牵扯不清的历史和传说？

由勺子城往罗锅长城走，一路上起起伏伏，路况不停变化。

少数几段保存完好的长城，要么是陡峭的石阶，要么是光滑的斜坡。

往上攀登时，手脚并用，真的就是爬行。爬到一半，回头看上一眼，只觉心虚气短，扶着城墙稍坐片刻，才有继续攀爬的勇气。

大部分都是仅存石基的长城，凹凸不平的路面，散落着被风雨侵蚀得坑洼的城砖山石。好处是视野开阔。

欢欣的鸟，高飞的云，错落的山峦，怒放的山花，一切都很美好。

中间几段路，甚至连基体也荡然无存，空余无数破砖顽石，胡乱堆成连绵的长线。脚踩上去，砖石滑动，稍不注意就能崴脚，或者摔个四脚朝天。

山风在这里尤为狂暴，汹涌着，呼啸着，如闻金戈铁马，如陷硝烟战场。不由冷汗如豆，两腿颤颤，再无心思赏花拍照，只想快点逃离。

俱乐部素来秉承"坚持、勇敢、无畏、挑战"的精神，再把团结互助作为信条。在领队和队友们的帮助下，大家都有惊无险顺序通过。

路过九眼将军楼时，少不了驻足探究。它是规格最高的城楼，驻守的将领在这里分析敌情，运筹帷幄。

两座鸳鸯楼相距百米，静默相望，似在诉说曾经旖旎感人的故事。

在城楼上远眺，山谷的花开得格外茂密。

粉红和白色成了主色调，无数杏花、梨花、桃花、梅花争先恐后吐露芬芳，簇拥着谷底一条淡白山路。

今夕曲径花繁，不忍送春归去。山水相逢，来年如故？

再往前走了一个多小时，终于见到闻名遐迩的罗锅城。

欣喜？肯定有。

失落？好像也有一点。

罗锅城只是很小的一段，远不如传闻的那样神秘壮观。

很多关于它缘由的版本，因势而建者有之，为了多出一段者有之，各有道理，但难说哪个就是真相。

也有可能，它的特立独行，就是一个美丽的错误，没有深意？

又或者，它就是修建者跟世人开的一个小玩笑？

在山脊峭壁处，修筑冰冷的长城，多少痴男怨女天各一方？多少家人泣血守望，守望可能再无归期的身影？

荒野，穷山，日复一日重复繁重枯燥的劳作，在修建者的眼里，它是冷血的，生硬的吧？

也许，增加那么一个小弯，让长城少几分肃杀之气，平添几分迤逦蜿蜒，似乎人生不那么寥寂，生活便也多了些许情趣。或者，盼头？

风在这里变得轻柔，阳光和煦，将人的影子拉长在城墙上。脚步放缓，说话都变得轻声细语，唯恐惊扰了已沉睡几百年的长城。

心中默默致敬。

山河本无恙，人间变幻多。

身体疲惫，思维却活跃起来。

穿越时光长河，无数模糊的景象浮现眼前。天马行空，久久不能停歇。

世道有好有坏，但人间从来不缺美好！

品嚼他人感悟，和身临其境亲自感受，很难说哪个更好。

读万卷书，行万里路，都让人品味更多的苦与乐。

走过了更多的山水，听过了更多的道理，跟随内心的声音，反复拣选修正，笃定几条自己的道理。

从此天宽地阔，在人生道路上，行稳致远，步步登高。

世外桃源

日出东方，其色渐白。

边人并不是被第一缕阳光给照醒的，也不是被窗外叽叽喳喳的小鸟给吵醒的。就那么一个瞬间，突然就醒了。今天又是徒步的日子，像期待天明的少年一般，他比平时早了不少。

他挺翘的鼻子皱了皱，耸了耸单薄的肩膀，又刻意伸了个懒腰，才睁开眼。细长的眼眸瞄了一眼已经透亮的窗口，翻身从床上下来。

抄起书桌角上的手机，五点五十八分，随手将昨夜调的几个闹钟全部删除。他很讨厌迟到，遇到特别的事，总会定两三个闹钟。

电水壶烧上水，煤气灶煮上三颗鸡蛋，从预约好的电饭煲里盛出一碗稀饭，洗漱。如之前的每个早晨一般，他轻手轻脚，有条不紊。

洗漱完毕，水正好烧开。泡上一壶熟普，喝完第一泡，鸡蛋差不多煮好，用碟子捞出来放在饭桌上，便接着喝茶。

清晨微凉。水气从紫砂壶上腾起，他微微前倾，闭上眼深吸一口气，温暖而满足。

客厅窗下的院子里有一棵大榆树，树干粗壮，高耸入云。碧绿的叶子油光发亮，微风吹过，荡漾得像波光粼粼的湖面。经过树叶过滤的风，便有了叶子的清香。穿过树冠，又穿过窗户的朝阳，在饭桌上方的墙壁上忽明忽暗，俏皮而灵动。

昨晚就整理好的登山包就摆在窗台下的竹沙发上，灰和明黄是它的主色调，看着就心情愉悦。

三水环穿徒步活动群开始热闹起来。一杯接一杯地喝着茶，他并不急着出发，有足够的时间等稀饭和鸡蛋凉到合适的温度。

罗汉起了个大早。

早饭可以带到车上吃，但是抹发胶这件事可不敢马虎。

弄好发型，涂了防晒霜，戴上墨镜，他对着镜子做了几个健身动作。看着越发突兀的肱二头肌，他满意地露出八颗牙齿。

他并不是第一个赶到蓝星大厦的人。无极见到他时，照例朝他胸大肌出了一拳，他回报了一个撩阴腿。

无极是今天徒步活动的领队。

"他总是领队。从来没做过旗手，或者收队。"每次想到这里，罗汉就想再赏他一套罗汉拳，"又没我帅，算了，哼！"

两人正沟通着今天的线路和注意事项，一个米色的身影闯进眼帘。

"我第一！"她环顾四周，有点不可置信地欢呼起来。

"恭喜你！"罗汉摘下墨镜，对她笑笑，"来，小月，拉着队旗，帮你拍张照片，绝对拉风。"

我第一！

看到群友小月已经到达第一个集合地点，何苗加快了脚步。

之前出门前还在纠结是否穿这件大红色的软壳外套，毕竟有点太亮。地铁上就感觉到或明或暗的目光，她不太习惯。

"姐你今天真好看！"罗汉远远看到她，就过来打招呼，"要不要先帮你拍张照片？"

"我姐哪天都好看！"小月从车上下来，冲罗汉不满道。

何苗红了脸，冲他们笑笑，婉拒了拍照的建议，又聊了几句才上车。却听见有人招呼，高兴地走到前排坐下。

招呼她的是个陌生的女子，看着脸熟，估计老队员了，却叫不上名来。

"我是彭梅，上次我们还一起参加过活动。"满脸笑容的女子主动介绍，马上又问，"嗨，听说今天可以挖野菜，你带家伙了吗？"

她并没有注意她今天的外套，兴奋地展示自己带的小铲子，"这小铲子你别看它小，在野外，那是可挖，可铲，可划，可削，挖野菜必备神器啊！"

何苗赶紧摸了摸背包，硬硬的还在。

"嗯，我也带了。"她终于底气十足地说。

刚开始爬山，边人就发现了野菜。

零星几株蒲公英，开着小黄花。根根青翠的野蒜，这儿一丛，那儿一丛。

他看到一株粗壮的野蒜，忍不住用登山杖去戳它周边的土，想整根拔起来。

蒲公英据说可以凉拌，可以煮汤。但他还是更喜欢野蒜，炒鸡蛋，炒肉，哪怕炒辣椒，都香。

挖了三五厘米，能看到小巧素白的圆蒜瓣，用手一拔，断了。

"蒜叶也不错。"他安慰自己。

又去挖另一株。

"挖野菜啊？"何苗从后面走过来，"我这里有小铲子。"

看了看手中沾满泥土的登山杖，再看看她手中的小铲子，他欣然接过来。"回头挖到的野菜分你一半。"

"好哇！"她便也加入了挖野菜的行列。

不一会儿，两人就挖了一大把野蒜。直到领队催促两三次，才一边搜寻野菜，一边往上攀登。

"懒猫"并不懒。

一路跟着大部队向上攀登，即便时不时掏出手机来拍个花花草草，也未曾掉队。

已是春末，放眼一派生机。哪怕只是树叶，那红的粉的嫩叶，也惊艳了时光。

阵阵山风，吹走少许汗意。几声鸟鸣，回荡山峰山谷间。

"那个懒老头，要是真来了，走不了多远，铁定耍赖不走了。"她跟银河说笑间，气恼道，"我家那儿子也随他爸，一米八的大个子，形好条长，却是个宅男。"

银河正要说话，罗汉冷不丁从前面转回来。

"姐，快来，你们几个一起站这石头上，拍出来肯定好看。"他张罗着三位女士排成一排，居高临下，侧对准备拍照的无极。

"等一下等一下。"他歪头看看队形，有点不满意，"缺点绿叶。"

"那个谁，你过来一下。"他冲路过的人影招手。

边人不再一手拄着登山杖，一手握着小铲子。

原本以为山腰上多少也该有点野蒜野葱，没承想一路走过来，再没碰到。别说一丛一丛的，连一根一根的都没有。

一边低头寻找野菜，一边走路，脖子和腰便有点僵硬，眼睛也发酸。干脆就将挖到的野蒜和铲子都装进包里，专心爬山赏景。

正要发力赶上队伍前面的队友，听见罗汉喊，便停下来。

确定是喊自己，他走了过去。

"边人大哥。"罗汉终于看清眼前的男子，咧嘴一笑，伸手将他摆在三人队伍的侧后方，"别动，你站这里哈。"

"来，大家都举起左手，然后眼睛看向自己的左手。"罗汉走到最前面，率先举起手，"让无极领队用他几千万的手机给咱们拍个大片。"

几千万自然是像素。

这次无极不再说"我喊五六你们喊七"了，飞快地拍了两张照片，便转头去追扛旗的何班长。

何班长当然姓何。

"挖个锤子的野菜，路都找不见了！"此刻他汗流浃背，左突右冲在寻找前进的路。

"我记得在这边，还系过路条的。"无极一样满头大汗。

五十多人的队伍，停在灌木丛中。虽然大家忙着拍照聊天分享美食，可时间长了，难免群情激愤。他不允许这种事情在自己带队的活动中发生。

"导航，导航，大五台！"他朝对讲机吼道，"到队伍前面来。"

几位摆好姿势拍照的女士，冲何班长和无极招手，"不着急，歇一会儿喝点水吧，总能找到路的。"

这差不多是最高点。俯瞰群山，青翠幻彩中见苍茫。上午厚重的云层早已飘散，一轮模糊的白日在淡如水墨的云丝中缓缓移动，将温暖的光芒洒落在岩石和花瓣上。

午餐时的热闹仿佛还在耳边。

最先抵达午餐地点的男人哥等几位占据了一块大石板，铺上塑料桌布，搬几块石头围坐成一圈，包子凉菜，饮料啤酒，层出不穷。大五台押后，陪着银河何苗等人姗姗来迟。这边刚泡上自嗨锅，那边你递我一根黄瓜，我夹给你几片牛肉，正是畅快时。

一顿野餐吃了大半个钟头，才陆续整理行装，重新行进。不承想刚抵达山头，便迷失了方向。

只怪乱花迷人眼，春风太调皮。

世上本没有路。

终于找到下山的路时，无极吟诗一句，以抒心意。

"后队变前队，下山！"何班长将队旗舞得虎虎生风，一马当先。

刚刚稍有点泄气的队员，雀跃起来，依次行走在若有若无的山路上。

有茂密的落叶松，松针在地面铺就厚厚的一层，脚踩上去，柔软舒适。几株紫色杜鹃，在松树下怒放，不闻其香，便已沉醉。光线略显昏暗，昏暗的背景让怒放的杜鹃更显惊世容颜，梦一般，如幻似真。

有半人高的茅草，枯黄躯干犹自挺立，根部伸出片片嫩绿叶子。驻足观望时，它柔柔地伫立在春光里，惹人爱怜。从中穿过，轻轻划过人的衣服或胳膊，留下细微的痕迹，顽皮讨打。回头看它时，在微风中沙沙作响，像是稚童掩嘴而笑，依依作别。

有朵朵小花，浑身闪着光的茸毛，盛开在悬崖峭壁上。从岩石缝里探出头来，心满意足地呼吸着春的气息，拼命伸展柔弱却充满生命力的身子。

哎呀！感觉到手指头一痛，小月抬手看见无名指上破了一块。

走在前面的大爷停下来，从背包里掏出一个创可贴，笨拙地给她贴上。

"大爷，您今年？"小月试探着问。毕竟问人年纪似乎不妥。

"我刚过完66岁生日，上个月二十七号。"大爷爽朗一笑，毫无芥蒂，"参加好多次户外活动了，希望还能再爬两年。"

"看您这身子骨，再爬十年都没问题。"半跪在路边给飞飞按摩小腿的罗汉闻言说道。

"这待遇！还给按摩！"小月挥了挥贴着创可贴的手，乐道，"哎呀，我也抽筋了！"

"我要抽筋了。"脚步一顿，银河停了下来。

小腿有点胀痛，头有点晕，眼前明亮的春色变得模糊。

她用两根登山杖支着身子，闭上眼，深吸了几口气。

"没事吧？"身后有队友走近，估计是看出了她的异样，出声问道，"你最好歇一歇，吃点零食，喝点水。"

"我没水了。"她有气无力地说。

不是第一次参加户外活动了，但没想到今天路程这么长，下车前还特意从包里分出一瓶水来放在座位上。

"你有杯子吗，我倒点给你。"边人从侧包里掏出水杯来。

她杯子也没带。只得用空矿泉水瓶接了小半瓶热水，一边吹着气，一边小口喝下去。

又站了片刻，头晕眼花的感觉终于消失。

边人见她无碍，才拄了登山杖，缓步前行，不久便消失在春花夹道的山路间。

边人走得并不快。

分热水时，他脑海里闪过一个场景。

"谢谢小哥，请问你叫什么名字？"一身火红户外装的女子问道。

"我的名字叫阳光家人。"他努力挺起并不厚实的胸膛，傲娇地说。

然而并没有。

银河只是冲他感激地一笑。

他还是满心欢喜地继续前行的路。

帮助别人总是快乐的。

转过一道弯，他却吓了一跳。

"放开那个美女，让我来。"待看清了路边的是罗汉，他拍了拍胸口，冲罗汉喊道。

罗汉呵呵一乐，没吭声。

"走两步，你走两步试试。"他擦擦额头上的汗水，扶石头上的女子站了起来。

"大五台，下山后还有六公里的水泥路，现在远远滞后，后面的加快进度。"对讲机里响起何班长焦急的声音。

"你先慢慢往前走，注意脚下，我得看下后面的队员。"罗汉朝女子叮嘱几句，便往来路上奔去。

发型早就被山风刮乱，但看起来依然很帅。

领队都很帅啊。

终于走在水泥路上了，"懒猫"对身边的银河说。

"嗯嗯，温暖的男人都帅。"银河表示同意，"你在上海也爬山吗？"

"爬呀，几个朋友经常约好去江浙那边爬山。"天色暗了下来，"懒猫"依然没有摘下墨镜，"爬山好啊，你看咱们这身材。"

一位腿长一米八的队员从边上经过。

"懒猫"朝她抬了抬下巴，又压低声音道："虽然腿不如人家长，但咱们都瘦啊。"

又被自己逗乐了，不由笑出声来。

"姐姐笑起来真好看，来，保持，保持，我给你俩拍个照。"罗汉不知从哪里冒了出来，举着几十万（像素）的手机道。

笑归笑，但总有点勉强啊。

罗汉心想，下次还是偷偷拍比较自然。

"何班长，何班长，有队员抽筋，需要救援。"对讲机里无极在喊。

“是飞飞吗？”罗汉问。

“是的，是的。”

得到肯定的回答，罗汉飞快装起手机，往回跑。

一边跑，一边冲对讲机喊，“我来，我来。”

每次一有美女就是你来！

独角兽站在隧道前的广场上，狠狠地将烟掐灭。

“大家少安毋躁，原地休息，等等后面的队员。”何班长游走在人群中，安抚着大家逐渐急躁的情绪。

已是晚饭点，前面还有好几公里路要走，急躁总是难免。

一轮泛白的夕阳，已然坠在西边的山腰，多彩的山峰，仅余几道浓厚的剪影。

弹尽粮绝，大家分享着所剩无几的水和食物。

暮色降临，更显春寒。

“这边有座。”何苗招呼在活动放松的边人。

“没事，你们坐，我活动一下，不然有点冷。”边人没有停下动作。

人在饿的时候，就不会想着诗和远方。

他想。

是什么样的道理，支撑自己在一周忙碌疲惫之后，还愿意来参加这样看似纯折腾的活动呢？

空气好？景色好？

都有吧。但更多好像是那种心无旁骛、唯有攀登的状态。

城里的树木，早已碧翠。路边和公园，更加花团锦簇。

那就是山间原野那种空旷和自然，让人沉迷吧。

心怀对大山的向往，就不会纠结于花开花落的忧伤。

草木向阳而生。

人一样向往光明。

何班长想不通为啥戴着头灯，开着手电筒，钻一公里的隧道，会让大家这么兴奋。

他首要任务是保证安全。

"靠边，靠边！"他大声吼道，用头灯上的光柱，指挥前后的队员，"前面那个谁，不要脱离队伍，排成一排！"

有几个人却不太听他使唤。

在黑暗中行走，穿过幽暗的隧道，生动而有趣。

欢欣，嬉闹，行进速度却很快。

银河始终举着她的新手机，拍张照片，录段视频。

夜景模式拍出人的照片很奇特。

她分不清前后都有谁，只跟着人影走。"真希望这段路，可以一直走。"她说。

何苗走在她前面，闻言转过头来，哈哈笑了。

笑声感染了其他人，隧道之内，笑声久久回荡，甚至盖过了行进的脚步声。

然而道路总有尽头。

何时是个头啊！

穿过隧道后，又走了两三公里，终于到达集合地点。那是一座平桥，大家分坐在平桥两边。

疲惫漫上来，心气就沉了下去。

便有队员小声抱怨。

其时已是七点多，村庄里各家各户亮着灯，将夜幕分割出一个个或大或小圆形的光罩。

山坡上"霞云岭"三个霓虹大字分外醒目。倒显得早已挂在苍穹的一轮圆月，逊色不少。

"来，先到的队员咱们一起做一下拉伸。"无极大声喊道。

大家懒洋洋地站起身来，面对面排成两排。

何班长又将不肯动弹的人一一拉起来。

"不做拉伸，肌肉乳酸沉积，明天腿会酸痛。"无极说，"还会变粗。"

这话奏效，最后几个坐着的人也站起来，加入拉伸的队伍。

"一二三四，五六七八。"

每次拍集体视频，无极都说，咱们是军旅户外，要大家喊"一二三四"的口号。

现在，只有他一个人喊了。

"一二三四，五六七八。"

拖着腿走过来的飞飞也终于赶到。

何班长开始清点人数。

"天这么黑，你为啥还戴着墨镜？"有男子问。

"懒猫"抬头看了他一眼。

夜色中也就看见一道模糊的影子。

"我的墨镜是有度数的。"她还是回答说。

大巴车按着喇叭驶过来。

大家欢呼着爬上车。

虽然晚了很久，但未来可期，何尝不欢喜？

无极拿起话筒，诚挚地跟大家说抱歉。但暖暖的车厢里，分享美图的喜悦早将些许不快淹没。

"你的小铲子。"边人走到前排，将铲子递给何苗，"野菜不多，咱们一人一半，应该也可以炒一盘菜。"

"不用不用，你留着吧。"何苗接过小铲子，却婉拒了他的提议，"下次挖多点再说。"

边人笑笑，不再坚持，拖着沉重的腿走回座位。

路过一对夫妇位置时，恰巧听到了他们的对话。

"这个团队才几位帅哥，其他都是美女啊。"先生感慨道，话没说完，惊叫一声，"哎呀……"

"看花眼了吧，是不是后悔没早点加入，这样就不用祸害我了。"边上的女子美目圆瞪，伸手在先生胳膊上拧出一个三百六十度大回旋。

两鬓斑白的男子，没再说话，只是伸手将妻子揽进怀里。

"你说，今天真的好美啊。"女子将头埋进他胸膛，喃喃道。

山美，花草树木美，不负春光，无愧世外桃源。

心里美，便无须寻觅，不负韶华，处处皆是桃源啊。

为爱行走

　　五一的舟车劳顿还没缓过劲来，周身疲惫。便思忖着要不要取消周日"玻璃台—东指壶"的徒步活动。

　　睡前看到同学卿的朋友圈发了"妈妈生日快乐"的图片，惊了一跳。母亲节居然没给家里去个电话，说不过去。

　　再细看时，才发现是生日快乐而非节日快乐，顿时舒了一口气。

　　母亲是天底下最爱自己的人，她最牵挂的不是你挣了多少，而是你是否吃饱穿暖，是否健康。

　　那么就还是去徒步吧，母亲节，以爱的名义。

　　"玻璃台—东指壶"位于北京平谷与河北交界处，离市区一个半小时车程。抵达徒步起点已是十点半。稍微热身便马不停蹄往上攀登，不一时便翻过了两座山头。

　　阳光温热，山色青翠，清风徐来，让人忘却疲惫与烦恼。

　　我一手拄着登山杖，一手捻着手串，记起唯一一次与母亲登山。

　　三十多年前的暑假，母亲带着我们兄弟姐妹五个，一起登望云山。对于刚上小学的我，那是最远的出游了，一路欢欣雀跃，喋喋不休，好奇地认知崭新的世界。

出发是在傍晚，月亮已经挂上苍穹。如水的月光倾泻在田野和道路上，即使不开手电筒也能安然前行。一切都很新奇和美好，直到我们在半山腰遇到了姥姥家的邻居。她一句话，让母亲乌云密布。

"下午听到你妈家传来哭声。"她说。母亲一听，赶紧追问，是不是吵架了，是不是生病了。那人摇摇头，同时宽慰说，也可能听错了。母亲魂不守舍，跌跌撞撞地走在山路上，嘴里念叨着"菩萨保佑，菩萨保佑"。走了十来分钟，她停下来，让我们围成一圈，神色凝重地说："姥姥家可能出了啥事，也可能没啥事……但我还是想去看一眼。"说完，已是泪流满面。

我们都懂事地表示理解和支持。于是一齐掉头下山，奔姥姥家而去。大哥拉着二哥走在最前面，大姐二姐在中间，母亲牵着我的手走在最后。一路上母亲不断地催促我们快点快点。

月色下的山石变成了怪兽，影影绰绰的林木像埋伏的敌人，我紧张地迈着小短腿，紧跟着母亲的脚步。路好长，我又累又困。母亲干脆将我背在背上，快步前行。我迷迷糊糊地睡了过去，做了一个很长的梦。

醒来时，我躺在姥姥家的竹席上。红彤彤的太阳挂在窗头，母亲跟姥姥在张罗着早饭，不时传来欢声笑语。原来虚惊一场。但那次连夜奔袭的经历让我久久难忘，尤其是母亲一边抹眼泪，一边小跑着下山的情景。

现在我很能体会母亲当时的心情，儿行千里母担忧，儿女又何尝不惦念着母亲？母子连心，澄如明月。

思绪不停，脚步却需要歇一歇。

领队不停地在对讲机里喊，前面的压一压步子。

于是每隔大半个钟头，第一梯队的队员便或坐或站，歇上几分钟。聊天的时候，竟是许多人这次五一都回了老家。"父母都老啦，得多回去看看。"一位大姐说。神情落寞，像是自言自语。

五一前问同学花花回不回老家，她说不回。又补了一句，自从妈妈不在了，回老家少了许多滋味。以前那种奔波千里只为吃顿妈妈做的晚饭的美好，已经成为记忆。

我无言以对。

无论你走多远，走多久，家始终是魂牵梦绕的地方。

但是，母亲在，才有家。否则，到哪都是流浪。

吃午饭的时间比平时晚了一些，自嗨锅热好时，肚子早咕咕叫了几轮。此时要是能吃上母亲烧的鸭子，该多好啊！哪怕野笋炒鸡蛋也行！

前几天在老家，我随口说了一句野笋真好吃。第二天吃早饭时，母亲还没回家。大姐说她又去对面的山里拔野笋了。我赶紧跑步过去，爬上一个土坡，正好碰到提着一篮野笋的母亲。

下坡的泥路很滑，她弓着腰，侧着身子，右手挽着竹篮，左手捂在篮口护着野笋防止掉出，小步小步地往下挪。

看到我，她直了直腰，冲我一笑。"你怎么来了！"她说。

根根白发被汗水打湿，贴在额头上，脸上的皱纹溢满笑容。

我紧走几步，牵起她的手。她的手粗糙得像干裂的松树。我小心翼翼地握在手里。

牵着她走在回家的路上，就像小时候她牵着我的手。

路很短，心里百转千回，仿佛历经无数春秋。我想多陪她走一走，在那晚春的晨曦里。

玻璃台没有玻璃，东指壶自然也没有壶。

玻璃台却有玻璃树，玻璃树上有玻璃叶，玻璃叶包裹排骨、柴鸡，做成了远近闻名的"玻璃宴"。

东指壶是平谷第一高峰。爬到山顶，俯瞰峰谷，颇有一览众山小的感触。

"一线天"和"十八盘"，也算奇观，一路走来，嶙峋怪石，满树青杏，遍地野花，总有这样那样的惊喜。

在"十八盘"的水泥路边，木兰芽被一波一波的旅友采摘，犹自顽强地发芽。虽然不如春天里的鲜嫩，但焯过水，浇上辣椒花椒大蒜熬的油，还是一道美味。几位队友一边采摘，一边谈笑，脚步不知不觉轻快了许多。

我独自走在路上，才是日落，脑海里却一遍一遍播放着李健的《月光》。

哦，月光洒在每个人心上，让回家的路有方向。哦，离开太久的故乡，和老去的爹娘……

万物本无意义，只是被人赋予美好的定义，为漫长的岁月增添一分动力。那么徒步也可以吧。

且让我将母亲节的这次行走，作为礼物献给亲爱的母亲！

我们不能永远同行。

但此后余生，都如今天一般，一步一莲花，为你祈祷。

登香山记

世人谈及香山，必不离红叶。登山赏景之最佳，亦农历八九月也。然其时游人如织，摩肩接踵，山与红叶顿逊色几分。

恰七月中旬，秋高气爽，与同人数人至香山。瞻双清别墅缅怀先烈毕，自东门择最陡一径，徐徐攀登。

时过正午，白日当头，虽有林木偶为遮挡，亦有强光照壁，目难久视，石阶灼灼生辉，触之烫指。

飞禽走兽不知所踪，蝉鸣鸟叫尽收其声。静谧山脊，唯闻踏步与吐气之音。

初时兴致高昂，脚步轻盈，环顾左右而笑谈公事日常，不觉已登石阶三百余。

少时，至一平台，领头程兄未有停留之意。余喘而告曰："歇少许否？"兄脚下不停，慨然曰："行百里者半九十，此不及十一，岂可减其精气。"众人以为然，奋而相随。

程宁二人虽年最长，喘气尤急，然步履如常，自始行于最先。斌兄刚半百，红光起于双颊，瀑汗淌于后背，长腿阔步，紧随其后。余与宫弟二人，年虽最轻，然青筋尽显，气若风箱，落于最末。

又行千阶余，喘气如牛，腿若灌铅。更觉山路陡峭，烈日难忍。观草木而隐约，望前路而生畏。

有返程者居高而临下，笑言前路艰险。宁兄曰："走山之乐，不在攻坚克难乎？"又曰："不过千阶，可登顶矣。"

再行时，已不知阶数。木然抬腿，俯首前行。汗入双目，辛辣难忍。衣已全透，咽喉喷火。饮水少许，始能言语。两股战战，几欲倾覆。

忽闻斌兄大呼："至矣！"昂首定睛，果见数十步之外，有一平台，巨石耸立其中，书刻"香炉峰"三字，乃香山之顶无疑。

不由周身一松，突增气力，紧走几步，与众人击掌相庆。

凭栏远目，山风猎猎，似闻定慧寺钟，犹沾颐和园水。电视塔与中国尊遥相呼应，五环于山脚匍匐蜿蜒而行。

顿觉心旷神怡，妙不可言，旅途艰辛忘诸脑后。

才忆山花夹道，松鼠蹿于树梢，马鹿蠕于石阶，酸枣坠于近侧。

天蓝赛湖水，湖水映青山，青山钟灵秀，秀色应可餐。

目之所及，朗朗天地。心之所向，历久弥坚！

东灵山的雨

雨下了一夜。

从昨天下班时开始，就时断时续，没有长久停歇。半夜雷鸣闪电，瓢泼大雨，将城市笼罩进无垠的雨幕。

睡梦里，雨声时大时小，仿佛置身儿时江南的雨季。

小河的水涨了，池塘的水满了，原本贪睡的少年，早早起床，挽起裤脚，戴上斗笠，扛起捞鱼工具，冲进欢乐的田野。

因为雨，小鸟并没有在窗外的老榆树上开早会。吵醒我的，是短信的声音。

也许惦记着今天的东灵山之旅，并未睡得深沉，手机一响，我便醒过来，伸手拿过床头柜上的手机。

是防汛办的短信，提醒广大市民不要到山区游玩。

才四点五十，天已大白。

房顶，街道，树梢，都是湿漉漉的。

雨势已小，丝丝雨线穿过灰蒙蒙的天幕，想要将这盛夏缝进画卷里。

雨季，山区难免有滑坡、泥石流、洪水等各种风险。

这次"行走的阳光"俱乐部组织的东灵山户外活动，提前一周便已爆满。

去不去？

放弃这个机会，也许要再等半年甚至一年。

关键是期盼已久的那份心情，总会难以平复。

时间还早，我回到床上躺好，想要再眯上一会儿。但脑海里满是东灵山崎岖山路，高处风光，可爱的狐狸，还有此前薛姐那篇文章中扣人心弦的经历。

睡不着，索性爬起来，煮水泡茶。

喝茶总能让自己安静下来。

当茶香弥漫，清晨的空气变得香醇。

喝完两泡茶，忍不住清点装备。看着早就装进包里的茶具，想象了无数遍山顶品茶的场景，又冒了出来。

我不再犹豫，飞快地吃完早餐，背起包出门。

雨竟然已经停了。

几位老人，如往常一样，悠闲地走在小区的道路上，只是脚步更加轻缓。

坐上64路公交车，不再像以往那样紧张地计算时间。即便等红灯的时间久了一些，也不再焦躁。

复兴路上，有人将雨伞倒提在手上匆匆赶往地铁口，有人手腕绑着手机袋奔跑在人行道，有人拉着买菜的小车在站台张望。

昨夜的大雨，并没有太多改变生活的节奏。

下了公交车，在公主坟过天桥时，才发现天桥上有一段三四厘米深的积水，只得攀着栏杆，侧着身子，慢慢挪过去。

重新踩在塑胶桥面，回头望去，那片水面竟漂浮着朵朵白云。

原来不知何时，天已放晴。

无数金色的光，迫不及待地从东方的云层探出身影。

此刻的东灵山，应该也在晨曦中醒来了吧。

昨夜的大雨，是否让她更加秀美？

领队东风雨介绍了今天的行程，出于安全考虑，在到达东灵山脚下时，会根据天气情况，从三套方案中选取最安全的一套。

东灵山隶属于太行山脉，主峰海拔 2303 米，为北京市第一高峰，也是华北地区较高的山峦。其位于海拔 1700 米以上的万亩草甸，是华北最大的空中草甸。

"风霜雨雪，本就是徒步活动的一部分，做好万全的准备，抱以足够的敬畏、坚持、勇敢、无畏、挑战，便能领略绝美的风光。"他说。

大巴车一路西行，阳光紧追不舍，到达东灵山景区入口时，天已大晴。

队友们一边热身，一边庆幸自己没有被预报的雨吓退，开始期待云雾从山腰升腾而起的美景。

"雨衣先放你那里，下山再取吧。"一位首次参加徒步的女孩对商城客服大兵说。

"必须带雨衣，现在没下雨不代表待会儿不下，山下没下雨不代表山上没下。"长腿大兵耐心劝说，"湿身是失温最主要的原因。"一边说，一边主动将雨衣塞进对方的背包里。

队伍浩浩荡荡，沿着石板路一路前行。

无数青翠树叶，东一堆西一堆地摊在路面上，显示着大雨过后的痕迹。脚踩上去，绿色的汁被挤出来，将原本暗青或泛白的石板，涂抹成一幅幅灵动的图画。

路边偶有溪流，水量不大，也不算清澈。顺着山势，或舒缓，或湍急，叮叮当当，在静谧的山间奏起永不停歇的乐章。

白龙潭的瀑布，比往日更为壮观，水流从岩石上边倾泻而下，由水柱分散成梳子一般的水幕，再汇拢成一条白色水龙，咆哮着冲进水潭。

走过一段石板路，便是木栈道。厚实的木板，横架在钢结构栏杆上，人走上去，微微晃动。一不小心，登山杖便杵进木板间的缝隙，像是想要留客的俏皮孩童，让人哭笑不得，又无法真正生气。

木栈道在山间蜿蜒，看不到尽头。

栈道与栈道之间，也有几段土路。碎石、泥沙、落叶混杂在一起，经过雨水一泡，让人看不清虚实。只得放缓脚步，或者干脆歇一歇补充水和食物。

路越来越陡，脚步越来越沉重，心跳持续加快似乎也供不上所需的能量。

参加户外徒步活动半年多以来，第一次有了一种筋疲力尽的感觉。

"加油，还有 20 分钟，就能到午餐的地点。"东风雨站在一棵大树下，一遍一遍鼓励艰难前行的队员。

深吸了几口气，让夹着草木清香的潮湿空气灌满胸腔，我重新迈出脚步。

龟速前进，但只要迈步不停，总有到达的时刻。

"把你的水给我背着吧。"走在前面的一位年轻妈妈对身前的女儿说。"不用，我现在还不累。"已经高挑的女孩头也不回。

"小朋友真棒。"我紧紧跟上，冲她竖起大拇指。

团队唯一的小朋友小脸一红，扬了扬下巴，小声却坚定地说："我不是小朋友，过完暑假我就上中学了。"

也曾少年不知愁滋味，为赋新词强说愁。也曾无数次梦回少年沐浴在好奇整个世界的灿烂时光里。

回头看时，感慨之余，总有那么一点，向往。

此时，太阳破开重重迷障，明晃晃地挂在高耸入云的白桦树上，喜笑颜开地看着我们，看着一队人艰难却倔强地行走在路上。

雨过天晴时最美，追风少年郎最真。

终于抵达午餐地点，时间已过一点。

将背包卸下往草地上一扔，一屁股坐在木栈道上，周身疲惫如潮水袭来。

"牛肉、烧鸡、水果，有啥吃的都往上扔啊。"罗汉铺开野餐垫，大声吆喝。几名队友席地而坐，纷纷掏出包里的食物。

这时他们不再是钢筋水泥大楼里的张处李总，只有一个共同的名字，队友。人与人之间，原本可以如此亲近。

喝下半罐红牛，我又活了过来。

闻着味儿跑去罗汉那"打劫"了一个鸡翅，这才掏出自嗨锅准备午饭。

"尝尝我们自己卤的牛肉。"同事刘姐在不远处招呼。

自从在我朋友圈看到各种徒步图片,她便想着要参加。上周大黑峰环穿活动参加一次之后,坚定了徒步的信心。

这次她更是把先生和弟弟一家都拉了来。他们围坐在一起,掏出牛肉、肘子、面包、点心,琳琅满目。

狼吞虎咽几块牛肉,饥饿感终于不再那么明显。

腌黄瓜清脆爽口,连吃了好几片,再接过一片面包啃下,我不由打了一个饱嗝儿。面对队友们热情的邀请,只能报以尴尬而不失礼貌的微笑。

等自嗨锅的间隙,我爬上不远处的山头,在岩石上摆好茶具。

阳光和煦,茶烟弥漫,山风将热火朝天吃午饭的喧嚣吹得断断续续。

我有一壶茶,可以涤红尘。

休整之后继续前行,脚步轻快了许多。

一路拍着美景,时有蜜蜂蝴蝶相伴左右。

转过一道弯,山风突然变得急促,裹挟起山腰的水雾,在山峰山谷间左冲右突。

薄雾里,隐约传来铃铛的声音。

原来是一群散养的牛和马,正悠闲地踱步在开满鲜花的草甸,时隐时现的身影,神秘而淡定,仿佛是从天外来。

几只奶牛,安静地躺在木栈道不远处,嘴不停嚼动,眼睛瞪得老大,注视着这群不速之客。

薛姐拉着大兵，深入牛群，想用一束野花与它们互动。奈何它们吃得太饱，或者习以为常，居然无动于衷。

只是那件大红色的冲锋衣，让新添了小牛犊的牛妈妈心生警惕，几次想靠近，它都发出低沉的哞哞声示警。

登顶之前，气温骤降，背包里的厚衣服终于发挥了作用。冲锋衣，薄羽绒服，甚至雨衣，纷纷登场。

"世上没有白走的路，也没有白背的雨衣。"大兵对刚把雨衣穿上御寒的女孩说。

一路的汗水眼看就有了最好的回报，队友们加快脚步，一鼓作气，接连登上竖着石碑的山顶。

"灵山主峰"四个朱红大字，那么耀眼，那么，气壮山河。

大家排着队在石碑前拍照，即便再累，留下的也是挺拔的身影。还有，一抹满足而自信的笑容。

美中不足的是，太阳不知钻到了哪里。

天空阴沉，冷风如割。

领队不停地催着大家赶紧下山。

大部队折返到木栈道处，转向左手边下山。那是一条乱石当道的路。

雾，更浓稠。

几米开外就看不见人影。

"前面就能看到狐狸啦！"东风雨在喊。不见其人，只闻其声。

队员们欢呼起来，笑着叫着沿着若有若无的山路行进。

轰隆隆的雷声响起，队伍一阵骚乱。

不知被哪个乌鸦嘴不幸言中，东灵山的雨，似乎将要来临。

突然一道惊雷在耳边炸响，在空旷的原野无比惊心动魄。

"你吓到我啦！"我回头对身后尖叫的小马说。

裹在羽绒服里的小马哈哈一乐，并没停下脚步。

"狐狸呢，狐狸在哪呢？"有队友高声问道。

"这天气也许它们不会出现了。"有人说，难掩失望的情绪。

山雨欲来，迷雾难散。安全下山成了当前第一要务。

或许精灵般的狐狸，正躲在某个岩石底下，幸灾乐祸地看着略显狼狈的我们。

它是驴友期待和寻找的风景，在它眼里，我们何尝不是它平静生活的调剂？

正胡思乱想，豆大的雨点便砸了下来。

各色雨衣悉数登场，五颜六色的雨衣，点缀在浓雾里，绚丽多姿，竟将山花比了下去。

刚刚穿好雨衣，密集的雨点便呼啸而来。

雨点打在雨衣上，噼啪作响。

雨点打在石阶上，腾起一阵轻烟。

雨点打在干硬的牛粪上，留下一点湿痕。

雨点打在盛开的野百合上，艳红的花瓣，剧烈摇摆，只一刻，便又恢复了婷婷的身姿。

雨越来越大，不一会儿，便将雾气全都浇灭，山光水色，短暂恢复清明。

雨水很快汇集在一起，裹着泥沙，沿着山路奔袭。

此时路中间正是水流最深的地方，是不能走的。只能沿着山路，踩在路两边的草地上，侧着身子，缓缓挪步。

如此艰难地行走了半小时，不远处出现一个亭子。

先到的队友挤在亭子里，谈笑休息，也拍下雨中青山非凡的风景。

乌云如一张藏青色的毛毯，一忽儿盖向东边，一忽儿翻向西边。

雨线便追随着云毯，绵绵不绝地垂落下来。

在亭子休息了十分钟左右，雨声逐渐远去。大家重新穿好雨衣，踏上下山的小路。

刚走了几十米远，机灵的雨点，飞奔着，嬉笑着，又扑了回来，劈头盖脸地砸在山间原野。

退回去，雨不知何时停歇。继续前进，防泼水的登山鞋估计也扛不住持久战。

进退两难。

我最终还是跟几位队员选择冒雨前行。

雨更急，似乎在嘲笑我们愚蠢的选择。

拄着登山杖的手，衣袖很快湿透。

雨水顺着雨衣，流在裤腿上，又沿着裤脚，溜进了鞋子里。

当雨水灌满鞋子，每走一步，鞋面上便挤出冒着白泡的水。抬起脚再落下，脚后跟将鞋子中的积水喷射而出。

灌木耷拉下了叶子，草儿俯低了身躯，娇嫩的野花也躲进了枝叶里。

队友们相携着往下，不算太远的下山路，走了两个小时。

终于抵达山底，百米开外就是大路，大家围在一起，嬉笑着展示沾满泥巴的鞋子裤脚。

"彩虹，快看！"不知谁惊呼一声。

远处山顶，赫然架起一道彩虹。

雨早已销声匿迹，碧空如洗。

万丈阳光，从西边的天空斜射下来，将湿漉漉的原野，照得分外碧翠。

犹自挂在草尖的水珠，迸发出五彩的光芒。

回望巍峨的山峰，想着刚刚经历的艰难，心有余悸，又满怀自豪。

在草丛里蹭去裤脚的污渍，在淌过马路的水里洗去鞋底的黄泥，完成行程的队友们轻松惬意。

东灵山的雨，突如其来，又悄然而走。

雨，增加了徒步的难度，也成就了一次别样的体验。

坐上回城的大巴，空气是潮湿的，潮湿的还有此刻的心情。

久在城市的人们，习惯了汽车空调，几点一线，惘然不知四季。可世界原本就是，日出东方，雨打荷塘，风卷云舒，各有各的美啊。

青山秀美，随时可赏。可雨中登东灵山，需要运气和勇气。

你看车窗外，黄昏的东灵山，如此恬静。火红的晚霞，刚经历风雨，它变得如此绚丽。

别了，东灵山！别了，东灵山的雨！

黄草梁的蘑菇

上山不易，下山更难。

上午十点从柏峪出发，经过悬空门、象鼻山，到达黄草梁，用时四小时，徒步八公里。

在黄草梁最高峰拍照休整之后，队伍稀稀拉拉地行进在下山的道路上，茂盛的枝叶和花朵，不断挑衅，时而挂住衣襟，时而拂过早已僵硬的脸颊。

衣服被汗水湿透，又被山风吹干，再被汗水湿透。如此反复几遍，早已没有最初的感觉。

下午四点，再次闯入一片白桦林。

高耸的树木，遮天蔽日，让人分不清东西南北。

林中厚厚一层枯朽的落叶，踩上去颤颤巍巍。

更有腐朽的味道从地面腾起，让本就闷热的空间，如蒸笼，如泥潭，挣扎都苍白无力。

好不容易逃出令人窒息的树林，前方是被灌木重重包围的土路。

地上遍布大大小小的石块，昨夜的雨，让石块尤为湿滑，稍不小心，就能体验一把漂移。

　　山峦和枝叶将时空分割开来，我在里边，其他一切都在外边。

　　阳光偶尔闯入这独立的时空，影影绰绰，斑斑点点，恍然如梦。

　　某一刻，太阳好像已经挂在了某个山头，走几步抬头望时，只见灰蒙蒙一片天空，哪有半点太阳的影子。

　　汗水浸入眼眶，有点疼，四周景物一片模糊。

　　举步维艰，连呼吸都变得无力，困倦如野草般滋长。好想就地躺倒，眯上哪怕一刻钟。

　　微微失神，不知不觉脱离了大部队，前不见队友，后不闻脚步。

　　突然响起几声乌鸦的叫声，忽远忽近，初听是一只，再听又像是一群。

　　山间无比静谧，衬得这鸦鸣更加沉闷、悲怆。

　　像颓然的叹息，像绝望的嘶吼，像看破尘世的告白。

　　树木花草，竟也诡异起来。

　　一阵凉意自脊背生起，瞬间传遍周身。

　　一把油纸伞凭空出现。

　　火红色的伞面，藕白色的伞柄。

　　碧绿、青翠，褪了开去。

　　深紫、淡蓝，褪了开去。

　　连晃晃悠悠的橘黄，也褪了开去。

　　世界一片混沌，只有火红和藕白越发清晰。

　　撑伞的是一只藕白的胳膊，它的主人，着藕白纱裙，婷婷立于伞下。火红长发无风自动，火红的唇抿成樱桃一点。

藕白与藕白还不一样，火红与火红也不尽相同，层次分明，却又融于一体，与生俱来的自然、和谐。

"你为什么爬山？"她并没有张嘴，声音像是从我的脑海里传来。

当然是看不一样的风景，在路上遇见更好的自己。我想。

而且，姑娘你看，我这一天流的汗，比过去几天还多。找虐？不存在的。洗心？似乎有一点点。

"路还很远，你已很累。你为何不停下来歇一歇？"

河南还在水深火热之中，南京疫情扑朔迷离……虽然我们录的加油视频注定不能扭转乾坤，但总是想表达一下心意。

坚持，勇敢，无畏，挑战，如果更多的人如此，人间大地，灯火自会更加通明。

"哇，好漂亮的蘑菇！"一声惊呼，真真切切地响在耳边。

终归被后面的队友追上了我的脚步。

几个人举着手机，凑近那朵火红的蘑菇一顿狂拍。

花花绿绿的户外服，将原本藕白与火红搅开来，世界又恢复了多彩的本来面貌。

红伞伞，白秆秆，吃完一起躺板板……

这么艳丽的蘑菇，自然是有毒的。

想起刚才片刻的恍惚，我赶紧掏出水来，灌了两口，略定了定神，才循着山路，快步离去。

"请注意，前方发现珍宝，大家只许看，不许碰。"对讲机里响起东风雨的声音。

好奇心驱使大家加快了脚步。

待赶到"珍宝"处，早已被先到的队友围了个水泄不通。

却是一个脸盆大的白色蘑菇，像发开了的面团。有认识的队伍介绍说这是马勃菌，具有一定的药用价值。

绝大多数队友没见过这奇怪的蘑菇，纷纷与之合影，直到领队反复催促，才依依不舍地继续下山。

山路起伏不定，一会儿陡直往上，一会儿盘旋向下。

景物不再新奇。

真正能打动人心的，就是东一朵、西一丛的蘑菇了。

淡白色的，黄褐色的，艳红色的，各种蘑菇让队友们即便旅途艰辛，也流连了脚步，留下大惊小怪的呼声，和角度不同的特写。

作为农村长大的孩子，我表面淡定，思绪却顺着光阴长河，逆流而上。

小时候，每年暑假，我都会随哥哥姐姐一起上山采蘑菇。

南方多雨，夏季下午下场雷阵雨，第二天上午，就是采蘑菇的好时候。

落叶松和杉树居多的山上，一朵朵或娇嫩羞涩或挺拔张扬的蘑菇，从杂草里，从落叶堆，从树后面，猛然显现在眼前。

满心欣喜，脚步不知疲倦。

从早饭后上山，到十点左右，大竹篮便满满当当。

一齐背了竹篮，去村里的水井边清洗，自豪与期待写在脸上。

村里的七大姑八大姨围过来，一边感叹今年的枞树菇少了，一边讨论哪个蘑菇可能有毒不能吃。

有一番表扬，分去一盆半盆的，喜笑颜开。有不屑一顾，赶紧回家找出竹篮上山自己采去的，斗志昂扬。

洗净的蘑菇，用五花肉、辣椒炒出两碗，一家人边吃边聊，愉悦，和气，心满意足。

其他的蘑菇，用竹席摊开晒干，装进蛇皮袋里，能吃到冬天。

随着时间流逝，越来越多的队友放慢了脚步，龟速前行。

不怪山路太崎岖，只是脚发软。

此时山间行走大约十五公里，筋疲力尽是许多人的真切感受。要完成二十公里的环穿，除了充沛的体能，还有顽强的意志。

"韭菜与肉剁成馅包饺子，吃饱都不腻。"自由飞翔放下空了的可乐瓶，整理着一大堆山顶掐的野韭菜。大兵默不作声，偷偷咽了几口口水。

"我还有一大瓶水，分你半瓶吧。"大五台解开背包，掏出一瓶电解质饮料，汗水从帽檐滴落。

"昨晚的月亮特别亮特别圆，你看我拍的。"小马自豪地展示着手机里的图片。

在一片草地小憩片刻，几位队友才又活了过来。

再次出发，天色越发昏暗。

不时有队友超越过去，原本在第一梯队的我，应该处在了队伍的中后方。

即便几个小朋友，拖着一瘸一拐的脚步，也追上了我。

当爬上最后一个山头，剩下的三公里路，就真只是下山了。

夕阳终于露出真容，笑红了的脸，将天空映得绯红。

绯红的晚霞，只在山尖上飘了片刻，便躲了开去。

天空越发昏暗，山间夜幕，以肉眼可见的速度降临。

积攒起所有的气力，加速前进，终于在天完全黑下来之前，赶到了集合地点。

从异界回到人间。周身疲软，整个人像从水里捞出来似的。

一辆面包车停在路边，车厢里琳琅满目的山珍果干。

"老乡你看我采的蘑菇能吃吗？"一位队友将保鲜袋装好的蘑菇递过去。

"能吃。"面容黝黑的老乡细看片刻，无比肯定地说。又问："你们哪里采的，多不多？"

"不远，大概三四公里。""特别多啊。""还有脸盆那么大的。"队友们便七嘴八舌地说了起来。

听得老乡眉开眼笑，仿佛看到了满山的蘑菇近在眼前。

简单拉伸之后上车坐定，领队无极回顾了今天的历程，带领大家把掌声送给完成 B+ 级徒步活动的自己。

车内弥漫着淡淡的香气。

那是蘑菇、韭菜、艾草等许多种植物混合的味道。

韭菜炒鸡蛋、包饺子，都好吃。

但毕竟韭菜常有，蘑菇不常有。

就像那世间突如其来的美事，碰上了，就好好品味。没碰上，还能日思夜想，梦寐以求？

明天我就去吃小鸡炖蘑菇。

摸了摸咕咕的肚子，我满怀期待地想。

京门铁路

曾有人问，你有多久没有凝视一汪明月？

可能很久了吧。

那么，自己有多久未曾凝视过自己的影子？

也已经不记得。

作为一名铁路科技工作者，我不知道零距离接触铁路能不能看见自己的影子，但有一种强烈的情感在心里流动。

无视 20 公里的里程，果断报名。

在俱乐部微信公众号上，百年京门铁路徒步活动很吸引人，"一条穿越历史的铁道，诉说了半部京城交通史"。

然而小枕头关注的重点并不在历史上。

"会有蜜蜂吗？"他问。

蜜蜂哪里都有，但是一百多人的徒步活动不常有，我说。

"那我也要去。"小孩子总是喜欢热闹。

　　既然要去，就带着他提前做点功课。我点开了网页，挑重点读给他听。

　　中国最早的铁路，是 1881 年修建的唐胥铁路，是中国自建的第一条标准轨运货铁路。中国铁路史，也从此开启，今年恰好是 140 周年。

　　京张铁路是中国人自行设计和建造的第一条干线铁路，由中国杰出的工程师詹天佑负责设计和主持修建，1905 年 10 月 2 日动工，四年后通车。

　　"不是京门铁路吗？"他举手提问。

　　"京门铁路，是京张铁路的辅助铁路，也是由詹天佑于 1906 年主持建造。距现在也有一百多年，目前已经废弃。这才是我们周末徒步活动的地方。"

　　哦哦，知道了，他抢过鼠标，自己看起了中国铁路发展简史。

　　过了几分钟，乘我不注意，点开了《岳飞传》。

　　周六是个大晴天。

　　两辆大巴满满当当。

　　领队无极领着一百多人的庞大队伍，在京门铁路遗址公园做热身运动，引来好几位大爷驻足观望，更有一位大妈举着手机，拍起了视频。

　　之后走出几十米，就见到了杂草丛生的铁路。

　　队友们兴奋地跑着，跳着，叫着，寻找各种角度拍照留念。

　　队伍拉得很长，但也长不过一眼望不到尽头的铁轨。

　　酸枣树和一些灌木乔木形成的篱笆，将铁路隔开，成为一方相对独立的世界。

铁路下边是公路和村庄，汽车呼啸而过，谁家的狗儿在打架。

天空中的一轮白日，竟也被我们感染，逐渐变得炙热起来。

铁轨锈迹斑斑，悄然伸向远方，在远处微微拐了个弯，消失在山峦之间。

几枝紫色的牵牛花，精神抖擞盛开在这秋日的上午，吸饱了昨夜的露水，每一片花瓣都娇艳欲滴。就这么咧着嘴，爽朗地笑着爬上了铁路。长满茸毛的藤蔓，甚至在冰冷的铁轨上绕了几圈。

也曾火车轰鸣，也曾忙碌不堪，也曾雄伟高冷，现如今，它就像一位迟暮的老人，慈祥而稍显木讷。

茂密的杂草，就如久不修饰的胡须。

胡须里自然长满了故事。

无须有酒，走近他，就能聆听久远的欢乐沧桑。

起风了，风摇晃着他的胡子，在轨枕与路基的空隙中游荡。

你听，他正用沙哑的嗓音，讲述一段淡去的历史……

走在铁路中间，每一步都差不多 60 厘米。

初时觉得有趣，没多久便变得枯燥。

关键还时刻不能分心，因为一不小心，就能被轨枕或是藤蔓绊倒。

在满是钢筋和混凝土的铁路上摔倒，想想就牙根疼。

走了一公里不到，小枕头就满头大汗。脸便也拉了下来。

"小朋友加油，喝点牛奶补充能量。"队友席菊转过头，递来一盒牛奶。

他抬起眼皮瞟了我一眼，见我并没有反对，才开心地接过来，"谢谢阿姨！"说着话，便已经美滋滋地喝上了牛奶。

太阳明晃晃，少许几丝风也是温热的。

眼皮随着脚步变得沉重，脚下栅栏一般的轨枕，开始有点模糊。

"宝贝快走！"收队何班长不时催促。

小枕头抱着胳膊，警惕地注视着铁路边野花上有无蜜蜂，抿着的嘴，显示出内心的紧张。

"隧道，一号隧道到啦！"对讲机里传来惊呼声。

拉着小枕头的手，快走几步，果然转过一道弯，不远的前方就是如一道拱门的隧道。

还没走进隧道，风便从隧道对面吹过来。

哇，好凉快！小枕头喜笑颜开地跑过去，一屁股坐在隧道口的铁轨上。

隧道并不长，几名队友在另一头拍照，依稀可见几道舞动的剪影。

隧道穿过坚硬的山体岩石，形成一方别样空间。

不时有水滴从顶上滴落，使得隧道内越发湿润、清凉。

从一号隧道出来，紧挨着便是二号隧道。

已不再有先前的好奇，只是缓步通过，享受了片刻的凉爽。之后的三号四号，也是如此。

"还要走多远！"小枕头终于开始抱怨，"全都是一样的路，一点不好玩。"

"铁路虽然差不多，但是风景不一样啊，可能会遇到拦路的野花，可能有酸酸甜甜的野枣，还可能有会飞的蚂蚱。"我用脖套给他擦去额头上的汗水。

"嗯嗯，有道理。"他兴致高了起来。

"哇，真的有野枣，好多好多啊！"他忽然惊叫起来，指着右前方。

那是一排枣树，挂满了尖头的枣，青的，黄的，红的，很是诱人。

几名前面的队员纷纷驻足采摘品尝。

"这不是野枣，是我们种的！"一位富态的大妈出现在枣树下，大声喊着。

大家连忙道歉，拍几张照片继续前行。

"小伙子，累不累？"走过大妈跟前时，她问。

"这么热，这么远，当然累啊！"小枕头喘着气，随口答道，眼睛却盯着枣树，咽了一口口水。

"能不累吗，这大热天的……"大妈念叨着，"奶奶给你摘几颗枣。"

还没来得及婉拒，她已手脚麻利地摘了十来颗红黄相间的尖枣，递给小枕头。

小枕头用一双手捧了，连连道谢。

我尝了一颗，清脆，酸甜。

再要吃时，小屁孩赶紧塞进背包，紧紧地抱住，"要留给妈妈吃。"

我只得默默掏出矿泉水灌了两口，继续赶路。

五号隧道最长，有好几百米，中间一段伸手不见五指。

打开手机手电筒，微弱的光很快被黑暗吞噬。

只得从背包里掏出头灯，才能看清脚下的铁路。

隧道上滴落的水连成串，在轨枕下方汇聚成小水潭。

轨枕特别湿滑，我小心翼翼跟在小枕头身后，循着他的脚步前行。

黑暗中能听见前后队友的声音，甚至有点回音。

"好好玩，我们慢点走吧。"小枕头开心不已。

隧道内不安全，要快点离开，我低声催促。

终于穿过隧道，眼前青山怪石，一片光明。

几位队友快步超过我们。

"小伙子几岁啦？"一位魁梧男子问。

"十一岁。"小枕头头也没抬。

"这么小就领着出来锻炼，将来肯定有出息。"一位大姐赞叹道。

小枕头将头扭过一边，咧着嘴偷笑。

对于这点，我倒真没有特别执着。自己小时候不是神童，现在也并不睿智，预计将来也不会成为智叟。

因此也从未指望他能光芒四射。

健康快乐，是对他最大的期盼和祝福。

然而谁不爱听好听的呢？

午饭是在铁路边上村子里树荫下吃的。

大家各自找一片干净的水泥地，席地而坐，简单或丰盛的干粮水果，吃得特别香甜。

馋嘴的小枕头打了一圈秋风，右手抓着一个鸡翅啃，左手抓着两个火腿肠，眼睛瞪着盒子里洗净的李子。

眼不见为净，我假装不认识，低头快步走开。

补充了水分和食物的队伍，走起来更加轻快。

但小枕头开始好奇路边的野枣，草丛的虫子，没多久便又落在了队伍的后边。

正帮他摘几颗野枣，猛然听见常委在对讲机里说，"何班长你快点，别磨磨叽叽！"

却是收队的何班长走了过来。

他一面走，一面歪着脑袋，对着对讲机回道，"火车跑得快，全靠车头带。你倒是快点啊！"

说完，又看了我俩一眼，"又落到最后了啊！"

其实也不算最后，还有好几位队员一起呢。

再走了一段，铁路边有一小片荫凉，几位队员正坐在路边休息。

这次团队最小的小男孩，依偎在妈妈的怀里，睡得正香。

大家说话都尽量小声。

一只绿色的螳螂突突飞过来，落在边上的草尖。

小枕头赶紧将矿泉水喝干净，蹑手蹑脚靠过去，猛然出击，将它套进了瓶子里。

看着惊慌失措胡乱攀爬的螳螂，他眼里放光，看得津津有味。

直到队伍再次启程，他还目不转睛地瞪着瓶子。

年轻的妈妈将熟睡的孩子背在背上，在笔直的铁路上稳步前行。

孩子的头歪在妈妈的肩膀上，炙热的阳光照着他的后脑勺。

这一幕，久违而熟悉。

小时候，我无数次这样趴在父亲或母亲的背上，在田间小路的虫鸣鸟叫中睡得无比香甜。

最早知道火车，是父亲跟我们讲起他年轻时修铁路的故事。后来终于在银幕上看到了那个庞然大物。我问："为什么叫火车呢？"二哥耐心地给我解释："因为只要铁轨上有块小石头，它就会起火。"

之后的很多年，我都深信不疑。

再看着那个全神贯注于逗弄螳螂的小屁孩，我叹了口气。

我想，在今后他的人生旅途，某个时候，突然想起曾经跟他的父亲一起走过京门铁路，能记起一些风景，一些说过的话，能有一些美好的回忆，或者感叹，我就很知足。

就会觉得，这样挥汗如雨的徒步，没白走。

至于像朱自清写《背影》一般，将这些美好写进文章里，从来没奢望过。

六号隧道到七号隧道的一段路，走得最为艰难。

太阳变得火辣辣。

晒红的脖子，被汗水一泡，又疼又痒。

近三万道轨枕，一路走下来，即使隔着厚实的登山鞋底，也硌得脚底板生疼。

"不行了，我的腿好疼。"小枕头坐在一棵树下，愁眉苦脸，"以后再也不来徒步了。"

"你可以心里这么想一下，但是不要轻易说出来。"我长出了一口气，蹲下来，"徒步本来就不是轻松的事，但是上次铁坨山的经历早就告诉我们——所有的艰难困苦，熬过去之后，回头看，其实都没那么难。"

是的，甚至会有那么一点点，有趣。

他抿着嘴，没说话。

我给他揉了揉小腿，再让他喝了几口饮料，哄着起身继续赶路。

"一天 20 公里，你在同学中算很厉害的了。"我说。

"对啊！"他眼里满是激动，伸手抹了一把脸上的汗，撑开小伞，转身走上了碎石路。

当终于走到七号隧道，却有十来位队友正在歇息，大家有说有笑，分享着小零食。

小枕头收获了两块巧克力，一颗糖，再喝了几口饮料，立刻就活跃起来。举着装了两只螳螂的瓶子，手舞足蹈地说，"它们打起来了。哇，绿色的那只好厉害，它一招就把灰色的那只打趴下了……"

之前睡着的那位小朋友，早已醒来，饶有兴趣地看着他，只说真的吗？真的打起来了吗？却也不走近来观看。

再有两公里就可抵达这次徒步活动的终点，我如释重负。

脚下的铁轨，百年风雨，归于静寂。

人与人之间，更多的就像这铁轨，平行在这个世界上。

所有的相遇，都值得真心以待。

你看常委和何班长，每次斗嘴乐此不疲，但是谁都看得出来那份深厚的战友情。曾经一起扛枪，现在还能有共同的爱好，时常相聚，回忆绿色军营青葱岁月，诉说当下的苦与乐，何其幸也！

你看"懒猫",时隔多年,在帝都能与中学同学银河相聚山水之间,能与彩霞、安妮等旅友成为闺蜜,跨越时空,弥足珍贵。

你看团队最年长的门连青老大哥,66 岁的年纪,坚持每周参加徒步活动,每次走在第一梯队,每次都带各种好吃的,招呼身边的队友分享。

你看或眼熟或陌生的小朋友,吃力却倔强的神色,丝毫不输成年人的干练、老成,只是偶尔对美食美景的惊叹,才不经意透露出孩子的天真。

你看铁轨无言,秋阳触手可及,心随平行的两条线,延伸至目光不能企及的远方。

你看中国高铁,只用十几年,就走过了发达国家几十年的路,领跑全世界。铁路,尤其是高铁的发展,改变了人们的生活。

我们生在这个美好的时代,有幸见证了这一切,还将会见证和亲历更多的美好,能不庆幸?

队伍在韭园集合,非常齐整。

其时太阳西斜,群山中若隐若现的京门铁路,那么亲切,那么遥远。

在回城的车上,小枕头依旧兴致勃勃地逗着螳螂。

我给他揉着大腿小腿。

腿很软,身体很疲惫,心却是舒坦的,澎湃的。

就像心中凭空生出两条铁轨,伸入浩瀚的星空,直至无垠。

马蜂的家

昨晚背完辛弃疾的《西江月·夜行黄沙道中》，小枕头又捧着一本《封神演义》看得入迷。

几次催他洗漱也无动于衷。

"早点睡，明天跟我去爬山，已经给你报名了。"我不得不使出撒手锏。

"哇，真的吗？"他高兴地跳起来。

这次铁坨山环穿是 B 级线路，原本不接受未成年报名，但是鉴于此前他已经参加过三次难度中等偏下的活动，领队特批参加。

呵呵呵，他得意地笑起来。

"但是你要知道，只要是户外，没有容易的。"我摸摸他的头，"我们可能会碰到各种各样的困难，希望你有个心理准备，也要早点休息。"

"嗯嗯，我不怕困难。"他小鸡啄米般地点着头，乖巧地走进洗手间。

十几分钟后，他果然进入了梦乡，嘴角微微翘着。

北京今年下了太多的雨，加上断断续续的疫情，让人心情都有点霉味。

难得坚持了快一年的户外活动，可选范围也就那么几个郊区。

自己参加户外轻松随意，带个小人儿同行，压力大很多很多。

脑海里翻来覆去把要带的东西捋了一遍又一遍，想起什么，总要爬起来把东西找到，塞进背包里。

万籁俱寂，窗外高悬一轮圆月。

忍不住吟诗一首：

> 秋月凝秋水，
> 秋雨驾秋风。
> 花去秋山在，
> 何处挂秋思。

最后躺下，睡得也不太安稳。

辗转反侧好不容易熬到闹钟响起。

五点半，天已大亮。

烧水泡茶煮面，直到六点一刻，才去叫醒蜷在床脚的小枕头。

"好困啊，再让我睡一分钟。"他闭着眼睛，伸了个懒腰，转身朝着墙。

我捏了捏他肉肉的小腿，"赶不上车可就不能去爬山了哦"。

"我要去。"他一骨碌爬起来，依然闭着眼，摸索着套上昨晚给他准备好的 T 恤。

打着哈欠吃过早饭，耷拉着脑袋跟在我身后出门。身影单薄，背包就显得过于大了。

"你这状态看着不太行啊！"我担心道，"要么你还是别去了吧？"

"我没事，待会儿在车上再睡一会儿就好了。"他加快脚步，走到我前头，登山杖在背包上晃晃悠悠。

我总有点心神不宁。

没想到，还没到山脚下，他在大巴车上就摔了一跤，右脚小腿上留下一道青痕。

开始爬山，他斗志昂扬走在我前面，念叨着这次要好好表现，争取以后来参加户外活动的机会。

可惜热情坚持不到十分钟，他就被两米来高的艾草打败了。

虽已入秋，茅草、艾叶依然枝繁叶茂，连着各色灌木，将道路掩得层层叠叠，密不透风。

不时有枝叶打在脸上，划过裸露的脖子，他红彤彤的小脸上，生起一团怒气。

"哎呀，刮得好疼啊。"他顿着脚，嘟着嘴，"我还以为是那种有台阶的路，早知道不来了。"

我取出他背包里的水，让他喝了一口，严肃地说："现在我们走得还不远，如果你真的不想爬，我们可以现在原路返回。"

他目光闪烁，低着头没作声。汗水从额头直接滴落在艾草上。

"如果要继续往前走，就不能老抱怨。"

他沉默片刻，循着若有若无的小路继续前行。

我暗自笑笑，紧跟着他的脚步。

耳里传来蜜蜂嗡嗡嗡的声音，却看不到它们的身影，各种鸟儿虫儿，也分外兴奋，一齐奏响不知名的乐章。

"还记得昨晚学的词吗？"我问。

"当然记得。"他头也不回。

"原文是'明月别枝惊鹊，清风半夜鸣蝉'。"我喘着气，尽量让语气平缓，"你看，要是换两个词，就可以用来描绘现在的情景。"

"什么词？"他终于在一棵树下站定，回头看着我，长长的睫毛上挂着汗珠。

"红日别枝惊鹊，清风正午鸣蝉。"我说。

"可惜没有鹊，也没有蝉。"他抬头看了一圈高高的树冠，有点失望地擦着汗。

"蝉！"他突然惊叫一声，指着身边一根树枝上的黑影。

"你看，有蝉吧！"我一边说着，一边伸手过去，想要捉住那只昏昏欲睡的蝉。

"别抓它！"他小心而急促地说。

指尖快要触到透明的蝉翼时，它猛地张开翅膀，很快消失在林间。

他幸灾乐祸地笑了。

"啊！蜈蚣！"没走几步，他又惊叫着跑了回来。

两只手指长短的马陆气定神闲地爬过山路，身体两侧无数只脚快速划动，看着确实有点像蜈蚣。

"这是马陆，山上很常见。"我哭笑不得。

它会不会咬人，这个我还真不知道，但是如果掉进脖子里，一定一身鸡皮疙瘩。

他小心翼翼地跨过去，脚在潮湿的石头上一滑，一个趔趄，差点摔倒。

看着他踉跄的身影，我又好气又好笑。

小时候我胆小到不敢独自上学，这莫非也是遗传？

在灌木丛中走走停停，好不容易走到一片白桦树林。凉爽的风吹得树叶沙沙作响，偶尔几滴水珠从上面落下来，打在胳膊上，分外清凉。

小枕头显然忘了之前的不快，稳稳走在山石路上，还不时提醒我小心脚下，小心有刺。

几只蜜蜂在周围盘旋，兴许是欢迎我们这些不畏艰辛前来的客人？

正要停下来喝水，前面小枕头再次惊叫起来。

"哎呀，蜜蜂蜇我……"他掉头冲向我。几只灰色的小蜜蜂紧追不舍。

"别跑，别跑，站着别动。"我赶紧扔掉登山杖，将他抱进怀里。

还没来得及蹲下，眉头一疼，一个黑影出现在墨镜里。

我慌忙摘掉墨镜，用手将还叮在眉头的蜜蜂扫掉。

左手胳膊又是一疼，已经顾不上了。

十几只蜜蜂近在眼前，暴躁地飞来飞去。

"别动，别动！"将惊恐的孩子搂住，尽可能贴近我。

几分钟之后，狂乱的蜜蜂终于散去。我轻手轻脚捡起登山杖，拉着他的手，缓缓朝前走。

走出几十米远，才停下来查看。

他胸口正中被蜇了一下，毒针已经掉落，肿起来玉米粒大小一个红包。

"是马蜂，还好不大只！"何班长走在队伍最后，在路中间一块石头下发现了一个蜂巢，已经被踩坏，成群结队的马蜂在周围飞舞。

除了我俩，领队暴风雪，队友薛姐，都被蜇了一口。

婉茹姐掏出青草药膏，让被蜇的每人抹上一点。

药膏的清凉稍稍缓解了疼痛。

小枕头却仍是龇牙咧嘴倒吸着凉气，迟迟不肯迈出脚步。

"你以前被蜜蜂蜇过吗？"他问。

小时候去地里掰玉米，去山上采野果，在上学路上捉蜜蜂，在屋檐下看蜘蛛，都被蜜蜂蜇过。最厉害的一次正好蜇在眼睛下面，肿得像个馒头，过了一个礼拜眼睛看东西还有点模糊。

"没被蜜蜂蜇过的，那都不叫作童年。"暴风雪从边上走过，"小伙子，加油往前走！只要不跑就没事。"

"如果不跑，就算有蜜蜂也不会蜇人对吧？"他将信将疑。

"是的，一般情况下是的。"我说。

小枕头挪动脚步，踩着乱石往上攀登，每每我见他吃力从后面扶他一把，他便惊慌失措地说："你轻点啊，别惊动了蜜蜂。"

见到有野花的路段，他更是踌躇不前，盯着稀疏的几朵花，看是否有蜜蜂。

"不用那么紧张，就算有蜜蜂，你不招惹它，它也不会攻击你。"我耐着性子说。

他抿着嘴，小步走在前面。

最陡的一段路，领队独角兽将带的绳子绑在树上，与暴风雪、何班长、常委一起，帮助队友安全通过。

有风吹来，汗湿的衣服有了凉意。

在有着"铁坨山"字样的铁塔下休息时，小枕头左顾右盼，寻找着似乎无处不在的马鹿，不肯坐下。

就这么站着喝了小半瓶水，吃了几块点心，又随着队伍前行。

再走了约半个小时，便到达山顶午餐地点。

几棵树围出一块方圆五米左右的空气，有树荫，但是没有风。

空气仿佛凝固，虫鸣鸟叫忽远忽近。

即便在用餐的时候，小枕头依然警惕地注意着四周。

"那里有只长腿的蜘蛛，它的腿好长啊……叔叔你头顶有蜜蜂，小心别动……马鹿，马鹿！"

长腿大兵终于忍受不了他的唠叨。"小枕头你能安静点吗？就算有蜜蜂也被你吵晕了。"

小枕头咧嘴呵呵呵笑，盯着不远处石头上的一只蜥蜴怔怔出神。

下午一点半，休整过后的队伍开始下山。

"小心脚下啊，已经发现两条蛇了。"暴风雪的声音在对讲机里响起。

"啊，有蛇啊！"小枕头刚刚放下一点的心又悬了起来。

"蛇也怕人的，咱们走在路上就没事。"我安慰道。

"哎呀，这么多虫子、蜜蜂，还有蛇，好烦人啊。"他气恼地用登山杖拨开身前的茅草。

"但山林就是它们的家啊，是我们打扰了它们。"我说，"刚才马蜂也是因为家被破坏了，才攻击我们。"

"马蜂的家是什么样的？"他问。

我见过很多种，小的像一个莲蓬，挂在树枝上或者屋檐下。大的像一个大面包，纺锤形、圆球形都有。

他沉默不语。

一道粉色的身影超过我们，在不远处停下，附身下去，捡起树丛里的空瓶子，用脚踩踩，装进手上的垃圾袋里。

她的背包上，已经有了一个装满各种瓶子罐子袋子的垃圾袋。

"那个姐姐捡瓶子卖吗？"小枕头好奇道。

"不是吧，她只是想尽可能多地把垃圾带下山。"

"我知道了，是要还虫儿鸟儿一个干净美丽的家。"他若有所思地说。

下山的路除了慢点，一切都算顺利。六小时十一公里的环穿，终于完成，腿有点抖，眼睛有点涩。

回城路上也畅通无阻，回到家才下午五点。

用小苏打清洗了被蜇的部位，小枕头说已经不那么疼了。

"爸爸，你看，原来马蜂的家这么神奇！"他没有急着洗澡，却是打开电脑，搜索出马蜂窝的图片。"踩坏的家得很长时间才能修好吧！"

临睡觉前，给他揉揉腿肚子，他舒服得眉开眼笑。

"今后我还是想去爬山，我会注意安全。"他一脸认真地说，"注意自己安全，也不破坏马蜂和鸟儿的家。"

摊开的《动物世界》还在枕头边，他已然沉入梦乡。

生如夏花

盛夏是万物膨胀的季节。连养在窗台下的绿萝都疯狂生长。

早上起来给养的花花草草浇了水，这才吃过早饭赶往公主坟集合地点。

这次徒步目的地是河北崇礼县玉石梁。

之前户外俱乐部介绍说，玉石梁位于崇礼县与赤城县的交界处，为海拔 2000 多米的高山甸子梁。这里的山峰秀丽，犹如少女般婀娜多姿；这里的盛夏，青草茵茵山花烂漫犹如花的海洋；这里有着古老的长城，蜿蜒起伏犹如一条巨龙伏在大地之上。

大巴车上，睡睡醒醒，窗外景物飞逝，梦里一片花的海洋。

当车停下，开始徒步行走，穿过泉子村大约两公里的水泥路，来到山脚下时，时间已近十二点。

说是山脚下，海拔却已超过 1800 米。

太阳明晃晃地照着大地，茂盛的草木将山路遮掩得几近如无。

湿热的空气和成群结队的蚊虫从草丛腾起，萦绕在人周围不肯散去。

细密的汗从头上脸上身上渗出来，不久便汇集在一起，沿着脸颊、后背、胸前，蜿蜒爬行，痒痒的。

湿了的衣服便贴在肌肤上，风一吹，一片冰凉，很快又被热的汗水掩盖。

好在树林与草甸交相辉映，无数怒放的野花吸引了大家的目光。顶着烈日赏花拍照，竟也不觉辛苦。

婉茹姐停下脚步，挂着两根登山杖，站在路中间。"累了就歇一歇。"路过的队友关心道。"有点晕。"她说，"不是累，是晕。"

情况很快汇报到领队东风雨那里。他正召集大家在白桦树林集合吃午饭。"让婉茹原地休息十分钟，然后原路返回。"东风雨冲对讲机说。"收到。"收队常委回复。

老驴友都如此快出现不适，看来今天的徒步非常艰辛。

午餐比平日稍晚，但这才爬山半小时而已，后面任务艰巨。饭后行走，大家都加快了脚步。一路鲜花野草，尘土沙石，登上玉石梁时，仅用了一个多小时。

只见一条乱石连成的长龙，静卧在山梁上，目之所及，不见首尾。正是北齐土长城遗址。

长龙两侧，各有一片花的海洋。同样绚丽多姿，却又各有风姿。这面的花海，杂草丛生，各色野花在草丛里时隐时现，如夜空的繁星。那面的花海，怪石林立，东一片黄花，西一片白花，错落有致又偶尔相互渗透。

我放下背包，坐在一块石头上，看着将要爬上鞋面的野花，思绪短暂混乱。

都说春花烂漫，但夏花更有其独特的魅力。

相比于春风春雨滋养的娇嫩春花，暴风骤雨烈日洗礼的夏花，更为从容、于然、坚忍。

脑海里浮光掠影，闪过许多花团锦簇的画面。

养在院子里的茶花月季，摆在广场的花盆，哪怕缠做拱门，或者堆成花墙，惊艳是有的，却无法让人生出太多的感慨。

但当置身玉石梁的花海，生如夏花几个字突然就冒了出来。

在高高山岗之上，在风霜雨雪袭击之下，在马牛羊甚至灌木野草的围追堵截之中，未曾自艾自怨，顽强生长，微笑地面对这个世界。

这才是生如夏花的夏花吧。

那高高低低的花枝，黄的耀眼，白的纯洁，紫的高贵，没有规律，就那么随意地交织在一起，看似不经意，恰恰最自然。

如一幅浓墨重彩的油画，有明有暗，有艳丽有清淡，有特写有总览，让人百看不厌，心生欢喜。

队友们或坐下小憩发呆，或站立巨石之上远眺，或奔走花丛间拍照留念。

阳光将人的影子投射在草甸上，我们便也成了图画的一部分。

山风吹过，画又动了起来，荡漾着，汹涌着，钻入梦境里。

是的，白日的梦境。

梦里能听见蜜蜂嗡嗡、鸟儿歌唱、牛马声悠扬，梦里能闻到花的芬芳，梦里能看见阳光下岁月静好一派美好景象。

美好的不止花海，还有如蝴蝶般穿梭在花海拍照的阳光女神们。

你看那换上纱裙拉着两位美女拍大片的队医欣然，你看那坐在花丛将帽子抛向碧空的小马，你看那抱怨先生坐在石堆不肯挪步下来零距离体验花海的小姐姐，眉尖都洋溢着喜悦，生动的脸，美如夏花。

婉茹姐竟也出现在山崖花海旁。原来她休息之后，不肯放弃近在眼前的视觉盛宴，顽强地追上了大部队。

此刻婷婷立于花海的她，美若天仙。

眼前喧闹却又无比宁静的场景，让我感慨万千。

阳光传统是女多男少。每次徒步，几位男士点缀在阳光女神之中，羞涩内敛。

女生更活泼，缘于女生更多？也许是。又或者，脑力劳动被女士顶了半边天，大家逐渐接受。现如今，以体力为主的徒步，女士居然也压我们一头，不敢吭声，低调做人。

行走的阳光团队里的女生，着实更敢于和善于表达自己。每次半途叫苦连天的是女生，看到美景流连不前的还是女生。每次徒步，主动与我说话的，绝大多数也是女生。

野山坡那次，徒步结束时，大家或坐或站在终点等待大巴车。一位五十来岁的瘦高大姐，走过来，小声问道："你是不是边人？"我冲她微微一笑点头。她便高兴得跳了起来。

"好几次认错人，今天终于对上号了。"大姐激动地说，"我很喜欢看你的文章，每篇都看。"感激之余，我竟不知如何表达。

到现在我也尚未认识她，但她当时那少女般的开心和眼里闪烁的小星星，那种敢于表达喜好的性情，不正是原本纯粹的真与美吗？

二十余次徒步活动，见识了许许多多阳光女神，有新的老朋友，亦有老的新朋友。

在长城上长裙着地的"郡主"，每次都说艰难每次都顺利完成的才女韩姐，反复"走关系"终于实现登东灵山梦年过花甲的小明姐，不停从包里掏出面包香肠糖果让人吃的大侠姐……

　　一个个名字和身影浮现在脑海，如墨色大海之中，开出无数朵绚丽的鲜花。

　　她们或许不再年轻，但积极、阳光的面貌，如此动人。

　　至于阳光男神们，并不是说刷不到存在感。山间美景，人间真情，看在不同人的眼里，感受不同，感触不同。但那份阅历，那份步步登高的心气儿，并未低了分毫。

　　在风和日丽的时候，男神们大抵沦落成了陪衬的绿叶。但在坎坷与险阻之时，伟岸的身影，有力的臂膀，都是团队安全行进的保障。

　　更何况，你看罗汉魁梧如斯，领着一队女神，扭起热门的舞蹈，那身姿，何曾少了半点妖娆？

　　你看原本严肃的常委，在何班长的撺掇下，领着小马在大马路上摇头晃脑，动作有点生硬，但至少能踩在节奏上，是也不是？

　　一路走，一路看，一路品味，一路欢笑，时间就这么悄然流走。

　　坐上回程的大巴车，车里如往常一样嘀嘀响个不停，一张张照片一段段视频分享到群里，每个人都疲惫而满足。

　　玉石梁的花海最为浩瀚，在这盛夏之中平添一片清凉。

　　走过之后，艰辛与汗水便抛在身后。留在记忆深处的，只有玉石梁上的花海，还有共同走过山河的队友。

　　还有许多的路要走，多少年后，无论怎样的旅程，记起那片夏日的花海，记起那些灿烂的脸庞，生如夏花，便是对过往的感慨，以及对自己的鞭策吧。

冷　山

　　冬至后的第一个周末，气温骤降，低温将许多人留在家中。

　　早上在被窝里下了好久决心才爬起来，开启门头沟栖隐寺徒步之旅。

　　平日里每到周末，公主坟机场大巴站就热闹非凡，各种爬山徒步团在这里集合出发。

　　我到达时，路边只孤零零停着一辆大巴。何班长、常波、阿钰领队站在一棵老树下跺着脚。

　　"马上出发了，怎么人都去哪里了呢？"阿钰诧异道。"肯定是在新兴宾馆或者是兰州拉面馆里躲着。"何班长说。"这天太冷了，外面待不住啊。"常波抖着腿，朝远处看看，"那个是不是咱们的车？"

　　一辆大巴打着转向灯开过来，缓缓停在我们身边。车门打开，车上几个熟悉的身影。

　　飞一般蹿了上去，将背包放下，跟周边几位队友打了招呼，我往椅子上一靠，便睡了过去。

　　"下车，下车！"不知过了多久，何班长扯着嗓子喊起来。

人们停止交谈，飞快地穿上外套。或者从睡梦中醒来，擦了擦嘴角的口水，茫然四顾。

车门还没完全打开，寒风气势汹汹地闯进来，瞬间将车内的温暖一扫而空。

我打了个冷战，赶紧将冲锋衣的帽子戴上。

罗汉从座位上站起来，从背包侧兜掏出饮料，咕咚咕咚灌了几大口。

看着都冷，我打摆子似的抖起了腿。

待车上的人下去得差不多时，我才大喝一声，拎着背包冲下车。

冷风无孔不入，从衣领、袖口、裤脚钻进来。零下十摄氏度的天气，果然能轻易打败徒步人的斗志。

何班长大喊大叫，指挥跺着脚、哆嗦着嘴的人群列队，胡乱做了几下热身，便冲苍茫冰冷的山头一挥手，"上山！"

路边林木下，有薄薄的积雪。

太阳趴在远处的山头，我们这边只有刺骨寒风。

队伍快速行进，似乎走快点，才能抑制想要掉头回到开着空调的大巴车上的念头。

有人说，冬天北方的山里啥也没有。其实也不是，这里有清新空气，有起伏山峦，有广阔视野，有专注当下的心情。

碎石遍布路面，荆棘从两侧包抄。走在这样的小道上，想不专注都不行。

很多时候，需要举着两只手防止荆棘划脸，又要勾着头看清脚下的路。遇到特别陡峭的路段，更是要弓着身子，一步一个脚印往前挪。

才走出几百米，就见老驴友韩姐拄着两根登山杖垂着头站在路边。"怎么啦？"我问。"有点难受，可能刚刚走太快了，歇一歇。"她脸色苍白。

有领队过来关照，我继续往前走。

围脖拉起来护住口鼻，呼出的热气在棉布上凝结成冰，很快就冰凉一片。

上到一处宽阔平缓的地方，终于能歇口气，掏出热水来喝两口。

当热气模糊了墨镜，不由感叹，每一段旅程都不容易，需要行稳致远，坚持勇敢无畏。回头看，皆是风景。

山路总是起伏不定，才爬了一个坡，又要下一段路。

"哎呀！"随着一声惊呼，有队友摔了一个屁墩。

这在下坡的时候很是常见。

顾不得拍去裤子上的泥土，摔倒的人爬起来继续前行，不然就要造成整个队伍堵在阴冷的山间。

"终于有太阳啦！"前面的队友欢呼起来。

果然，转过一道弯，阳光从稀疏的树杈透过来，晒在人身上，便有了一丝暖意。

到达栖隐寺才十一点。

曾经的皇家寺庙，经历风风雨雨，依旧可见昨日的繁华。

呼啸的山风摇晃着草木树枝，似有千百僧人齐声唱诵，似有香客往来川流不息，似有烟火腾起久久盘桓，似有震耳钟声敲开天幕。

心底生起一片宁静，如水波荡漾，向更宽更远处扩散。

钢铁脚手架早已锈迹斑斑，大片枯败的藤蔓耷拉在上面，诉说着修缮工事戛然而止的悲伤。

在最大一座殿前，大门紧闭，阳光照在屋檐下台阶上。

"就在这里吃饭，其他找不到这么温暖的地方。"领队无极大声招呼。

众人在感叹这么早午餐之后，还是纷纷寻找合适的地盘。

各色餐点在艳阳下登台亮相，野餐垫铺起来，洗净的水果摆上，自热米饭泡上，很快就一片热气腾腾的景象。

前一天晚上，我在群里问谁要吃川味香肠，有几个人回应。

香肠切成两厘米左右一节煮熟放凉，再装进保鲜袋里带来了。熊姐我是认识的，过去给了她一节。其他两个却不认识。

"乐山爱水是哪位？"我问领队常委。"有事请假了。"常委正剥一个橙子。"心往何处呢？"我接着问。"我就是。"没等常委回答，坐在边上的一位大长腿举手示意。

啊，这位队友我认得的，今天还问我为啥没带孩子来爬山。

爬山一年以来，大部分的队友都脸熟，偶尔也会聊上几句，但就是跟名字对不上号。

从保鲜袋里夹走一节香肠，她回我一个橙子。"这是海南的橙子，皮薄味甜。"她说。

我接过来放进背包里。

晃了一圈，香肠分享出去。

夹了门老哥几片牛肉，啃了小马一片面包，吃了熊姐几颗小金橘，不知不觉已经吃饱。

这才摆出茶壶，泡上一壶热茶。

吃过了饭，喝过了茶，身上暖和不少，继续往上攀爬，终于感受到久违的汗意。

光秃秃的一段山路，阳光直射下来，明晃晃的。

"你最近在看什么书？"走在前面的小马回过头来，捂得严严实实看不到脸，墨镜反射的阳光尤为刺眼。

"《圣殿春秋》，蛮好看的。"我将围脖从鼻子上拉下来。

是谁说读书是最简便的旅行，旅行是最真切的阅读？

"我还在看《遥远的救世主》。"她转身过去，小心翼翼地踩在碎石上，"对了，你相信来世吗？"

一下把我问住了。

正思索着怎么回答，前面她的同伴一声惊呼，她一路小跑着远去。

之后一段时间，我机械地抬脚迈步，脑海里萦绕着这个问题。

我想到了一个画面。

桌上有一瓶酒，地上有一个箱子。

有人说箱子里有很多酒，有人说那只是个空箱子。但只有喝完了桌上的酒，才能开启地上的箱子。

有人火急火燎喝完桌上的酒，为了去寻找答案。更多的人，只是喝酒，并不去想地上的箱子。

酒有千味，开瓶香醇，入口苦涩、辛辣。有人厌恶这种味道，但又不得不喝。有人慢慢斟酌，仔细品味，看杯底滋生的泡泡，闻逐渐变化的香味，体验时光映射在酒里的甘醇。

酒就那么点。有人患得患失，不甘，不舍。随着酒水慢慢见底，恐惧和焦虑占据心灵。恍惚间，有人打翻了酒瓶。

有人从容不迫，努力把握当下，珍惜每一口酒，毕竟每一口都有它独特的味道。酒不会变多，但细斟慢饮让过程无比丰富，心灵充实、平和而满足。

桌上的酒就像我们的一生，地上的箱子就像缥缈的来世。

没有人知道箱子里是否有酒，我们是否还有来世。

我们能把握的，就是好好品味桌上的酒，从容淡定地过好这一生。

"边人大哥，来站在这块石头上，我给你拍个大片。"罗汉声如洪钟，把我从思绪中拽了出来。

抬眼望去，铁塔一般的罗汉已半跪在杂草间，举起了手机。

晌午的太阳最为有劲。即使山上零下十二摄氏度，只要在阳光底下，便不觉得太冷。

到最高点时，竟然还将帽子摘下来吹了会儿凉风。

下山总是比上山难，路中碎石在沙土上格外松滑，两边被砍掉的灌木露出一截截尖锐的枝丫，无论怎么走都得全神贯注。

"快点走，别拍照了！太阳下山就会冷得受不了。"何班长一如既往地在末尾催着还在摆着造型的队员。

眼看着收拢起光芒的太阳渐渐坠向西边的山头，队员们自觉加快了脚步。

从下山开始我便绑好了护膝，但陡峭的山路还是震得膝盖隐隐作痛。我弯着腰，曲着膝，拄着登山杖，尽量平稳地迈步。

随着脚步有节奏地呼吸，这样能避免胸闷气短。所有的思绪似乎已经停止，当下只有一个念头，就是踩稳这一步，迈出下一步。

这是爬山以来最冷的一次。我感觉到了手套里面的手指已经被山风吹得裂开口。

但我并没有后悔。

有许多困难让我们退却，也总会有一些理由让我们坚持。

待在室内当然温暖如春，但舒适容易让自我虚幻和膨胀，风霜雨雪，才会让自我真实和渺小。而这更接近生命的真相。

一路蹒跚着下了山，再走几公里的盘山路，穿过一个涵洞，终于抵达西六环的集合地点。

刚要卸下背包做做拉伸，就见大巴车开了过来，停在我们眼前。

在车上坐定，隔着满布水汽的玻璃回望不远处的山峦。

冷山如画，定格在画框里。

世上没有白走的路。比如此刻，坐在没有寒风的椅子上，已经心满意足。

在等后面队友抵达的空隙，我掏出手机，一一翻看一天的信息。

便有朋友问，这么冷的天，待在有暖气的房子里吃火锅不香吗？

当然香。但是看不到林间薄雪，不会觉得一口热水那么难能可贵，不会想原来幸福真的很简单。

又有人问，每次都背着茶壶不累吗？

当然累。但是热爱可抵岁月漫长。

山峰山谷间，总有一个地方，风景绝佳，阳光正好，握着茶杯，似乎能治愈一切，也能坚定前行的方向。

是夜，我在朋友圈记下，2021 年 12 月 25 日，栖隐寺穿越，零下十摄氏度徒步十五公里，爬升四百米，用时六个半小时。

室内，温暖干燥，我睡得香甜。

冷山有茶人，梦里全是客。铁马冰河暖，紫燕欲归来。

他乡月圆

秋天到了，北京并没有变成北平。

这个秋天的北京，竟是变成了江南。

天气预报三天两头有雨。曾经不准的预报，居然也准了。

雨忽大忽小，不管你乐不乐意，总在浇灌着这座古老而现代的都市。

中秋节前，雨淅淅沥沥下了一天一夜。

黎明时，雨丝仍不知疲倦地撩拨着窗外的老榆树。不再茂密的榆树叶，在秋风秋雨里瑟瑟发抖。

五点半准时起来煮水泡茶，检查背包。

据说龙门涧徒步活动轻松休闲，但相应的装备必不可少。加上要带着他们娘俩，准备工作更是马虎不得。

坐在茶桌旁，对面墙角一片喜庆的红光晃得眼晕。定睛一看，却是一盒杏花楼的月饼。

是啊，中秋将至，月饼必备。

可不知何时，那份对于月饼的热切期盼，那种心痒痒的感觉，早已消失得无影无踪。

天还下着雨，大巴车比预定时间晚了十分钟发车。

领队无极介绍了今天的行程，特意说，在传统节日中秋节之前组织这样一次活动，意义非凡。在介绍完中秋节的来历后，他问，"大家知道中秋节有哪些习俗吗？"

"中秋节要吃月饼。"

"要赏月。"

"要喝桂花酒。"

"要放假。"

"要秋游。"

大人小孩一通抢答。

"大家说得都没错，但最重要的，是要团圆。"无极举着话筒，深情地吟诵道，"明月几时有，把酒问青天……但愿人长久，千里共婵娟。"

我的思绪，飘出了很远很远。

小时候，特别馋。

看到别人嘴巴动，就会凑过去，"什么好吃的，能给我吃一点吗？"

母亲把泡酒的药渣晒干，和上糯米碾碎，揉作一个个小团子，菜籽油一炸，香喷喷的，我一口气能吃好几个。

除了春节，每年中秋，是最为期待的节日。

秋天，是农村孩子垂涎已久的季节。地里的橘子、玉米、花生成熟了，山上的野栗子成熟了，山楂红了，水里的鱼儿虾儿肥了。

每到傍晚，村里随处飘荡着美妙的味道。

但最勾人的，无疑还是月饼的甜香。

村里人家无论贫富，中秋节总会准备几个月饼。

老人和孩子喜欢走家串户，瞄一眼别人餐桌上的食物，感叹一下，八卦几句。末了，总不忘问一句："今年的月饼买了吗？"

"买了买了，从供销社买的宁乡月饼呢。"殷实之家，便会忙着站上凳子，从房梁上的竹篮里取出包袱来，解开包裹密实的月饼，"你闻闻，多香。你看这芝麻，多密……"

然后在羡慕的眼光和夸赞的话语里，小心翼翼重新包好，挂上房梁。

月饼不只是财富的象征，更像是一种对待生活的态度。

在并不漫长的人生道路上，总有数不清的坎坷，总有心累心慌心迷茫的时候。在那些特殊的日子里，尝过了一点甜，就能忘却更多的苦。

今后的道路上，可能会只记得那些甜蜜的时刻，甚至，那些吃过的苦，似乎也有了回甘的余味。

我家兄弟姐妹多，每年中秋节之前，父亲都会特意跑一趟县城，去买月饼。

有一年，父亲买回来的月饼，也不给我们看，交给母亲藏起来。

最能爬高爬低的大哥，最会捉迷藏的我，翻箱倒柜好几天，也找不到月饼的踪迹。

姨奶奶来问我家月饼时，母亲才从谷仓的稻谷里，掏出包着黄油纸的月饼来。

"哇，好大的月饼！"姨奶奶发出一声惊叹，"供销社没有这么大的月饼啊！"

"县上去买的！"母亲自豪地托着月饼，转了几个方向，好让姨奶奶看得更真切，"八月十五的时候，给您留一块啊。"

"多谢多谢！我们家也买了月饼。"姨奶奶迈着小碎步，快步离开，嘴里念叨着，"真有锅盖那么大的月饼啊……"

此后几天，我逢人就炫耀我家"锅盖那么大的月饼"，听得人口水一地，自己也暗自咽了好几回口水。

之后就是数着日子，盼望中秋快点来临。

终于到了日子，丰盛的晚饭也填不满心中的沟壑，胡乱扒了一碗饭，就将小桌子小板凳搬到门前的空地。

"月亮出来了，好大好圆，可以吃月饼了吧？"我不停地催促还在小口抿着烧酒的母亲。

哥哥姐姐们不说话，但一个个蠢蠢欲动，满眼期待。

一轮圆月，稳稳地挂在天空。

但总圆不过那个锅盖大的月饼。

现在生活水平提高了，月饼不再是奢侈的零食，更多成为一种象征。

只有小孩子，还是满怀对月饼的向往。

即便平日里吃着月饼，也不如中秋节那天的香。

中秋时，月是圆的，爷爷奶奶是慈祥的，爸爸妈妈是和蔼可亲的。

就像今天，大人孩子都暂时抛开繁重的日常，忘却令人焦虑的作业，跑到山沟沟里来，去翻山越岭，去蹚水过河，去摸摸黑了胡须的玉米棒，去追逐慌乱躲闪的蚂蚱。

刚到达龙门涧，雨便停了。

无数浓淡不一的云彩，在天空中缠绕，搅拌。似乎成为馅儿，为中秋节最大的那个月饼做着准备。

几个小朋友排成一排，跟着无极，迈着并不整齐的步伐，喊起了"一二三四"的口号。

那声音，清脆动人。

更有一个粉雕玉琢的小女孩，奶声奶气地拖着长长的尾音，闻之让人莞尔。

小枕头面对一群小弟弟小妹妹，反而腼腆起来。迟迟不肯加入"幼稚"而喧闹的队伍。

只远远地跟着，左顾右盼，让潺潺溪流和缤纷落叶，吸引自己的目光。

哦，山花已经消退，偶尔几枝黄的紫的，伫立在微寒的秋风里，略显单薄。

那刀削斧劈的绝壁上，茂盛顽强了一个夏天的树与藤蔓，安静了下来，任秋沾满身子，渗入骨子里。

一片，两片，无数片叶子，变得金黄。

在这青翠潮湿的天气里，燃烧起炫目的色彩，如仙境，如梦中。

行走在这样的峡谷里，人总是容易恍惚，不知身在何处，今夕是何年。

午餐是在一处瀑布边吃的。

山峰环立，围出一口青翠与土黄相间的深井。

人在井底，如在他乡。

井口如月，可望故乡。

轰隆隆的水声里，孩子们玩着水枪，大人们呼朋唤友分享美食。

这份虚幻而真实的热闹里，似有明月凝于水，竹篮捞月，碎又圆。

从龙门涧出来，去往灵水举人村的路上，天已放晴。

耀眼的光芒，透过明亮的车窗玻璃，照得人不由眯了眼。整个人，便舒服得想要睡过去。

村里错综复杂的老房子，很容易让人迷失方向。

但无论选择怎么走，稍微往高处一站，就能看见铸就几尊铜像的"举人广场"。

孩子们对老旧的建筑充满好奇，奔跑欢呼，乐此不疲。

直到回城的路上，一个个歪着身子，流着口水，带着满足与疲惫，带着对中秋节马上就要到来的喜悦，睡了过去。

快要到达公主坟时，不知谁惊呼一声，"哇，蓝月亮！"

哦，瓦蓝的天空，悄然挂上了一轮圆月。

那月亮，又大又圆，在逐渐暗下去的夜空里，发出淡淡的幽蓝光芒。

我看过很多的圆月。

在华山之巅，在纳木错湖畔，在火车、轮船上，在树梢、房顶上，在加班回家的街道上。

但最为明亮的，自然还是在故乡的月亮。

看完电影，跟在哥哥姐姐的身后回家。一汪明月高悬，将乡间小路镀上一层水银，格外醒目。

走在如河流的小路上，月光就跟着我们，一路走，一路荡漾。

人说幸福的童年能治愈一生。

是啊。不然为何每当心有苦楚，就会想到儿时的那轮圆月？

是夜，凉爽的风吹进客厅，吹起我杯中的茶香，在周遭四处游走。

饮尽杯中茶，我走去小枕头的房间。

撒了一天欢的孩子，睡得正香。偶尔咂巴一下嘴，梦里也是馋猫的模样。

馋嘴也会遗传吧。

我在心里笑了一回，推开窗。

可见夜空星星点点，却并没有那轮明月。但我知道，它必定就在对面的楼宇之后躲藏。

中秋佳节，他乡月圆。

他乡已月圆。

故乡的月，此刻也正圆吧。

深秋的诗

外出培训了两周，重回大学校园，度过了充实而惬意的一段时光。周五回到北京家中，入夜，静坐桌前，煮上水，泡一壶茶，便瞥见了桌角《零点的月亮》。

这就是了。在学校的宾馆，每日也运动读书，但总觉得意犹未尽。此刻看到它，就知道原来是忘了带它。

春花秋月，皆是吟诗作赋好时节。

在秋日暖阳下，秋月澄明时，捧一杯热茶，读几句他人的诗，何尝不是美妙的事？

有人说，诗意是与生俱来的禀赋。虽然通过后天练习，能更通达顺畅，但根源，还是来自血脉中独特的基因，来自那对万事万物极度敏锐的觉察，来自细微之处见天地的性格特质。

时间之马，穿过春夏秋，到了收获的季节，所有的付出、期盼，都化为喜悦。

奈何这喜悦之中，总有丝丝挥之不去的惆怅。

四季轮回，秋山红了，明年还会再绿。

头上的白发，却再也不会变黑。

恍惚间，我饮尽已然微凉的茶汤，洗漱睡去。梦里尽是飞舞的红叶。

翌日清晨，随着徒步群友去往北京房山药王谷。

秋天是北京最美的季节，眼看秋之将尽，错过就要再等一年。便还是想去山上看一眼。

这个秋天，秋雨把北京下成了江南。好不容易转晴，恰逢周末，景区竟是人山人海。疫情让景区管理颇为严格，所有人都在一个关卡下车扫描，贴上绿色的安全标签，才能坐回车上。

十一点，才到达徒步起点。在药王谷门口合了影，依次上山，便陆续有淡红、艳红、深红的叶，闯进视线里。

心清目明，脚步便流连。原本一条蜿蜒长线的队伍，逐渐扭曲，分散，任领队喊破嗓子，也再难复原。

红叶似乎怯了场，在暖阳下犹自瑟瑟发抖。

一路走走停停，不知不觉便走到了山顶。山峦壁立，斑斑点点的红叶分外显眼。午时已过，大家席地而坐，或风卷残云，或悠然自得，享用自带的午餐。

下定决心不再拖拉的小枕头，果然走在队伍的中前方。吃方便面时，还不忘了问："今天表现不错吧？"

我摘下他的渔夫帽，给他扇着风，由衷地夸赞了他几句。

他便眉开眼笑地转去旁边的叔叔阿姨那里求表扬了。

吃着面，也不妨碍他跟边上的阿姨聊得热火朝天。一袭红衣的旅友，竟也颇有兴致地掏出手机，给他展示此前爬山的照片。一大一小，在红叶下相谈甚欢。

我乐得清闲，去常波和韩姐那搜刮了一截玉米，一个白薯，这顿午饭就算丰盛圆满了。

小憩时，《零点的月亮》突然映射进脑海，不由诗意盎然，忐忑着用手机写下几句。

药王谷

已经没有了

传说中的药王

阳光行走

依旧遇见阳光

山峰山谷

飞舞着

漫天彩蝶

轻盈身姿艳丽耀眼

在蓝天下

如痴如醉绽放

秋山已如画

在这人间

浓墨重彩

红叶如火

又如何，红得过

梦里

你的容颜

诗中难免将这红叶美化，但沿着河谷下山时，白的岩石，清澈的小水潭，水潭里倒映的"金山"，美得不讲道理。

有特别陡峭的路段，我便要去拉小枕头的手。

"我自己能行。"他说。

"但是我有点害怕啊。"我坚持地牵起他的手。

"你是真害怕，还是担心我？"小屁孩慢慢长大，思维也变得敏捷。

"我是害怕你害怕我害怕。"我打趣说。

他呢喃了几遍，有点迷糊，不再纠结，任我牵着他往下走。

快到集合地点时，他问，"回去是不是要写日记？"

我说，可以是日记，也可以是散文，或者诗歌。

"可我不会写诗啊。"他苦恼地皱了皱鼻子。

"你可以先看看别人是怎么写的，然后多练习，就会了。"我说，"没有人天生就会的。"

他不置可否。等到了车上，收获队友的豆腐干、巧克力、面包，大吃一通，很快就歪在我身上睡了过去。

看完红叶回到家中，他拿出魔方研究起来，把日记的事忘到脑后。

我迫不及待地翻开诗集，寻找关于秋天的诗。

联想起白天山上的景物，我似乎体悟到了诗歌中的场景。那种如真似幻、捉摸不透，又有很多话想表达，偏偏化作沉默的欣喜。红叶对古曲，相得益彰，能更真切地感受这唯美到有点凄凉的秋意。

耀眼的秋阳，将蓝天洗净，在这无垠的碧空下，人间一片热闹的景象。只是这喧闹中，自我跃出躯壳，孤独地俯瞰着山河，独自思索，独自眺望光阴长河。

临睡前，我给小枕头读了几首诗。

开始他还问，这句什么意思，那句什么意思。

不多时，已经睡得香甜。